KB264234

전생한 대성녀는
성녀임을 숨긴다
8
토야
Illustration chibi

줄거리

전설의 대성녀였던 전생과 성녀의 힘을 숨기고
기사로서 노력하는 피아.

하지만 숨기려고 해도 숨겨지지 않는 성녀의 능력의 편린이며
그 언동으로 인해 기사들과 기사단장들에게 영향을 주고
어느새 그들은 피아의 곁으로 모여들게 되었다.

사비스와 시릴의 동석 하에 국왕과 면담한 피아는
시릴의 격려를 참고하여 온 힘을 다해 임하겠다고 결심한다.

그 면담 도중 국왕이 아끼는 광대 소년은
시험하는 듯한 말과 함께 피아에게 '게임'을 제시하는데…….

'게임'에 숨겨진 의도를 깨달은 피아는
광대 소년이야말로 진짜 국왕임을 지적하고
심지어 그가 정령왕의 저주를 받은 걸 간파해낸다.

나브 왕국 흑룡 기사단

기사단	기사단장	부단장	단원
제1기사단 (왕족 경호)	시릴 서덜랜드		
제2기사단 (왕성 경비)	데즈먼드 로난		피아 루드, 파비안 와이너
제3마도기사단 (마도사 집단)	이노크		
제4마물기사단 (마물사 집단)	퀜틴 아거터	기디온 오크스	파티
제5기사단 (왕도 경비)	클라리사 애버네시	가이	
제6기사단 (마물 토벌, 왕도 부근)	재커리 타운젠트		
제7기사단 (마물 토벌, 북방)			
제8기사단 (마물 토벌, 동방)			
제9기사단 (마물 토벌, 남방)			
제10기사단 (마물 토벌, 서방)			
제11기사단 (국경 경비, 북쪽 끝)	가이 오즈번		올리아 루드
제12기사단 (국경 경비, 동쪽 끝)			
제13기사단 (국경 경비, 남쪽 끝)	카티스 바니스타	코디	
제14기사단 (국경 경비, 서쪽 끝)		돌프 루드	
제15기사단 (국경 경비)			
제16기사단 (국경 경비)			
제17기사단 (국경 경비)			
제18기사단 (국경 경비)			
제19기사단 (국경 경비)			
제20기사단 (국경 경비)			

———— 기 사 단 표 ————
(300년 전)

나브 왕국 기사단

직책	이름
기사단 총장	웨젠
제2기사단장 (왕성 경비)	하다르 보노니
제3마도기사단장 (마도사 집단)	츠이브랜드
제5기사단장 (왕도 경비)	알나이르 카란드라
제6기사단장 (마물 토벌, 왕도 부근)	엘나스 카파로

붉은 방패 근위 기사단

직책	이름
단장	시리우스 유리시즈
호위기사	카노푸스 블라제이

———— 나 브 왕 국 왕 가 가 계 도 ————
(300년 전)

나브 가

- 나브 왕국 국왕
  - 제1왕자 베가
  - 제2왕자 카펠라
  - 제3왕자 리겔
  - 바르비제 공작 두베 = (전)제1왕녀 샤울라
  - 제2왕녀 세라피나
- 유리시즈 공작
  - 시리우스

나브 왕국 왕성 관계도

국왕
로렌스
(대역)
궁정 광대
세룰리안
9살의 모습을 하고 있지만 국왕
삼대 공작
시릴
서덜랜드
제1기사단장
로이드
올컷
문관
노엘
밸푸어
문관
동일인물
론
돌리

피아 루드

루드가의 막내.
전생에는 왕녀이자 대성녀.
성녀의 힘을 숨기고 기사가 되었지만….

자빌리아

피아의 사역마.
세상에 하나뿐인 흑룡.
이 대륙의
삼대 마수 중 하나.

사비스 나브

나브 왕국
흑룡 기사단 총장.
왕제(王弟)이자
왕위계승권 제1위.

시릴 서덜랜드

제1기사단장.
필두 공작가의 가주이자
왕위계승권 제2위.
'왕국의 용'이라는 이명을
지녔다. 검 실력은 기사단 최강.

카티스 바니스타

제13기사단장.
과거 제1기사단 소속.
전생은 「청기사」 카노푸스.

세룰리안

궁정 광대.
정체는 나브 왕국
국왕 로렌스.

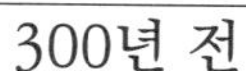

300년 전

세라피나 나브

피아의 전생.
나브 왕국의 제2왕녀.
세상에 하나뿐인 「대성녀」.

시리우스 유리시즈

300년 전에 왕국 최강이라고
불리던 기사.
근위 기사단장을 맡았으며
은발에 은백색 눈동자를 지닌
미남.

돌리 (로이드 올컷)

궁정 광대.
정체는 삼대 공작 중 한 명인
로이드 올컷 공작.

론 (노엘 밸푸어)

궁정 광대.
정체는 삼대 공작 중 한 명인
노엘 밸푸어 공작.

데즈먼드 로난

제2기사단장
겸 헌병사령관.
백작가의 가주.
'왕국의 호랑이'라는 이명이 있다.
시니컬하며 일에 치여 산다.

이노크

제3마도기사단장.
과묵하지만 마법과
관련된 화제에선
말문이 터진다.

퀜틴 아거터

제4마물기사단장.
상대방의 에너지가 보인다.
피아와 자빌리아를
숭배한다.

클라리사 애버네시

제5기사단장.
왕도의 경비를 총괄한다.
화사한 분위기의
기사단장.

재커리 타운젠트

제6기사단장.
부하에게 절대적인
인기를 누린다.
호탕하고 아랫사람을
잘 돌본다.

파비안 와이너

피아의 동료 기사.
후작가의 적남으로
상큼한 미청년.

샬롯

피아와 친구가 된
어린 성녀.

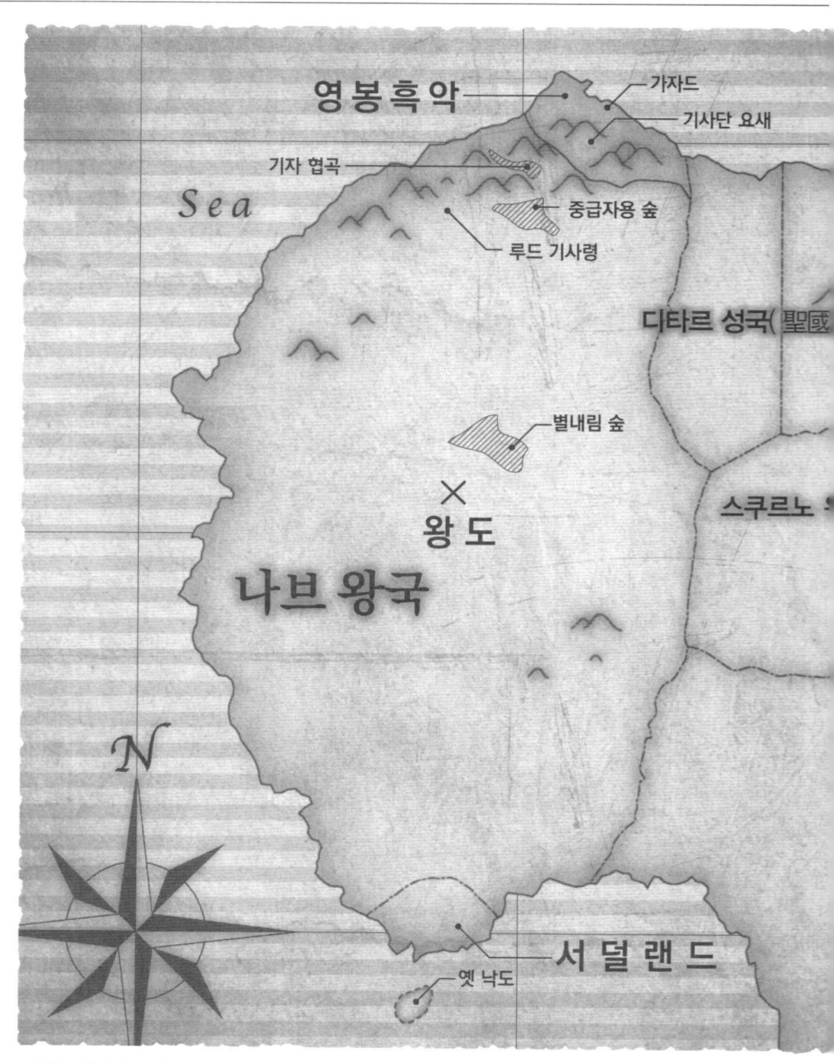

The Great Saint who was
incarnated hides being a holy girl

아르테이가 제국
300년 전
290년 전(카스토르 대제국 시대)
제국
왕국
제국
왕국

CONTENTS

The Great Saint who was
incarnated hides being a holy girl

45 공작저 방문 2

"어서 와. 잘 와주었어."

공작저 현관에서 우리를 맞아준 사람은 올컷 공작 본인이었다.

공작씩이나 되었으면 저택 안쪽에서 떡하니 앉아 기다리고 있어도 이상하지 않은데, 직접 마중하러 나오는 소탈함에 놀라 눈이 휘둥그레졌다.

하지만 올컷 공작님은 원래 이런 스타일인 건지 시릴 단장님은 딱히 그 부분을 언급하지 않고 평소처럼 생글생글 인사했다.

"로이드, 오늘은 초대해주셔서 감사합니다."

한편 웃는 얼굴인 시릴 단장님을 앞에 둔 올컷 공작님은 벌레라도 씹은 듯한 표정을 지었을 뿐 대답하지 않았다.

초대한 기억이 없는 몸으로서는 그런 반응이 될 만도 했다.

말은 그렇게 해도 결국 뼛속까지 신사인 올컷 공작님은 상대라누구라도 홀대할 수는 없는 건지 기품있는 태도로 우리를 응접실에 안내해주었다.

정문에서 본관까지 걸린 거리, 본관의 크기와 호화로움, 복도에 깔린 푹신한 양탄자와 반짝반짝하게 닦인 벽걸이 액자, 그 모든 것이 올컷 공작님의 재력을 보여주었다.

역시 공작이라며 감탄하는 사이에 도착한 응접실은 커다란 창문이 나 있어 햇빛이 잘 들어오는 방이었다.

고급스러우면서도 우아한 가구가 배치된 넓은 공간을 보고 본인과 마찬가지로 개성적인 방을 상상했던 나는 내심 '평범하네'라고 중얼거렸다.

의외라고 여기며 안을 둘러보자 짙은 녹색 소파에 한 소녀가 앉아 있다는 사실을 깨달았다.

그 소녀는 연분홍색 머리카락을 허리까지 기른 대단한 미소녀로, 나보다 조금 연상으로 보였다.

"소개할게, 양녀인 프리실라야. ……성녀님이기도 하지."

프리실라의 이름을 소개해도 본인이 소파에서 일어날 기색이 보이지 않았기에 올컷 공작님은 성녀라는 정보를 추가했다.

그러자 프리실라는 만족한 듯 말없이 소파에서 일어났다.

그런 프리실라를 향해 시릴 단장님이 생글생글 방문자를 소개하기 시작했다.

"만나서 반갑습니다, 프리실라 성녀. 제1기사단장을 맡은 시릴 서덜랜드라고 합니다. 그리고 이쪽은 제2기사단장인 데즈먼드 로난입니다."

프리실라는 목소리는 내지 않았으나 소개에 맞춰서 시릴 단장님, 데즈먼드 단장님 순서로 시선을 옮겼다.

관심이 없어서 말을 안 하는 건 아닌 모양이다.

"그리고 제1기사단의 기사인 파비안 와이너와 피아 루드, 마지막으로 왕성에서 근무하는 샬롯 성녀입니다."

프리실라는 샬롯을 소개받자 품평하는 것처럼 머리부터 발끝까지 훑어보았다.

그 시선을 견디지 못한 샬롯이 '그, 잘 부탁드립니다' 하고 작게 중얼거리자 프리실라는 샬롯의 오렌지색 머리카락에 시선을 주고는 생각에 잠기듯 눈을 가늘게 떴다.

"후후후, 우리 딸이 영 부끄러움이 많아서 말이야. 좀처럼 입을 열지 않지. 하지만 이것도 개성이라고 생각하고 넘어가 주지 않겠어?"

말은 안 해도 강렬한 시선으로 한 명 한 명을 응시하는 프리실라의 모습은 전혀 부끄러움이 많은 성격으로 보이지 않았지만, 아버지인 공작님이 하는 말이니까 맞겠지.

각각 소개가 끝나자 올컷 공작님이 소파에 앉으라고 권유했다.

동시에 향이 좋은 홍차와 딸기 타르트가 나왔다.

어째서인지 내 그릇에만 타르트가 세 조각이나 있었다.

"어?"

의아해서 주위를 두리번거리자 올컷 공작님과 눈이 마주쳤다.

공작님은 한쪽 손을 입가에 가져가더니 나를 향해 몸을 살짝 숙이고 평소보다 작은 목소리로 말했다.

"친구에게만 주는 특별 서비스야. 나는 피아가 기뻐했으면 좋겠어."

평소보다 작은 목소리이긴 해도 그 자리에 있는 모든 사람에게 들렸다.

공작님은 대체 뭘 하고 싶으신 건지…… 당황한 사이에 바로 대답이 나왔다.

시릴 단장님이 공작님의 말을 받아쳤기 때문이다.

"피아가 로이드를 완전히 타인으로 대하니까, 그걸 어떻게든 하고 싶어서 얄팍한 지혜를 짜낸 결과 나온 저렴한 뇌물입니다."

……아하, 그렇구나. 올컷 공작님은 시릴 단장님에게 장난치고 싶은 거야.

그리고 그걸 뻔히 알고 있을 텐데도 시릴 단장님은 매번 착실하게 받아친다.

흠, 이 두 사람은 정말 사이가 좋구나.

그렇게 생각하며 나는 타르트를 크게 한 입 먹었다.

"와, 맛있어라! 이 타르트는 정말 맛있어요! 바삭한 타르트지와 진한 크림, 여기에 딸기의 새콤함이 더해져서 절묘하게 맛있어요!!"

정말로 맛있어서 솔직하게 감상을 늘어놓자 공작님은 기쁘다는 듯 생글거렸다.

하지만 다른 참가자는 아무 말도 하지 않았고 타르트를 먹으려는 사람도 없었다.

"왜 아무도 안 드시는 거죠? 맛있는데요."

의아해서 물어보자 데즈먼드 단장님이 믿어지지 않는다는 듯 얼굴을 찌푸렸다.

"피아, 너는 정말 강철 심장을 갖고 있구나! 어째서 이 상황에서 먹을 게 목으로 넘어가는 거야? 너는 긴장해서 가슴이 뻐근하고 그런 게 없어?"

"네?"

긴장해서 가슴이 뻐근…….

나는 일단 포크를 접시에 돌려놓고 한쪽 손을 입으로 가져가 시선을 떨어트렸다.

"실례했습니다. 공작가에 초대받았다는 영광에 신이 나서 긴장감이 이상한 방향으로 작용한 모양입니다. ……그렇네요, 가슴이 뻐근하고 답답해요."

다들 살짝 죽은 눈으로 나를 흘겨보았지만 나는 수심에 찬 표정을 무너트리지 않았다.

무슨 일이든 끝까지 밀어붙이는 게 중요하다.

그러자 올컷 공작님이 즐겁다는 듯이 웃었다.

"피아는 재미있구나. 그리고 '공작가'라니, 계속 남을 대하는 것 같네. 나를 이름으로 부르라고 거듭 부탁하는데도 아직도 '올컷 공작님'으로만 부르기도 하고. 너무 고지식해."

토라진 듯한 공작님의 말에 파비안이 생글거리며 맞장구를 쳤다.

"피아에게는 그런 면이 있죠. 저도 피아에게 자기소개했을 때 애칭으로 불러 달라고 부탁했는데 칼같이 무시하더라고요. 결국 제 요구는 받아들여지는 일 없이 여태 한 번도 애칭으로 불린 적이 없습니다."

그러고 보면 그런 적도 있었지.

그런 옛날 일을 기억해놓고 이런 타이밍에 터트리는 파비안도 좀?

나는 수줍어하는 표정으로 고개를 숙였다.

"저는 이래 보여도 조심성이 많답니다. 그렇게 쉽게 거리감을 좁히지는 않죠."

""거리감을 좁히지 않는다?""

시릴 단장님과 데즈먼드 단장님이 동시에 똑같은 말을 중얼거렸지만, 그 중얼거림에 깊은 의미는 없다고 믿기로 했다.

……그나저나. 나는 다시 포크를 들고 전원을 스윽 둘러보았다.

새삼스럽지만 오늘은 무슨 모임인 건지?

올컷 공작님 이야기로는 최근에 양녀를 맞이했으니, 나이가 가까운 나와 친하게 지내길 바란다고 했었다.

성녀라면 내 동료니까 만나고 싶었던 게 처음 목적이었으니 가능하면 프리실라 성녀와 대화하고 싶지만……. 그녀는 조금 전부터 아무 말도 없이 홍차를 마시고 있다.

으음, 어떡할까. 샬롯에게 시선을 주자 샬롯은 꼼질꼼질 스커트를 못살게 굴고 있었다.

시릴 단장님과 데즈먼드 단장님과 파비안을 보자 상대방이 어떻게 나오는지 살피는 것처럼 대외용 표정을 짓고 있다.

어라? 이 세 사람은 초대도 받지 않았는데 무턱대고 공작저에 쳐들어온 거였지?

그렇다는 건 적어도 처음 실행자인 시릴 단장님에게는 이 저택을 방문할 목적이 있었던 거 아닐까?

그런데도 왜 지켜보는 태도를 무너트리지 않는 건지 의문을 느끼고 있었더니 올컷 공작님이 즐겁게 입을 열었다.

"피아는 표정이 풍부하구나. 아무런 말을 하지 않아도 보기만 해도 재미있어. 반면 우리 성녀님은 표정이 덤덤하다니까. 성실하다고 해야 할지. 그러니 정반대인 성향끼리 친해질 수 있지 않을까?”

그러자 그때까지 침묵을 지키던 프리실라가 싸늘한 눈으로 올컷 공작님을 바라보았다.

“저는 그렇게 생각하지 않습니다. 성녀와 기사는 접점이 없으니 대화도 성립되지 않을 테죠.”

“글쎄. 네가 필두 성녀가 되면 기사들의 마물 토벌에 동행하게 되니 네게도 기사는 가까운 사람이 되는 거야. 그러니 지금 미리 친목을 다져두는 게 좋지 않을까?”

생글거리며 제안하는 올컷 공작님이었지만, 프리실라에게는 듣고 싶지 않은 내용이었던 건지 대답하는 대신 다시 찻잔으로 손을 뻗었다.

그러자 상반신을 앞으로 기울인 프리실라의 머리카락이 얼굴로 스르륵 내려와 그녀의 시야를 가로막았다.

프리실라는 앞머리도 뒷머리도 전부 허리까지 기르고 있는데 리본 같은 것으로 묶지도 않아서 움직일 때마다 머리카락이 얼굴을 가렸다.

거추장스러워 보이지만 고운 핑크색 머리카락이니 최대한 길게 기르고 싶고 리본이나 핀으로 묶고 싶지도 않은 거겠지.

“프리실라 성녀는 앞머리도 그렇고, 머리카락을 허리까지 기르고 계시네요. 예쁜 머리카락이니 자르는 게 아쉽죠?”

생각한 걸 그대로 말하자 순간 고요한 침묵이 퍼졌다.

어? 내가 뭐 이상한 말이라도 한 건가? 걱정이 치민 그때 프리실라가 입을 열었다.

"아, 모르는구나."

"네?"

내가 뭘 모른다는 거지.

눈을 깜빡이고 있었더니 옆에 앉은 시릴 단장님이 자세하게 설명해주었다.

"많은 성녀님은 프리실라 성녀처럼 앞머리를 자르지 않고 기릅니다. 왜냐하면 '필두 성녀의 헤어스타일'이라고 해서, 한쪽 눈을 머리카락으로 가리는 헤어스타일이 있기 때문이죠. 아마도 성녀님의 아름다운 머리카락 색을 강조하기 위한 헤어스타일로서 대대로 전해지는 모양입니다."

300년 전에는 그런 헤어스타일 규칙은 없었는데.

"그렇다 보니 필두 성녀 선정이 이뤄지는 시기에는 어떤 분이 되어도 괜찮도록 많은 성녀님이 앞머리를 기르십니다. 참고로 다음 달에라도 필두 성녀 선정이 이뤄질 예정입니다."

"그렇군요."

고개를 끄덕이며 나는 확인을 위해 샬롯에게 힐끗 시선을 주었다.

그러자 내 기억대로 샬롯의 앞머리는 눈이 잘 보이는 위치에서 단정하게 잘려있었다.

……샬롯은 앞머리를 기르지 않았는데, 만약 필두 성녀로 선정되면 어떡할 생각이지?

고개를 갸웃거리고 있었더니 샬롯이 당황한 듯 붕붕 도리질을
쳤다.

"피아가 무슨 생각을 하는지 알 것 같지만, 그런 일은 절대 일
어나지 않으니까 괜찮아!"

"그래?"

샬롯은 제법 뛰어난 성녀라고 보는데……. 하지만, 그래. 아직
어린아이이니까.

오랫동안 훈련한 경험 많은 성녀에게는 못 이길지도 모르지.

그렇게 수긍하고 고개를 끄덕이자 얌전히 홍차를 마시던 데즈
먼드 단장님에게서 당황한 목소리가 들렸다.

그러고는 양탄자 위에 찻잔을 떨어트렸다.

푹신한 양탄자 위로 떨어진 찻잔은 어째서인지 두 동강이 나 있
었다.

……와. 데즈먼드 단장님치고는 드문 실수잖아.

당황하며 찻잔으로 손을 뻗는 단장님을 보며 나는 고개를 갸웃
거렸다.

"이런, 실례!"

데즈먼드 단장님은 당황하며 떨어트린 찻잔을 잡았는데, 너무
당황한 건지 손바닥에 깨진 조각이 파고들었다.

의외로 손끝이 둔한 모양이다.

단장님의 손바닥에서 바로 뚝뚝 피가 흐르기 시작했다.

데즈먼드 단장님은 서둘러 주머니에서 손수건을 꺼내더니 상처에 휘휘 감았다.

“어, 그렇게 손수건을 마구 감지 않아도 성녀님에게 치료해달라고 하면 되잖아요?”

데즈먼드 단장님은 잊어버린 것 같았지만 이 방에는 성녀가 두 명이나 있는데.

정확하게는 세 명이지만, 이 정도의 상처라면 내가 몰래 힘을 쓸 필요도 없을 거라며 기사의 얼굴로 프리실라와 샬롯을 번갈아 쳐다보았다.

그러자 샬롯은 쭈뼛거리며 프리실라에게 시선을 주었다.

……아, 그렇구나. 이 집의 성녀인 프리실라의 역할을 가져갈 수는 없겠지.

게다가 샬롯은 다른 성녀 앞에선 아직 자신감이 사라지는 모양이었다.

샬롯은 3살 때 교회에서 데려간 뒤로 어른 성녀들 사이에서 자랐는데, 그녀들은 경험이 풍부한 만큼 회복마법 사용도 능숙했기에 샬롯의 마법을 그리 좋게 평가하지 않았다고 한다.

그런 샬롯에게 오늘 처음 만난 성녀 앞에서 마법을 보여주는 건 어려울 게 틀림없다.

그렇다면 프리실라에게 부탁하는 게 가장 좋겠다며 그녀에게 시선을 주었는데, 프리실라는 모르는 척하며 홍차만 계속 마셨다.

어? 프리실라도 마법을 쓰고 싶지 않은 건가? 고개를 갸웃거리는 나에게 내 의문을 눈치챈 올컷 공작님이 대답했다.

"피아, 세간에는 거의 알려지지 않았지만, 성녀님들에게는 암묵적인 규칙이 있어. '기본적으로 정해진 업무 말고는 회복마법을 사용하지 않도록 한다'는 거지. 마법을 너무 사용하면 마력이 회복할 때까지 며칠씩 걸리니까 여차할 때 사용할 수 없게 되면 곤란하잖아."

"그렇군요."

나는 마력이 텅 비어도 하루 만에 원래대로 돌아오지만, 그런만큼 어마어마하게 먹는다.

하긴, 한 번에 많은 양을 먹지 못하는 성녀는 마력 회복에 시간이 걸릴지도 모른다.

"다만 본인의 마력 총량을 고려해서 다음 날에 영향이 미치지 않을 정도의 마법이라면 사용할 수 있으니까, 결국 빠져나갈 길은 있는 셈이지. 며칠 동안 업무가 없는 성녀님은 마음껏 사용할 수 있거든."

"그렇군요."

그리고 보면 샬롯은 마력 제한 없이 나와 마법을 연습했었지.

즉 본인에게 달렸다는 거구나.

고개를 끄덕끄덕하고 있었더니 올컷 공작님이 프리실라를 보았다.

"프리실라, 네가 마력을 온존하고 싶어 하는 건 알지만 성녀님의 힘을 빌려줄 수 없을까? 데즈먼드는 우리 공작가의 손님이야. 네가 있는 집에서 다친 사람을 그대로 돌려보낸다면 소문이 안 좋잖아?”

하지만 프리실라는 동의할 수 없다는 표정으로 공작을 마주 보았다.

“그런 전례를 만들면 공작가의 손님이 다칠 때마다 제가 치료해야만 합니다. 현명한 판단이 아닌 것 같군요.”

그 후 프리실라는 데즈먼드 단장님을 힐끗 쳐다봤다.

“게다가 기사가 ‘이 프리실라가 상처를 치료해주지 않았다’고 떠들고 다닐 리도 없죠.”

프리실라의 말은 기사가 장래에 왕성에서 권력을 쥘 가능성이 있는 성녀를 흥보하는 말을 할 리가 없다는 견제였다.

그런 발언을 한다는 건 프리실라가 필두 성녀가 될 가능성이 있는 뛰어난 성녀란 거겠지.

하지만 그렇다면…….

“능력이 뛰어나서 회복마법 사용에 문제가 없다면 다친 사람을 치료해주고 싶다는 생각은 안 드시나요?”

순수한 의문이 들어 물어보자 프리실라가 한쪽 눈썹을 꿈틀했다.

“정말로 무지한 사람이 섞여 있었네. 성녀의 힘은 기적의 힘이니까 한정적으로 사용해야 해. 다친 사람을 낫게 해주고 싶으니까 회복마법을 쓴다는 건, 감정적으로 행동하는 어린아이의 발상이야.”

올컷 공작님은 미안해하는 표정으로 나에게 시선을 보냈다.

“프리실라는 대성당에서 자란 선택받은 성녀거든. 그래서 그 힘은 '기적'이라고 추앙받았고 여태까지 어지간한 일로는 사용하지 않았던 모양이야. 마력을 온존해두고 싶어 하는 거지."

아하, 프리실라는 회복마법을 자유롭게 사용하는 걸 환영받지 못하는 환경에서 자란 모양이다.

어릴 때부터 그런 식으로 교육받았다면 그런 사고방식이 스며들게 된다.

그리고 프리실라는 여태까지 부상자를 치료했을 때의 기쁨을 진정으로 느껴보지 못한 게 틀림없다.

그렇다면 프리실라의 언동도 이해할 수 있다고 받아들였을 때, 데즈먼드 단장님이 손수건을 감은 손을 가볍게 움직였다.

"나는 신경 쓰지 마. 긁힌 상처니까 서둘러 치료할 필요도 없어."

"미안해."

올컷 공작님의 대답으로 대화가 마무리되려고 한 그때, ──샬롯이 몇 번 심호흡하더니 조심스레 입을 열었다.

"저기…… 저라도 괜찮다면 치료할까요?"

그런 샬롯의 모습을 보고 나는 깜짝 놀라 눈을 크게 떴다.

세상에, 샬롯이 다른 성녀 앞에서 자발적으로 회복마법을 쓰겠다고 하다니!

그것은 틀림없이 샬롯의 첫걸음이었다.

샬롯이 손을 꼭 움켜쥐고 잔뜩 긴장한 모습으로 대답을 기다리고 있었더니, 데즈먼드 단장님은 '아니, 그건 미안하지'라며 거절하는 자세를 보였다.

나는 '무슨 짓을 하는 거야!'라며 항의하고 싶어졌다.

아니, 항의했다.

"데즈먼드 단장님, 괜한 소리 하지 마세요! 그렇게 호의를 받아들이지 않는 사람이 있으니까 성녀님은 점점 더 자유롭게 능력을 행사하기 어려워지는 거예요! 다쳐서 아프니까 빨리 낫고 싶다는 마음에 솔직하게 고쳐 달라고 하시면 된다고요."

그러자 그때까지 흐름을 지켜보던 시릴 단장님이 재미있다는 듯 웃었다.

"그렇다네요, 데즈먼드. 피아를 거치면 만사가 참 단순해지는군요."

"어, 어어……."

어색한 목소리로 그렇게 대답한 데즈먼드 단장님은 손바닥에 칭칭 감았던 손수건을 풀고 소극적으로 손을 내밀었다.

그 손바닥에서는 계속 피가 흐르고 있었다. 절대 단장님이 말한 것 같은 가벼운 상처가 아니었다.

전에 샬롯은 데즈먼드 단장님의 들리지 않는 왼쪽 귀를 고쳐준 적이 있었다.

따라서 샬롯의 능력을 의심하는 게 아니라 순수하게 사양한 것이겠지만, 지금은 사양할 때가 아니다.

사람들을 치료하면서 얻는 기쁨이 성녀를 성장시키니까.

샬롯은 긴장한 얼굴로 데즈먼드 단장님에게 걸어간 뒤 그의 손 위쪽에 두 손을 겹쳤다.

그 후 침을 꼴깍 삼킨 뒤 천천히 주문을 외웠다.

"자애 깊은 하늘의 빛이여, 나의 마력을 치유의 힘으로 변환해

주소서——‘회복’.”

그러자 샬롯의 손에서 회복마법이 나와 데즈먼드 단장님의 손을 감쌌다.

……5초, 6초, 7초.

시간 경과와 함께 데즈먼드 단장님의 손바닥에 있던 상처가 눈에 보일 만큼 서서히 흐릿해지더니 이윽고 완전히 사라졌다.

좋아, 다른 성녀 앞에서 긴장하며 주문을 왼 것치고는 나쁘지 않아.

그렇게 생각하며 샬롯에게 시선을 보내자 그녀는 안도한 듯 숨을 크게 내쉬었다.

그 옆에서는 데즈먼드 단장님이 상처를 확인하기 위해 표면의 피를 젖은 수건으로 닦고 있다.

수건 아래에서 나타난 손바닥은 상처가 깨끗하게 사라진 상태였다.

데즈먼드 단장님은 진지한 표정으로 몇 번 손을 쥐었다 폈다 움직인 후 감탄한 듯 고개를 내저었다.

그 후 샬롯에게 인사했다.

“대단하네, 상처는 깨끗하게 사라졌고 동작도 문제가 없어. 너는 정말 뛰어난 성녀님이구나. 고마워.”

그러자 샬롯은 기뻐하며 뺨을 붉혔다.

“아, 아뇨. 도움이 되었다면 다행입니다.”

조금 떨어진 장소에서 바라보던 올컷 공작님은 흥미롭다는 듯 소파에서 일어나 데즈먼드 단장님에게 다가왔다.

"데즈먼드, 상처가 있던 부분을 보여줄 수 있을까?"

올컷 공작님은 데즈먼드 단장님의 손을 찬찬히 살펴본 다음 감탄하며 샬롯을 바라보았다.

"……원래 상처가 어느 정도로 깊었는지는 정확하게 알지 못하지만, 흔적도 없이 없애버리다니 대단하네. 그래, 샬롯 성녀는 유능하구나."

"아뇨, 천만에요."

두 손을 앞으로 쭉 뻗고 황송하다는 듯 부정하는 샬롯을 보며 나는 흐뭇했다.

……그럼, 샬롯은 유능하지. 틀림없이 좋은 성녀가 될 거야.

나는 그런 샬롯을 칭찬하려고 타르트 접시를 내밀었다.

아직 하나밖에 먹지 않았으니 두 개나 남아있었기 때문이다.

"샬롯, 마법을 썼으니 배고프지? 특별히 내 타르트를 나눠줄게!"

나는 성녀 동지로서 무척 유익한 제안을 한 거였는데, 어째서인지 데즈먼드 단장님은 얼굴을 찌푸렸다.

"피아, 너는 가치를 모르는 모양이지만 샬롯 성녀는 대단한 마법을 쓰신 거야. 그 대가가 네가 먹다 만 타르트면 한참 부족하잖아!"

"네?"

어머나, 데즈먼드 단장님이야말로 내 제안이 얼마나 도움이 되는지 모르시는군요!

게다가 잘 보세요.

접시 위에 남은 타르트는 둘 다 아직 손을 대지 않은 상태니까, 먹다 말았다는 표현은 완전히 트집이거든요.

그렇게 크게 소리치고 싶었지만, 데즈먼드 단장님 말고도 발언하고 싶었던 사람이 있었던 건지 시릴 단장님, 파비안, 올컷 공작님이 뒤를 이었다.

"피아, 다들 당신처럼 항상 식욕이 많은 건 아닙니다. 친구를 위하는 마음은 보기 좋지만 음식에서 떨어져서 생각해보세요."

"샬롯 성녀는 뛰어난 성녀님이었어. 그런 성녀님을 이름으로 부르던서 친하게 지내는 피아는 정말 대단하네. 피아의 주변 사람들은 왜 이렇게 다들 중요 인물인 걸까?"

"파비안의 말대로 피아의 주변 사람은 다들 범상치 않구나. 후후, 나도 가능하다면 중요 인물이 되고 싶으니까 그 지름길 삼아 피아의 친구가 되어야겠네."

아니 다들 이렇게 마음대로 떠들어대다니.

그리고 샬롯을 배려하는 내 마음을 아무도 이해하지 못했잖아!

그렇게 투덜거리며 나는 포기하는 마음으로 한숨을 쉬었다.

……언젠가 내 진심이 전해졌으면 좋겠다고 미래에 희망을 맡기며.

아무튼 내 배려심이 알려지는 건 아직 한참 먼 모양이다.

데즈먼드 단장님, 시릴 단장님, 파비안, 올컷 공작님이 각자 본인의 생각에 기반해 마음대로 발언하는 모습을 보며 나는 체념의 경지에 이르렀다.

왜냐하면 네 사람의 발언 내용이 내 의도와는 한참 멀어져서,
하나하나 친절하게 설명해 이해시키자니 너무 힘들 것 같았기 때
문이다.

좋습니다. 저는 마음이 넓은 기사이니 지독한 오해를 전부 눈
감아드리겠어요.

그렇게 생각하며 네 사람에게서 시선을 돌리자 강렬한 눈으로
샬롯을 바라보는 프리실라가 시야에 들어왔다.

……앗, 혹시 자기가 치료할 걸 그랬다고 생각하는 걸까?

그런 거라면 프리실라도 훌륭한 성녀지.

흐뭇해하며 웃었더니 어째서인지 프리실라가 노려보았다.

"저 정도는 나도 쉽게 할 수 있어! 매달 한 번은 시가지로 나가
세 명의 환자를 치료하는데 여태까지 한 번도 실패한 적이 없으
니까."

"그렇군요."

나는 그렇게 대답하며 프리실라의 전신을 훑어보았다.

한 번도 마법을 발동하지 않은 프리실라의 능력을 가늠할 수는
없지만, 무작위로 선정된 환자 세 명을 매번 치료했다고 한다면
그녀는 뛰어난 성녀임이 틀림없다.

그래, 대성당이 고이고이 키웠다가 공작가의 양녀가 되었을 정
도의 성녀니까 아주아주 뛰어나겠지.

그렇게 생각하며 기뻐하고 있었더니 프리실라가 다시 노려보
았다.

"당신은 붉은 머리카락이면서 기사라고? 그 머리카락 색이 아

깝네! 대성당에서 허드렛일하는 사람 중에도 빨간 머리의 여자가 있었는데 그녀도 마법을 전혀 쓰지 못했어. 그런데 아는 척하면서 성녀에 대해 이래저래 간섭해대는 게 아주 불쾌했지!!"

프리실라가 무슨 말을 하고 싶은 건지 알 수 없어서 되물었다.

"어어, 그러니까 제가 성녀님에 대해 잘 모른다면 프리실라 성녀는 불만이신가요?"

그 순간 퍼뜩 깨달았다.

"앗, 죄송합니다! 샬롯에게만 타르트를 나눠주려고 한 게 불만이셨던 거군요? 타르트는 마침 두 개 남아있으니까 샬롯과 프리실라 성녀가 하나씩 드실 수 있어요."

"아니, 어떻게 해석하면 내가 타르트를 원하는 게 되는 거야! 내가 식탐이 있는 것 같잖아! 아니라고!!"

친절하게 권유했는데 어째서인지 프리실라는 얼굴이 새빨개져서 벌떡 일어났다.

그러고는 발을 쿵쿵 굴려대자 그 모습을 본 올컷 공작님이 푸흡 웃음을 터트렸다.

프리실라는 빨간 얼굴로 그런 공작님을 흉흉하게 노려보았지만, 공작님은 아랑곳하지 않고 배를 잡고 웃었다.

"아하하하하, 프리실라도 참 귀여워라! 항상 감정을 드러내지 않고 도도하게 행동하는 네가 오늘은 16살로 돌아왔어. 하하하하하, 프리실라에게 이런 표정을 끌어내다니 피아는 대단해."

"어? 그런가요?"

칭찬하는 말에 좋아서 되묻자 올컷 공작님이 아니라 프리실라가 대답했다.

“뭐가 대단하다는 거야! 얘가 너무 괴상하니까 내가 가르쳐주는 것뿐이라고!”

“응, 하지만 아무리 괴상한 사람이 와도 그동안은 모르는 척하며 일절 엮이려 하지 않았잖아. 그런데 피아는 그냥 넘어가지 못했다니, 그녀는 네 보호본능을 자극하나 봐.”

올컷 공작님의 말을 들은 프리실라는 끔찍한 것을 보는 듯한 눈으로 나를 보았다.

“이 사람이 내 보호본능을 자극한다고?”

프리실라는 소파에 다시 앉고 고개를 휙 돌렸다.

“말도 안 되는 소리! 그저 머리카락이 좀 붉다고 착각하지 말라고 당부한 것뿐입니다!”

으음? 내가 뭘 착각한다는 걸까. 고개를 갸우뚱거리고 있었더니 시릴 단장님이 입을 열었다.

“아, 확실히 피아는 멋진 붉은 머리카락을 지녔죠. 저도 그녀의 머리카락을 보며 종종 감탄합니다.”

그 말을 듣고 나는 즉각 경계했다.

시릴 단장님이 내 머리카락을 보고 감탄했다고?

당연하지만 여태까지 한 번도 그런 적이 없었다.

그런데 단장님은 대체 무슨 말을 하는 거지?

내가 눈을 가늘게 뜨고 흘겨보자 시릴 단장님이 순수한 미소를 지었다.

“프리실라 성녀는 능력이 아주 대단한 성녀라고 들었습니다.

만약 괜찮다면 그런 고위 성녀님께 성녀로서 어떤 생각을 하시는지 듣고 싶은데요. ……예를 들어 성녀님을 모시는 기사가 피아 같은 붉은 머리카락을 지녔다면 그 사실을 어떻게 느끼십니까?"

프리실라가 의도를 살피듯 눈을 가늘게 뜨자 데즈먼드 단장님이 설명을 추가했다.

"예로부터 교회는 붉은 머리카락을 귀중히 여기죠. 따라서 교회나 성녀님의 뜻을 따라 역대 필두 성녀님의 호위로 붉은 머리카락의 기사를 붙였습니다. 다만 프리실라 성녀가 보셨듯이 피아의 머리카락처럼 선명한 색은 보기 드물죠. 황공하게도 사람에 따라서는 피아의 머리카락을 보고 신성불가침한 전설의 대성녀님을 연상하는 모양입니다."

프리실라는 발끈한 듯 한쪽 눈썹을 꿈틀거렸다.

"그 질문 자체가 엉뚱합니다. 저를 호위하는 기사가 빨간 머리카락이든 검은 머리카락이든 상관없어요. 성녀를 비교하는 건 어디까지나 같은 성녀 안에서. 성녀가 아닌 사람은 애초에 비교 대상조차 되지 않습니다."

"……그렇군요. 귀중한 의견을 들려주셔서 감사합니다."

프리실라의 대답은 명확한 의사가 담겨있었기에 시릴 단장님도 생글거리는 표정으로 질문을 마쳤다.

그 후 시릴 단장님은 뒤늦게 생각났다는 듯 말을 덧붙였다.

"아아, 그러고 보면 프리실라 성녀는 최근 왕도에 오셨다고 들었습니다. 무언가 곤란한 일이 있다면 편히 말씀해주세요. 여기 있는 데즈먼드는 왕도와 가까운 땅에 영지를 지닌 로난 백작이라서 왕도는 정원이나 마찬가지니까요."

"커헉!"

순간 사레가 들린 데즈먼드 단장님을 보고 시릴 단장님이 한쪽 눈썹을 들었다.

"저런, 데즈먼드. 타르트에 목이 막혔습니까? 아니, 디저트에 손이 가다니 여유가 생긴 모양이로군요. 역시 왕국이 자랑하는 제2기사단장입니다."

반면 데즈먼드 단장님은 경직된 얼굴로 마른 웃음을 흘렸다.

"하하, 하, 시릴, 농담은 거기까지 해. 네 위광 앞에서 나 같은 건 변두리 가게의 촛불 같은 거니까."

눈앞에서 겸양 대회를 시작한 시릴 단장님과 데즈먼드 단장님을 앞에 두고 대체 뭐가 시작되려는 건지 의문을 느꼈다.

조금 전에는 갑자기 나를 기사로서 어떻게 생각하냐고 질문하더니, 이번에는 둘이 서로를 칭찬하다니.

목적이 무엇인지는 모르지만 나는 프리실라 성녀와 대화하고 싶은데.

그런 생각을 하는 사이에 올컷 공작님이 샬롯에게 말을 걸었다.

"샬롯 성녀는 왕성에서 일하지? 한번 프리실라를 데리고 인사하러 갈 생각이니 잘 부탁해."

"앗, 네. 저야말로 잘 부탁드립니다."

샬롯은 등을 곧게 편 뒤 진지하게 대답했다.

프리실라는 자기와는 상관없는 일인 양 홍차를 마시고 있었는데, 친근하게 대화하는 두 사람이 마음에 안 드는 건지 갑자기 끼어들었다.

"아, 그러고 보면 공작님께 여쭤보고 싶은 것이 있습니다."

"응, 뭔데?"

온화한 표정을 짓는 올컷 공작님을 향해 프리실라는 생각에 잠기듯 턱에 손을 가져갔다.

"공작님의 방에 걸린 초상화 속 소녀는 누구시죠? 복장으로 보아 성녀였는데요. 제가 아닌 성녀를 양녀로 들였다는 이야기는 여태껏 들은 적이 없습니다. 하지만 청은색 머리카락이니 성녀로서 힘은 약하지 않았을까요."

올컷 공작님은 프리실라를 똑바로 바라보더니 질문에 질문으로 대답했다.

"……프리실라, 내 방에 들어갔어?"

프리실라는 공작님을 정면으로 마주 보고 작게 고개를 끄덕였다.

"네, 여쭤볼 일이 있어서 방을 찾아갔습니다. 방에 계시지 않았지만, 그때 초상화가 눈에 들어왔죠."

"……눈치채지 못했을지도 모르지만 내 방에는 도둑을 예방하기 위한 각종 장치를 해 두어서 위험해. 앞으로는 내가 없을 때 방에 들어가는 건 참아줘. ……네 안전을 위해."

그렇게 대답하는 올컷 공작님은 변함없이 온화하게 웃고 있었고 말투도 부드러웠지만, 어째서인지 경고하는 듯한 인상을 받았다.

그리고 공작님은 온기 없는 미소를 지으며 프리실라의 질문에 대답했다.

"초상화 속 소녀는 성녀가 맞아. 하지만 양녀가 아니라 나의⋯⋯ 동생이지. 10년도 더 전에 죽었지만."

◇ ◇ ◇

올컷 공작이 초상화 속 성녀를 동생이라고 대답하는 걸 듣고 나는 '아하' 하고 수긍했다.

프리실라는 초상화 속 성녀가 청은색 머리카락이었다고 했는데, 공작님과 같은 색이라는 걸 깨달았기 때문이다.

올컷 공작님은 죽은 동생을 그리워하며 방에 초상화를 걸어두었을 테지만, 프리실라는 공작님에게 동생이 있다는 걸 몰랐던 건지 놀라서 외쳤다.

"동생?"

조금 전 올컷 공작님의 태도에서 나는 이 이상 이 화제를 파고들지 말라는 경고를 느꼈는데, 프리실라는 아니었던 건지 한층 자세히 질문하기 시작했다.

"돌아가신 원인이 뭐죠?"

감정을 드러내고 싶지 않았던 건지 공작님이 스윽 시선을 내렸다.

"동생은, ⋯⋯한동안 아팠어."

"하지만 성녀였잖아요? 스스로 치료하면 되는데."

프리실라가 이해할 수 없다는 듯 말을 이은 순간 올컷 공작님의 안색이 눈에 보일 만큼 새파랗게 질렸다.

당장에라도 쓰러질 것 같은 안색이었으나 공작님은 전신에 힘을 줘서 버티고는 침착한 목소리로 대답했다. ……살짝 떨리긴 했지만.

"……프리실라, 다들 너처럼 강한 성녀인 건 아니야."

프리실라는 올컷 공작님의 안색을 눈치채지 못했던 건지 공작님의 말 내용에만 반응했다.

"아, 그래서."

그 후 실망한 듯한 모습을 보이더니 찻잔으로 손을 뻗었다.

프리실라가 명백히 관심을 잃고 듣고 싶은 건 다 들었다는 듯 입을 다물자 실내에 숨 막히는 침묵이 깔렸다.

주변 사람들을 살펴보니 시릴 단장님과 데즈먼드 단장님은 아무 말도 없이 조용한 얼굴이었다.

올컷 공작님 동생의 죽음에 대해 무언가 아는 게 아닐까. 하지만 설령 알고 있다고 해도 필요하다고 판단하지 않는 한 이 두 사람은 아무 말도 하지 않으리라는 걸 알기에 다음으로 파비안에게 시선을 옮겼다.

그러자 파비안은 우아한 미소를 지으며 나를 보았다.

"피아, 네 타르트를 성녀님에게 양보했으니 내 것을 먹어도 돼."

"어?"

"사실 나는 단 것을 잘 못 먹어. 네가 먹어준다면 나도 고맙겠어."

파비안의 소소한 발언으로 응접실의 분위기가 바뀌었다. 와, 파비안은 대단하구나.

그는 고위 귀족의 적자이니 마찬가지로 고위 귀족인 올컷 공작가의 정보를 파악하고 있을 것이다.

그리고 공작님의 태도로 보건대 공작님의 동생 이야기는 즐거운 화제가 아니겠지.

그렇기에 그 사실을 아는 파비안은 이 이야기를 계속 이어가는 건 좋지 않다고 판단하고 화제를 바꾼 게 틀림없다.

으으윽, 파비안은 상당한 책사라니까.

의오라고 느끼면서도 모처럼 받은 제안이니 나는 감사히 타르트를 먹기로 했다.

나는 친구의 친절을 헛수고로 만들지 않는 타입이다.

그렇지만, ——샬롯은 순순히 내가 준 타르트를 먹었는데 프리실라는 필요 없다고 고집을 부려서 결국 나는 세 개의 타르트를 먹게 되었다.

맛있었으니까 불만도 없긴 한데. 타르트는.

한편 프리실라는 뭔지 모를 이유로 기분이 상한 건지 그 이후 한마디도 하지 않았다.

그래서 아쉽게도 나는 프리실라와 성녀에 대해 이야기하는 시간을 가질 수 없었다.

……어쩔 수 없지. 프리실라는 다른 사람과 금방 친해지는 타입이 아닌 것 같으니까, 조금씩 가까워질 수밖에 없겠어.

그렇게 결론을 내린 나는 미래에 희망을 맡기기로 했다.

그 후 한동안 올컷 공작님과 파비안과 샬롯과 내가 담소를 나눴는데, 시릴 단장님과 데즈먼드 단장님은 거의 입을 열지 않았다.

그런데도 대화가 일단락되었을 때 시릴 단장님은 만족한 모습으로 올컷 공작님에게 인사했다.

"로이드, 환대해주셔서 감사합니다. 덕분에 유익한 시간을 보낼 수 있었습니다."

더불어 그 말을 신호로 공작 저택을 떠나게 되었다.

응접실을 나와 다 함께 복도를 걷던 도중, 자연스럽게 복도 구석으로 물러난 올컷 공작님이 나에게 손짓했다.

"피아."

작은 목소리로 살며시 부르는 공작님에게 다가가자 귀여운 포장지로 포장된 꾸러미를 받았다.

"아까 네가 맛있다면서 먹었던 타르트야. 네가 워낙 행복해하며 먹기에 선물로 홀 사이즈를 준비했어."

"세상에!"

두 손으로 안아야 할 만큼 커다란 홀 타르트를 받은 나는 깜짝 놀라 공작님을 올려다보았다.

올컷 공작님은 장난치는 걸 좋아하고 이래저래 알쏭달쏭한 사람이지만, 그래도 친절하구나.

선물을 줘서 그런 건 아니고. 그것과는 별개로 공작님을 평가한 나는 기뻐하며 생긋 웃었다.

"감사합니다, 올컷 공작님!"

그러자 공작님이 쓰게 웃었다.

"이만큼 특별 대우를 했는데도 아직도 그렇게 거리를 두는 거야? 피아, 어떻게 하면 나를 로이드라고 불러줄래?"

“네?”

굉장하네. 그런 중요하지 않은 부분에 아직도 집착하다니.

황당해하는 내 앞에서 공작님은 집요하게 캐물었다.

“무슨 일이든 조건만 클리어하면 소원은 이뤄져야 하잖아? 너와 친구가 되는 조건은 뭐야?”

“어어, 글쎄요. 예를 들어 파비안처럼 제 동료가 되는 걸까요?”

권력자와 친구가 되면 이래저래 귀찮아질 거라고 생각한 나는 불가능해 보이는 조건을 걸어보았다.

그러자 올컷 공작님은 독자적인 해석을 보여주었다.

“그렇구나. 즉 같은 목적을 갖고 무언가를 함께 해내는 관계가 되면 된다는 거지?”

“빙빙 둘러 가는 표현을 쓰시네요.”

아니 그보다, 공작님 똑똑하시네.

이런 거라면 반드시 기사단에 들어올 필요도 없고, 해석에 따라 조건이 갖춰졌다고 주장할 수 있잖아.

눈을 가늘게 뜨고 흘겨보자 공작님이 즐거워하며 웃었다.

“후후, 최대한 보험을 드는 거야. 나는 절대 기사가 되지 않으니까.”

“당연히 그렇겠지만요.”

올컷 공작님은 왕성에 드나들 정도니까 나라의 요직에 앉아있을 테지.

그걸 아니까 절대 불가능해 보이는, 기사가 된다는 걸 조건으로 내민 건데.

모처럼 공작님과 친구가 되지 않을 수 있는 좋은 조건을 떠올렸는데 이래서는 헛수고잖아. 그렇게 실망하는 나에게 공작님의 뜻밖의 말을 꺼냈다.

"내가 기사가 되지 않는다는 건 아마 네가 생각하는 것과는 다른 이유야. 내가 이미 문관이기 때문이 아니라 단순히 기사가 되기 싫어서 그래. 시릴에게 못 들었어? 내가 옛날에 기사 양성학교에 다녔다는 거."

"어? 몰랐어요!"

놀라 소리치면서도 공작님이 한때 기사를 목표로 했다는 이야기는 바로 받아들일 수 있었다.

그래. 그때 훌륭한 기사인 내가 공작님의 팔을 뿌리치지 못했던 이유를 알았어.

"10년 전의 나에게는 기사가 되어 지키고 싶은 게 있었지. 하지만 이젠 없어졌으니까, 기사가 되는 것도 그만둔 거야. 나에게 기사단은 이젠 아픈 기억을 불러일으키는 장소일 뿐이거든."

"그랬군요."

직감적으로 올컷 공작님이 말하는 '지키고 싶었던 것'이란 죽은 동생이라고 느꼈다.

공작님이 '기사가 되어' 동생을 지키고 싶었다면, 공작님의 동생은 왕국 기사가 되지 않으면 지킬 수 없는 사정이 있었던 거겠지.

대체 어떤 사정인 건지 생각하고 있을 때, 공작님의 표정이 문득 풀어졌다.

"나는 너를 기적 같은 존재라고 생각해. 예리하고, 겁이 없고,

독자적인 발상으로 단계를 건너뛰어 정답에 도달할 수 있는 사람이라고. 하지만 무엇보다 그 머리카락 색이 좋아. 아무리 지위가 높은 성녀님이라고 해도 가질 수 없는 선명한 붉은 머리카락을 지녔으면서 성녀가 아니라니.”

말만 들으면 칭찬하는 것 같지만, 공작님의 표정은 조금도 그런 분위기가 아니었다.

의아해하며 공작님을 쳐다보자 그가 차갑게 입술을 뒤틀었다.

“너의 존재 자체가 최고의 사르카즘(Sarcasm)이지.”

희미한 어둠이 느껴지는 미소를 보고 나는 비로소 깨달았다.

……아, 공작님은 성녀를 극도로 싫어하는 거야.

【막간】 제2회 기사단장 비밀회의

그날 밤 웬일로 왕도에 있는 모든 기사단장이 왕성 내 고급 오락실로 집합했다.

하지만 대화가 많이 오가는 것도 아니고, 그렇다고 즐거워하는 기색도 아니고, 오히려 다들 이 오락실에서 떠나고 싶어 하는 분위기였다.

그런 뭐라 말할 수 없는 분위기 속에서 재커리가 일동의 마음을 대변하는 질문을 대놓고 꺼냈다.

"그래서 공작 영애는 어떤 사람이었어?"

반면 시릴과 데즈먼드는 서로 얼굴을 쳐다보더니, 눈빛으로 무언가를 주고받은 결과 시릴에게 떠넘겨진 데즈먼드가 들고 있던 잔을 테이블에 내려놓았다.

"마침 그 일을 지금부터 설명하려던 참이야. 올컷 공작가 방문에 대해 보고하자면, ……방문자는 나와 시릴, 피아, 파비안, 샬롯 성녀로 총 다섯 명. 저쪽은 올컷 공작 로이드와 양녀 프리실라 성녀로 두 명."

이야기를 듣던 기사단장들은 '샬롯 성녀가 누구지?'라고 의아해하면서도 끼어들지 않고 뒷말을 재촉했다.

"프리실라 성녀의 능력은 가늠해볼 수 없었으니 미지수다. 하지만 본인은 필두 성녀로 뽑힐 생각이 넘쳐났으니 나름대로 실력이 있다고 믿는 거겠지.”

“성녀의 힘이 어느 정도인 건지 전혀 알 수 없었어?”

재커리가 확인하자 데즈먼드는 고개를 끄덕였다.

“세간에서 그녀의 능력에 내리는 평판은 나쁘지 않아. 하지만 교회가 거창해 보이도록 인상을 조작하고 있을 테니까 그대로 믿을 수도 없지. 따라서 내가 피험자가 되려고 했는데 프리실라 성녀가 능력을 쓰는 걸 아껴서 알아낼 수 없었어.”

데즈먼드의 말에 클라리사가 깜짝 놀라 눈을 크게 떴다.

“어? 데즈먼드가 피험자가 되려고 했다고?”

다른 단장들도 놀라서 데즈먼드를 바라보았기에 그는 두 손을 펼치고 보란 듯이 외쳤다.

“그래! 왜냐하면 내가 홍차를 마시던 도중에 갑자기 필두 기사단장님께서 바람 마법을 부려 내가 들고 있던 찻잔을 두 동강 냈으니까! 무정하게도 다쳐서 피험자가 되라는 지시였지! 소리 없는 압박에 패배한 불쌍한 나는 잔으로 손바닥을 그을 수밖에 없었어.”

연극적인 데즈먼드의 태도에 시릴은 황당하다는 시선을 보냈다.

“저는 전장에서 당신을 감싸고 그보다 더 크게 다친 적도 여러 번 있습니다.”

“알고 있습니다. 감사합니다.”

시릴이 덤덤하게 입에 담은 사실에 데즈먼드는 고분고분 머리를 숙였다.

한편 클라리사는 데즈먼드의 두 손을 잡고는 의심스러운 듯 눈을 가늘게 떴다.

"하지만 데즈먼드의 손바닥은 상처 하나 없어. 공작저를 방문한 건 오늘이었잖아? 그렇게 빨리 상처가 나을 리 없는데."

"아…… 그건 샬롯 성녀가 치료해줬기 때문이야."

데즈먼드의 대답에 다들 고개를 갸웃거렸다.

"""샬롯 성녀?"""

"그래, 피아와 친한 왕성 근무 성녀님인데, 그분은 진짜배기거든. 샬롯 성녀는 짧은 시간에 내 상처를 흔적도 없이 지울 수 있는, 보기 드문 능력의 성녀님이지. 사실 전에도 한 번 만난 적이 있는데, 그때도 처음 보는 약을 써서 나를 괴롭히던 증상을 없애줬어."

"흐음."

"와, 그런 친절한 성녀님이 있구나!"

기사단장들은 저마다 놀란 듯 중얼거렸다.

데즈먼드는 고개를 크게 끄덕인 뒤 얼굴을 찌푸렸다.

"그런데도 피아와 친구처럼 편하게 대화하고, 서로 이름을 부르고, 선뜻 회복마법을 발동하는 등 전혀 성녀답지 않은 성향이란 말이지. 아쉬워. 딱 10살만 더 많았다면 아마 그녀가 필두 성녀로 뽑혔을 텐데."

"하아, 그건 정말로 아쉽네! 하지만 나이만큼은 어떻게 할 수 없으니까."

아쉬워하는 클라리사와 달리 퀜틴은 감탄을 흘렸다.

"역시 피아 님이셔! 흑룡왕님도 그렇고 항상 존재 자체가 의심스러운 극상의 분들과 가까이 지내시다니!"

평소와 똑같은 퀜틴의 호들갑스러운 언동에 재커리는 얼굴을 찌푸렸지만, 퀜틴에게 한마디 하는 대신 데즈먼드에게 질문했다.

"그런데 정작 프리실라 성녀는 어땠어?"

"음, 고위 성녀다운 성녀님이었지. 우리 기사가 충성을 바칠 상대로서는 최고라고 할 수밖에."

데즈먼드의 말은 프리실라를 칭찬하고 있었으나 말투에는 반대의 뉘앙스가 느껴졌기에 재커리는 얼굴을 찡그렸다.

그러자 즉각 시릴이 중재하듯 말을 이었다.

"재커리, 데즈먼드는 여성을 조금 엄격하게 평가하는 경향이 있으니 절반은 그냥 흘려들으세요. 제가 확인한 한 프리실라 성녀는 올바른 것을 올바르게 사용하려고 하며, 감정적 폭주도 없었으니 언젠가 훌륭한 성녀님이 되실 것 같습니다."

그런 시릴을 클라리사가 기가 막힌다는 듯 쳐다보았다.

"매번 그렇지만 데즈먼드가 여자에게 깐깐한 것처럼 시릴은 성녀님에게 관대하구나! 채점 합격점이 아주아주 낮아! 다른 일이라면 뭐든 냉정하게 관찰해서 공평하게 판단하는데 성녀님만큼은 다른 기준이 존재하는 것처럼 꼭 좋은 쪽으로 해석한다니까."

시릴은 생각지도 못한 말을 들었다는 듯 눈이 휘둥그레졌다가, 곧바로 손에 든 잔에 시선을 떨어트렸다.

"……다른 기준이라. 그 말을 듣고 보니 맞을지도 모르겠군요.

왜냐하면 저도 사비스 총장님도 반드시 성녀님과 결혼해야만 하니까요. 누구든 함께 살아야 하는 상대를 나쁘게 보고 싶지는 않겠죠.”

클라리사는 콧등을 구겼다.

“그 왕가의 풍습 어떻게 안 돼? 고위 귀족도 같은 관습이 있지만 귀족가에는 남자와 같은 비율로 여자도 태어나니까 성녀님의 피를 물려받고 싶다는 이유가 이해가 간단 말이지. 하지만 우연이겠지만, 왕가는 남자만 태어나잖아. 그러니 성녀님의 핏줄 계승이 목적이라면 오히려 성녀님과 결혼하지 않는 게 낫지 않아?”

불만 어린 감상을 흘리는 클라리사에게 시릴은 감정을 읽을 수 없는 미소를 지었다.

“하지만 저도 사비스 총장님도 성녀님을 사랑하니까요.”

“시릴이 성녀님을 사랑한다!”

터무니없는 이야기를 들었다는 듯 데즈먼드가 시릴의 말을 복창했다.

“사비스 총장님이 성녀님을 사랑한다!”

마찬가지로 재커리가 시릴의 말을 복창했다.

그런 두 사람의 반응에 시릴이 얼굴을 찌푸렸다.

“두 사람 다 아내도 연인도 없으니 사랑이 무엇인지 모르잖습니까. 놀리지 마시죠.”

반론하는 시릴의 목소리는 전에 없이 약했기 때문에 두 사람 다 ‘너 역시 아내도 연인도 없잖아!’라는 말을 삼켰다.

그 틈을 타고 퀜틴이 이해한다는 듯 주절거렸다.

“연애는 대부분 믿음과 착각에서 시작한다고 하지. 시릴은 자동으로 사랑에 빠지는 타입이 아니니까 필사적으로 암시를 걸고 있을 거야. 내버려 둬.”

설마 했던 퀜틴에게서 연애 문제로 도움을 받게 된 시릴은 뻣뻣하게 웃었다.

하지만 그래도 반박하지 않는 시릴을 보고 다른 기사단장들은 늦게나마 시릴이 약해졌다는 걸 깨달았다.

……아, 그랬지.

사비스 총장이 필두 성녀와 결혼해야 하는 것처럼 시릴은 차석 성녀와 결혼해야 한다.

아마도 그는 필두 성녀의 가장 유력한 후보자를 보고 차석 성녀도 비슷한 여성이라고 추측하고는, 그런 상대와 결혼하는 걸 상상하고 침울해진 것이다. ……본인은 그 사실을 눈치채지 못했겠지만.

──시릴은 오랫동안 성녀에게 이상을 품었다.

전장에서 상처를 치유하는 힘. 그것이 얼마나 고귀하고 감사한 것인지는 반론의 여지가 없다.

따라서 동료를 위하고 부하를 아끼는 시릴은 그 가치를 대단히 무겁게 받아들이고 있다.

더불어 준왕족으로서 어릴 때부터 성녀를 존중하는 가르침을 철저하게 배웠다.

그런 것들이 뒤엉켜서 성녀에 대한 가치관이 고정되고, 극상의 존재로 간주하는 사고방식에서 벗어나지 못한다.

그렇기에 클라리사의 말대로 시릴은 무의식중에 성녀 전용 기준을 만들어버렸다.

그리고 성녀들의 어떤 언동도 '성녀님이니까'라며 긍정적으로 해석하고 받아들인다.

다만 시릴 본인은 진저리가 날 정도로 총명하고, 통찰력도 관찰력도 뛰어난 사람이니 마음속 깊은 곳에서는 성녀가 극상의 경애를 바칠 상대가 아니라는 걸 이해하고 있을 게 틀림없다.

그렇기에 상반된 마음에 치여 힘들어하는 거겠지.

평소답지 않게 약해진 시릴을 보고 모든 기사단장이 마음속으로 생각했다.

『시릴은 좋은 녀석이니까 행복해졌으면 좋겠어.』

『하지만…… 성녀와 결혼해야 하니 불가능하겠지.』

예를 들어 사비스 총장처럼 달관해버리면 편해지지만, 시릴은 선을 긋고 벽을 세우지 못한다.

분위기가 무겁게 가라앉자, 그 분위기를 바꾸려는 듯 클라리사가 밝게 말했다.

"그렇게 생각해보면 사비스 총장님은 대단하시네. 성녀님을 미워하면서 그 감정을 꼭꼭 숨기고 결혼하시는 거니까. 처음부터 아무런 기대도 하지 않으니까 실망하지도 않고, 무언가를 바라지도 않지. 그리고 평생 상대에게 증오를 향하지도 않아. 예의를 갖추고 평화롭게 살아가시겠지…… 겉으로는."

클라리사의 말을 들은 데즈먼드가 당황한 듯 두 손을 앞으로 쑥 내밀었다.

"자, 잠깐만! 잠깐! 클라리사, 그건 네 상상이야!! 사비스 총장님은 한 번도 성녀님을 미워한다고 말씀하신 적이 없어!! 하지마! 그것만큼은 진짜 하지 마!!"

그런 두 사람을 바라보던 재커리가 심드렁하게 어깨를 으쓱했다.

"클라리사는 마치 사실인 것처럼 상상을 늘어놓는데 어지간하면 그게 적중하니까 무시하지 못한단 말이지. 하지만 사실이라고 해도 문제없잖아."

그렇게 단언한 재커리의 말을 데즈먼드가 긍정했다.

"당연히 문제는 없지! 나는 총장님의 마음을 마음대로 상상하는 게 불경하다는 거지, 내용 자체를 부정하는 게 아니야! 총장님에게 사랑은 뻔히 우선순위가 낮고, 연애결혼을 하실 리가 없으니까 총장님이 정한 상대라면 아무 문제도 없어. 애초에 총장님은 나라가 올바르게 기능하며 기사단 모두가 잘 지낸다면 만족하실 테지."

그 후 데즈먼드는 기사단장들의 잔이 비었다는 걸 깨닫고는 카운터 안에 있는 바텐더에게 새 술을 마련하라고 신호를 보냈다.

그러는 동안 재커리가 새로운 화제를 제공했다.

"그보다 이대로는 올컷 공작가에서 왕비가 탄생할지도 모르겠어. 우리에게는 그게 더 흥미로운 이야기잖아?"

재커리의 말에 데즈먼드가 동의했다.

"확실히 올컷 공작가에서 왕비가 탄생한다면 10년의 비원(悲願)이 이뤄지는 거지. 아마 국왕 폐하의 소원을 이루기 위해 로이드는 프리실라 성녀를 양녀로 삼았을 거야.”

“뭐야 데즈먼드. 당신도 상상으로 말하고 있잖아! 아, ……어우! 생각해보니 10년 전 면면이 다 갖춰지는 거네? 우와, 아무 일도 안 일어난다면 좋겠는데.”

클라리사는 자기가 한 말에 오싹오싹한 소름을 느낀 건지 그걸 억누르듯 제 몸을 끌어안았다.

그러자 그녀의 말을 부정하는 낭랑한 목소리가 바로 날아왔다.

“아무 일도 일어나지 않습니다. 적어도 비극이 재현되는 일은 절대 없습니다.”

단호하게 말을 맺은 시릴의 표정에 강한 의지가 숨어있는 모습을 보고 기사단장들은 다들 입을 다물었다.

……그랬다.

10년 전의 비극은 다양한 일들이 뒤얽히며 연쇄작용을 일으켰는데, ──발단은 ‘서덜랜드의 비탄’이었다.

그렇기에 시릴은 비극의 상당수가 제 책임이라고 생각했다.

불행하게도 시릴의 그 생각은 아직 변하지 않은 건지, ──그는 강한 어조로 말을 이었다.

“제가 있는 이상 아무 일도 일어나지 못하게 할 겁니다.”

10년 전 비극의 정보는 대부분 공표되지 않았다.

그런데도 그 자리에 있는 기사단장들은 다들 막연하게라도 사정을 이해하고 있었기에 누구 한 명 시릴에게 대답하지 않고, ……말없이 고개를 끄덕였다.

◇　◇　◇

고급 오락실에 고요한 침묵이 흐르자 어두워진 분위기를 바꾸고자 데즈먼드가 애써 태평한 목소리를 냈다.

"어이쿠, 그래! 나는 공작저 방문을 보고하던 도중이었지!"

그 발언에 마찬가지로 분위기를 바꾸고 싶었던 재커리가 즉시 편승했다.

"그래, 마저 들려줘!"

데즈먼드는 맡겨달라는 듯 고래를 끄덕이고는 보고로 돌아갔다.

"그 공작저에서 피아는 혼자 디저트를 세 개나 먹은 데다 로이드에게서 선물까지 받았어! ……아니, 이건 중요하지 않은 정보지."

정말로 중요하지 않은 정보였다.

다들 흥이 식었다는 표정으로 데즈먼드를 쳐다보자 그는 분위기를 전환하듯 헛기침한 뒤 다시 입을 열었다.

"즉 피아가 근위 기사단에 들어가냐는 문제 말인데…… 이 부분은 프리실라 성녀 본인에게 확인했어. 프리실라 성녀가 말하기를, 성녀님 말고는 안중에 없다시더군. 호위하는 기사의 머리카락 색이 어떻든 상관없다나 봐."

"후, 그렇군! 고위 성녀님다운 대답이야."

"그래, 하지만 덕분에 걱정거리가 사라졌어."

기사단장들은 고개를 주억거린 뒤 시릴을 제외한 모두가 카티스를 돌아보았다.

"다행이다, 카티스! 이제 피아와 너는 근위 기사단 확정이야!!"

모두에게 축하받은 카티스는 그 말의 의미를 생각하듯 눈을 깜빡였다.

"······근위 기사단이라."

그렇게 중얼거린 카티스의 가슴에 온갖 감정이 오갔다.

필두 성녀라면 많은 성녀와 교류가 있을 테니 그런 환경이야말로 본래 피 님이 계셔야 할 환경이라는 것.

300년 전의 자신도 근위 기사단의 기사였으니 몹시 감상적인 무언가가 치밀어오른다는 것.

300년 전의 근위 기사단장은 그가 주군 다음으로 경애하는 인물이었으며, 자신이 그 자리에 앉게 되면서 비로소 그 위대함을 알게 되었다는 것.

"그래. 긴장감이 확 올라오는 느낌이지만······ 역할이라면 삼가 받들도록 하지."

겸허하게 대답하는 카티스를 보고 데즈먼드가 의외라는 듯 한쪽 눈썹을 까딱했다.

"순순하네. 너는 근위 기사단장이 되는 걸 더 저항할 줄 알았는데."

카티스는 고개를 들고 데즈먼드를 똑바로 바라보았다.

"성녀님이 지닌 회복마법의 힘은 정말로 특별하지. 그러한 특별한 힘을 지닌 분들은 올바른 길을 제시해드리기만 한다면 그 힘을 사용함에 기쁨을 느끼게 될 거다. 지금은 그 길을 제시할 사람이 없는 불행한 상태일 뿐이지."

그리고 피아라면 올바른 길을 제시해줄 것이다.

그렇기에 피아와 자신이 필두 성녀의 근위 기사단에 배속되는 건 옳은 일이다.

성녀의 미래를 두고 당당히 밝은 희망을 이야기하는 카티스를 보고 데즈먼드는 솔직하게 감탄했다.

"카티스, 너는 시릴보다 더 성녀님에게 꿈을 꾸는 타입이었구나! 심지어 순진해. 좋아, 네 꿈은 절대 이뤄지지 않을 테지만 나는 널 응원하마!!"

그 후 데즈먼드는 시릴을 돌아보았다.

"축하해, 시릴! 네 동지를 찾았어."

시릴은 입술을 뒤틀 듯이 곡선을 만들었지만, 데즈먼드의 발언에 별다른 첨언을 하지 않았다.

대신 카운터 위를 가리켰다.

"당신들을 위해 특별한 술을 준비시켰습니다."

기사단장들이 그쪽을 보자 카운터 위에는 색이 고운 술을 따르고 과일을 곁들인 잔들이 놓여있었다.

평소 사용하지 않는 바닥이 얕은 잔을 사용한 것을 보고 위화감을 느낀 데즈먼드가 의심스러운 눈으로 시릴을 보았다.

"이 술이 뭐가 특별한데?"

그러자 시릴은 의미심장하게 웃었다.

"어제 회의에서 말씀드렸죠? 마인이 나타났다는 걸 설명하고 마인을 봉인한 상자를 수납하기 위해 대성당에 기사단장을 파견한다고. 그리고 인선은 건 내일…… 즉 오늘 그 역할을 담당할 기사단장과 직접 상담하겠다고."

““““……했었지.”””

정확하게 그 순간을 떠올린 기사단장들은 다들 등을 똑바로 폈다.

……그래.

지금부터 대성당 방문 임무를 맡을 기사단장을 발표하는 모양이다.

단 시릴은 ‘상담’이라는 단어를 사용했으니 발표하기 전에 협상할 여지가 있을 것이다.

즉 여기서부터는 협상의 시간이다.

어떤 태도로 임해야 할까. 기사단장들이 그렇게 머리를 굴리고 있을 때…….

“나는 대성당에 가고 싶지 않지만, 현재 필두 성녀님이신 왕태후 폐하를 모시러 갈 바에야 기꺼이 대성당에 가겠다!”

퀜틴이 아주 솔직하게 속마음을 입에 담았다.

아, 이런 식이면 되는구나.

긴장했던 기사단장들은 순식간에 마음이 편해졌다.

그리고 마찬가지로 어깨에서 힘이 빠진 기사단장 중 한 명인 재커리도 본인의 의사를 표명했다.

“우리 제6기사단은 어째서인지 남자 기사 비율이 아주 높지. 그래서 나는 여성의 심리를 전혀 이해하지 못해. 한편 왕태후 폐하는 여성만 있는 별궁에서 오랫동안 생활하시며 필두 성녀로서 수많은 성녀님을 지휘하는 분이시지. 그런 섬세한 분의 말뜻을 나처럼 무신경한 놈이 이해할 수 있을 것 같지 않거든. 왕태후 폐하에게 실례를 저지르면 큰일이니까, 내가 가는 건 피하는 게 나아.”

재커리는 퀜틴보다 완곡하게, 하지만 같은 소리를 했다.

즉 ‘왕태후를 모시러 가는 역할은 싫다!’였다.

아무래도 기사단장들은 대성당에 가는 것보다 왕태후를 모시러 가는 역할에 의견을 내고 싶은 모양이었다.

하지만 시릴은 두 사람의 주장에 대답하는 대신 설명을 마저 이었다.

“현재 이 방에 있는 사람은 일곱 명입니다. 하지만 저는 왕도를 벗어날 수 없습니다. 그리고 카티스도 근위 기사단 편성 업무로 바쁠 테죠.”

데즈먼드는 카운터에 놓인 잔이 다섯 잔이라는 걸 이미 눈치채고 있었기에, 이 잔으로 시릴과 카티스를 제외한 다섯 명 중 담당자를 정할 생각임을 알아챘다.

따라서 일곱 명을 다섯 명으로 줄였다면 다섯 명을 네 명으로 줄일 수도 있다는 생각에 필사적으로 한 손을 들었다.

“나! 나도 왕도에 꼭 필요해! 새 필두 성녀님 선정을 치르는 데다 왕태후 폐하도 오시니 평소보다 많은 사람이 왕도에 모인다는 건 틀림없잖아. 평소보다 더 왕성을 경비할 필요가 있어!”

데즈먼드는 자신의 업무를 구실로 왕성 경비 업무 책임자는 왕도에서 떠날 수 없다고 주장했다.

“어머, 그렇다면 마찬가지로 나도 왕도를 경비할 필요가 있어!”

마찬가지로 클라리사가 왕도 경비 책임자도 왕도를 비울 수 없다고 주장했다.

그러자 그때까지 한마디도 하지 않았던 이노크가 드디어 입을
열었다.

"나는 마음만 먹으면 한 달은 아무와도 대화하지 않고 지낼 수
있다. 이런 나에게 대성당이나 왕태후 폐하를 맡긴대도 대응할
수 있을 리가 없지."

하지만 그건 영문을 알 수 없는 협박이었다.

따라서 다른 기사단장들은 그런 말을 하기 전에 남들만큼 사교
성을 키울 노력을 하라며 마음속으로 태클을 걸었다.

한편 시릴은 전원의 주장을 다 들은 뒤 한숨을 흘렸다.

"……알겠습니다."

대체 뭘 알았다는 걸까. 다들 시릴을 바라보는 가운데 그는 난
처한 듯 작게 고개를 저었다.

"여러분은 다들 중요하고, 저 같은 게 그 역할을 어떻게 할 수
는 없다는 것을."

즉 누구의 말도 시릴에게 영향을 주지 않고 처음 생각대로 진
행하겠다는 시릴의 의사를 기사단장들은 정확하게 이해했다.

모두가 예상한 대로 시릴은 술술 말을 이었다.

"그러면 왕국이 자랑하는 유능한 다섯 명의 기사단장…… 데즈
먼드, 클라리사, 이노크, 퀜틴, 재커리 중 두 명은 대성당에 가고
세 명은 왕태후 폐하를 모시러 가기로 하죠. 이 역할을 맡는 기사
단장 선정은 사비스 총장님께서 제게 일임하셨습니다. 하지만 저
는 도저히 고를 수 없을 것 같았기에 스스로 선택하게 해드리겠
습니다."

시릴의 말이 끝나자마자 웨이터들이 카운터에 놓여있던 잔을 시릴 앞 테이블로 조용히 가져왔다.

그러자 시릴은 우아한 손짓으로 그 잔들을 가리켰다.

"자, 원하는 잔을 고르십시오. 각 잔에는 다른 과일을 넣었습니다. 씨가 없는 과일이 든 잔을 고른 사람이 대성당에 가고, 씨가 있는 과일이 든 잔을 고른 사람이 왕태후 폐하를 모시러 가는 업무를 받게 됩니다. 아, 참고로 각 업무 시기는 엇갈리게 해 두었으니 왕도에서 다섯 명의 기사단장이 동시에 사라지는 일은 없습니다."

다섯 명의 기사단장은 자리에서 일어나 진지한 표정으로 다섯 잔의 술잔을 바라보았다.

하지만 준비한 사람은 용의주도한 시릴 제1기사단장이다.

당연히 눈으로 알아볼 수 있는 차이는 없다.

"시릴이 준비한 방법은 평등하니까 원망하지 않기다."

재커리는 그렇게 말한 뒤 잔을 하나 가져갔다.

"왕태후 폐하 쪽에 대성당보다 많은 인원을 배정했다는 점이 제대로 점수를 따내는 시릴답게 철저하다니까!"

불만스럽게 중얼거리면서 클라리사가 잔을 하나 가져갔다.

"제발, 제발! 나는 세상을 위해 사람들을 위해 헌신했어! 슬슬 나를 과도한 업무에서 해방시켜줘!"

그동안의 과로를 호소하며 데즈먼드가 잔을 하나 가져갔다.

"데즈먼드, 이건 그냥 운을 시험하는 거다. 네가 그동안 해온 행동은 이 결과에 일절 관여하지 않지."

지극히 냉정하게 데즈먼드를 타이른 뒤 퀜틴이 잔을 하나 가져
갔다.

"나는 선인의 함축적인 말을 믿겠어. '남은 것에 복이 있다'. 이
말은 절대로 틀리지 않아…… 야 해, 그렇고말고."

기도하듯 머리를 숙이며 이노크가 마지막 잔을 가져갔다.

시릴은 자신의 잔을 들고 다른 사람들의 잔과 건배했다.

"하늘과 땅의 모든 것은 나브 왕국 흑룡 기사단과 함께!"

마찬가지로 카티스를 포함한 다른 기사단장들이 입을 모았다.

""""하늘과 땅의 모든 것은 나브 왕국 흑룡 기사단과 함께!""""

이어서 전원이 단숨에 잔을 기울였고…… 잠시 후 오독, 오독,
오독, 씨를 깨무는 소리가 고요한 방 안에 세 번 울렸다.

46 제1기사단에 배속된 이유

올컷 공작가를 방문한 다음 주, 나는 아침 훈련을 마친 뒤 파비안에게 말을 걸었다.

"파비안, 오랜만이야! 전에 공작가 방문했던 일 말인데, 보기 드문 면면이 모인 거라서 긴장하지 않았어? 나는 긴장했던 건지 방문한 날 밤에 배가 아파서 좀처럼 잠을 못 잤다니까."

그런데 같이 공작가를 방문한 시릴 단장님과 데즈먼드 단장님은 다른 단장님들과 그날 밤늦게까지 술을 마셨던 모양이니 참 튼튼하다고 말을 이었더니, 파비안이 고개를 갸웃거렸다.

"피아의 배탈은 긴장이 아닌 다른 이유가 아닐까. 너는 올컷 공작님에게 받은 타르트를 그날 밤에 반이나 먹었다고 했잖아. 게다가 그날 밤 식당에서 저녁도 다 먹었지. 그렇게 배불리 먹어놓고 홀 타르트를 반이나 먹었으면 과식한 거 아니야?"

파비안의 지적에 나는 깜짝 놀라 눈을 크게 떴다.

아니 파비안도 참, 나를 잘 보고 있었구나.

그리고 추리력도 대단해.

"듣고 보니 그런 것 같아. 나는 공작저에서 긴장해서 배탈이 난 줄 알았는데 과식 때문이었나?"

"내가 보기엔 공작저에서 피아는 전혀 긴장하지 않았어."

"그, 그래? 어어, 그렇다면 즉, 많은 일이 있어서 잠을 못 잤다는 거야."

이상하네. 파비안이 나보다 더 나를 잘 안다니 어떻게 된 거지.

화제를 바꾸는 게 좋겠다는 생각에 최근 일주일 동안 계속 떠올랐던 의문을 물어보기로 했다.

"그런데 그 공작저 방문 말이야. 시릴 단장님과 데즈먼드 단장님이 함께 방문한 이유가 뭘까? 중요한 이야기라도 있는 줄 알았는데 두 분 다 그런 느낌이 아니라서 이유를 모르겠어."

파비안은 재미있다는 듯 후후 웃었다.

"피아와 조금이라도 같이 있고 싶었던 거 아닐까? 네가 올컷 공작님과 너무 친해지지 않도록 감시했던 건지도 몰라."

"파비안, 자기도 안 믿는 소리는 하지 마!"

나는 파비안을 날카롭게 노려보았다.

"그런 식으로 얼버무리려고 한다는 건 뭔가 알고 있는 거지? 이건 감이지만 공작님은 성녀님을 싫어해. 이유를 알겠어?"

내 말을 들은 파비안은 놀란 듯 눈이 휘둥그레졌다.

"피아는 대단하네. 그런 짧은 방문으로, 그것도 항상 유유자적해서 속내를 보여주지 않는 올컷 공작님의 마음을 알아맞히다니, 굉장하잖아."

"역시 파비안은 뭔가 아는구나!"

항상 소탈한 태도를 보이지만 그는 고위 귀족의 적자다.

마찬가지로 고위 귀족인 올컷 공작님의 정보를 다양하게 파악하고 있을 게 틀림없다.

나의 추궁에 파비안은 난처한 듯 두 손을 들었다.

"내가 아는 건 전부 추측의 영역을 벗어나지 못해. 아마도 공작님이 신경 쓰시는 건 10년 전 사건일 거야. 하지만 그 사건은 당사자가 모두 입을 다물어버렸고, 관계자는 다들 사정 청취를 하기도 어려운 고위직들이라서 제대로 검증도 하지 못하고 끝났어."

파비안은 한번 말을 끊고는 타이르듯이 말을 이었다.

"확실하지 않은 이야기를 하는 건 헛소문을 퍼트리는 셈이야. 그래서 좋아하지 않아."

"응, 그래서?"

고개를 끄덕이며 다음 말을 재촉하자 파비안은 기가 막힌다는 듯 하늘을 올려다본 뒤 포기하고 입을 열었다.

"응, 그래서. ……올컷 공작님에게는 여동생이 있었어. 콜레트 님이라고 하는데, 공작님보다 1살 연하인 성녀님이었지. 콜레트 님은 10년 전에 돌아가셨지만 그 자리에 다른 성녀님이 있었으니까, ……그럴 마음만 있었다면 콜레트 님을 구할 수 있었을지도 모른다고 생각하시는 것 같아."

"아하……."

"성녀님 중에서는 최대한 마력을 온존하기 위해 의무일 때 말고는 회복마법을 사용하지 않는 분도 계신다고 했잖아. 그래서 공작님은 마력을 아끼지 않고 썼다면 콜레트 님이 살 수 있었다고 생각하신 거지. 그리고 그런 악감정이 성녀님 전반을 향한 상태로 지금에 이른 게 아닐까."

"저런, 정말 안된 일이네."

나는 당시 올컷 공작님의 마음을 상상하고 슬퍼졌다.

그리고 공작님의 마음을 조금 이해한 것 같았다.

──성녀의 회복마법은 부상이나 병을 흔적도 없이 치료하니까 그 힘은 기적 그 자체로 보인다.

그래서 성녀는 뭐든 할 수 있다고 착각하곤 하지만, 당연히 만능은 아니니까 불가능한 일도 있다.

예를 들어 내가 세룰리안에게 걸린 저주를 도저히 풀지 못하는 것처럼, 성녀에 따라서는 큰 부상이나 병을 고치지 못하는 사람도 있다.

특히 죽음에 이를 정도로 큰 부상이나 병이라면 회복마법이 약해진 요즘 시대에는 치료할 수 있는 성녀는 손에 꼽을 정도로 드물지 않을까.

나는 풀이 죽어서 말을 이었다.

"그 자리에 있었던 건 아니니까 확실하게 말할 수는 없지만, 그래도 성녀님이 모든 상처나 병을 고칠 수 있는 건 아니야."

그러니 그 자리에 있었다는 성녀는 모든 힘을 다 쏟았지만 구하지 못했던 건지도 모른다.

그렇다면 왜 살려주지 않았냐는 비난은 성녀로서 고통일 것이다.

한편으로 올컷 공작님이 좀 더 무언가 할 수 있었을 거라고 생각하는 마음도 이해가 간다.

고뇌하는 얼굴로 입을 다물자 파비안은 분위기를 수습하듯 말을 이었다.

“응, 그렇지. 실제로 무슨 일이 일어났는지는 당사자가 아니면 모르고, 사람에 따라서 받아들이는 관점도 다르니까 각자 주장하는 바도 다른 건지도 몰라. 올컷 공작님과 콜레트 님은 사이가 좋았으니 공작님은 콜레트 님의 죽음을 직시하는 게 고통스러워서 비난의 표적을 찾고 싶은 건지도 모르지.”

“……그렇구나.”

하지만 올컷 공작님은 현명해 보이고, 현실이 고통스럽다고 해도 똑바로 진실을 보는 사람인 것 같은데.

그때 파비안이 또 다른 의문에 대답해주었다.

“그리고 시릴 단장님과 데즈먼드 단장님이 공작가를 방문한 이유 말인데, 프리실라 성녀를 살펴보기 위해서였던 게 아닐까.”

“어? 뭘 살펴보는데?”

“곧 필두 성녀 재선정 시기잖아. 그리고 프리실라 성녀는 가장 유력한 후보니까 어떤 분인지 확인하고 싶으셨겠지.”

프리실라는 강한 성녀구나.

어라? 하지만 재선정이라면 지금 필두 성녀는 다른 사람이라는 거잖아?

“현재 필두 성녀는 누구셔?”

고개를 갸웃거리며 묻자 파비안에게서 황당하다는 표정이 돌아왔다.

“그야 당연히 이아생트 왕태후 폐하시지. 국왕 폐하와 사비스 총장님의 어머니.”

“헉, 그, 그렇구나!”

그러고 보면 왕족은 성녀와 결혼한다고 했었지.

세룰리안과 사비스 총장님의 어머니는 성녀였구나!

놀라는 나와는 대조적으로 파비안은 꿈을 꾸는 듯한 표정을 지었다.

"전 세계의 음유시인이 '나브 왕국에 치유의 꽃이 있노라'라고 노래하는, 모든 이가 사랑하는 우리나라의 자랑스러운 성녀님이야. 아름다우시고, 다정하시고, 그 치유의 힘으로 모든 것을 치료하신다지."

그렇구나. 국왕은 워낙 특이해서 잘 모르겠지만…….

"사비스 총장님은 고결하고 대단한 분이시지! 어떤 식으로 키우면 그런 사람으로 자라는지 궁금했었는데, 답은 '치유의 꽃'이었구나!"

그나저나 그 별칭 좋네.

나에게도 그런 멋진 별칭은 없으려나.

마음속으로 생각한 거였는데, 파비안은 마치 내 생각을 읽은 것처럼 입을 열었다.

"그러고 보면 피아에게도 멋진 이명이 있었지. '배불뚝이 구세주'라니 '치유의 꽃'보다 굉장한 능력이 있어 보여."

"파비안!"

완전히 놀리고 있다는 걸 눈치챈 나는 발끈하며 노려보았다.

그러자 파비안은 즐거워하며 웃음을 터트렸다.

"미안해. 하지만 동료들에게 '구세주'라는 별명을 받은 피아가 대단하다고 생각한 건 진짜야. 멀리 계시는 '치유의 꽃'보다 피아가 더 이래저래 구해주지 않을까?”

그러더니 파비안은 장난기 어린 표정으로 나를 바라보았다.

“어쨌거나 새로운 ‘치유의 꽃’을 가까이서 모실 수 있을지도 몰라. 나도 피아도.”

“어?”

의아해하는 나를 보고 파비안은 쓰게 웃었다.

“정말 피아는 관심이 있는 것과 없는 것의 차이가 극단적이구나. 10년 이상의 경력이 있는 기사만 배속되는 제1기사단에 나와 네가 배속된 이유를 생각해본 적 없어?”

“그야 당연히 입단시험 성적이 좋았기 때문이지!”

그것 말고는 없지 않냐며 가슴을 펴고 대답하자, 파비안은 놀란 듯 눈을 깜빡였다.

“……그래, 그렇게 나왔구나. 하지만 10년이라는 기사 경력을 메꿀 수 있는 성적은 과연 어느 정도일까. 그런 성적을 냈다고 생각하는 피아는 정말로 대단해.”

나는 깜짝 놀라 파비안을 바라보았다.

……듣고 보니 입단시험은 그렇게 대단하지 않았을지도 모른다.

특히 마지막 시험에선 알디오 오빠에게 마비 상태 이상을 걸고 움직이지 못하는 오빠를 3분 동안 구경했을 뿐이었다.

시험관이 가만히 서 있는 나를 좋게 평가했다고 보기는 힘들다. 어? 나는 왜 내 성적이 좋다고 생각했던 거지?

"파비안. 나 입단시험 성적이 좋은 줄 알고 있었는데, 잘 생각해보니까 10년 치 기사 경험에 필적할 정도는 아니었던 건지도 몰라."

새삼스럽게 그런 생각이 들어 고개를 도리질하며 동기를 바라보자 파비안은 알고 있었다는 듯 끄덕였다.

"응, 그렇겠지. 그리고 당연히 나도 그렇게 대단한 성적을 내지 못했으니까 제1기사단에 배속된 이유는 따로 있을 거야."

자연스럽게 동조한 파비안을 보고 고개를 갸웃거렸다.

으으음, 누군가가 파비안의 입단시험 결과는 몇 년 만에 나온 만점이라고 했었는데.

심지어 그때 파비안은 기사 양성학교도 수석으로 졸업했다고 들었고.

와! 1등 하는 사람이 실제로 어딘가에 존재하는구나! 하면서 놀랐었지.

그 1등이…… 와, 옆에 있잖아!

"피아, 표정이 휙휙 바뀌는 게 즐거워 보이네. 나에게도 네 머릿속을 공유해주지 않겠어?"

생글거리며 물어보는 파비안에게 반대로 되물었다.

"파비안은 입단시험에서 1등으로 합격했다고 들었어. 그러니까 파비안이 제1기사단에 배속된 이유는 성적 아닐까?"

그러자 '알고 있었구나?'라는 듯 파비안은 어깨를 으쓱했다.

"……아마도 나는 그럴 거야. 피아와 비교하면 참 심심한 이유지."

“어? 아니, 심심한 이유가 아니라 대단한 이유잖아! 그야말로 10년 치 기사 경험에 필적할 만큼 좋은 성적인 거니까.”

우다다 쏘아대자 파비안이 재미있다는 듯 웃었다.

“후후후, 그런 성적이 있을 리가. 나는 문제 없는 성적에다 가문을 봐도 신뢰할 수 있는 상대였기 때문에 적임자라고 여긴 거겠지……. 네 감시자로서.”

“가, 감시자?”

“그래. 아마도 원래는 신입 중에 피아만 제1기사단에 배속시키면 네가 불안해할 것이라는 배려에서 마찬가지로 신입 중에 가장 문제가 없어 보이는 나도 같이 배속했을 거야. 하지만 입단한 뒤로 피아를 보고 있으면 너에게는 불안하다는 감각이 없거든. 오히려 마음대로 행동하면서 잇달아 문제를 일으키고 있지. 그러니까 감시자란 표현이 적당할 거야.”

뭔가 너무한 말을 들은 기분이다.

파비안을 날카롭게 노려보자 ‘그래, 피아가 일으키는 문제를 전혀 막지 못하고 있으니까 나는 감시자로 노릇을 못 하고 있지’라는 대답이 돌아왔다.

아니야. 내가 하고 싶었던 말은 그게 아니야.

하지만 내 마음의 소리가 들리지 않는 파비안은 설명을 이어 갔다.

“며칠 전 올컷 공작저에서 데즈먼드 단장님이 말씀하셨듯이 교회는 붉은 머리카락을 우대해. 그러니까 고위 성녀님 주변에는 항상 머리카락이 붉은 사람을 배치하고 싶어 하지. 이번에 피아의 이례적인 배속은 너의 그 보기 드물 정도로 새빨간 머리카락이 이유일 거야. 그리고 앞으로 모시게 될 고위 성녀님과 나이도 가깝지.”

“내가 모시게 될 고위 성녀님?”

파비안은 대체 무슨 이야기를 하는 걸까.

고개를 크게 갸우뚱거리는 나에게 파비안이 친절하게 설명해 주었다.

“그리. 곧 어떤 고위 성녀님의 경호 담당이 필요해지거든. 따라서 선명한 붉은 머리카락을 지닌 피아가 선택된 거지. 눈치채지 못했을지도 모르지만, 제1기사단에는 능력에 문제가 없을 법한 빨간 더리 기사가 많이 모여 있어. 하지만 그 기사 중 누구도 너만큼 진한 빨간색은 없지.”

“어? 그렇구나?”

나와 비슷한 환경이면서 파비안은 언제 그런 걸 관찰했던 걸까.

깜짝 놀라 눈을 동그랗게 뜨자 파비안은 재미있다는 듯 미소 지었다.

“그래. 그래서 이대로 가면 너, 그리고 내가 그 성녀님의 경호 담당으로 뽑히게 되겠지. 물론 우리 말고도 붉은 머리카락을 중심으로 많은 사람이 뽑힐 테고.”

“그렇구나. 그런데 그 경호 대상은 누구야?”

고위 성녀님이라는 조건만으로는 범위가 너무 넓어서 모르겠다는 생각에 물어보자 파비안은 기가 막힌다는 듯 눈을 슥 굴렸다.

“여태까지 내가 설명한 걸 듣고 상상할 수 있을 줄 알았는데,

……당연히 새로 뽑히는 필두 성녀지.”

“아하!”

그랬지. 새 필두 성녀를 재선정한다고 알려줬으니까.

“프리실라 성녀가 필두 성녀로 가장 유력한 후보랬지. 아, 그래서 사전에 시릴 단장님과 데즈먼드 단장님이 경호 대상자를 확인하러 간 거구나!”

그래서 바쁜 두 단장님이 굳이 올컷 공작저를 방문한 거였구나.

두 분은 프리실라 성녀를 살펴보러 갔다는 파비안의 말뜻을 드디어 이해했어!

“후후후, 어떤 사람이 필두 성녀가 되든 그 경호를 담당할 수 있다니 기대된다! 그런데 경호가 필요하다는 건 어디 위험한 장소를 방문하시는 거야?”

순수하게 의문이 들어 물어보자 파비안은 난처하다는 듯 눈썹 꼬리를 내렸다.

“응, 뭐 피아는 모를 것 같긴 했어.”

“어? 뭐가?”

어리둥절해서 되묻자 파비안이 쓰게 웃었다.

“우리는 제1기사단이야. 왕족 경호만 담당하지. 드물게 외국에서 온 요인 경호를 맡기도 하지만, 그 대상도 기본적으로는 외국의 왕족으로 한정적이야.”

“응? 하지만 지금 왕족은 국왕 폐하와 총장님뿐이잖아? 어? 하지만 두 분의 어머니는 살아계신다고 했지. 왕태후 폐하도 왕족 아니야?”

딱 감이 와서 물어보자 파비안이 고개를 끄덕였다.

"그래, 왕태후 폐하는 왕족과 동급에 계시지. 마찬가지로 필두 성녀도 왕족에 준하는 분이 되시는 거고."

파비안은 표현을 고르듯 신중하게 입을 열었다.

"사비스 총장님은 27살 독신이지. 보통 남성 귀족의 적령기는 18살부터 25살이니까 다른 분들보다 늦어지셨어. 게다가 총장님의 신분은 왕제 전하, 제1위 왕위 계승권자야. 왕족에게 가장 중요한 의무는 후계자를 남기는 거니까, 적령기가 지났는데 독신이라는 건 보통 일이 아니라고 할 수 있지."

"헉! 서, 설마 신분이 차이 나는 연인이 있다거나!"

나는 순간 번뜩인 생각을 파비안에게 말해보았는데, 바로 기각당했다.

"응, 대단히 낭만적인 생각이긴 하지만 아닐 거야. 아마 사비스 총장님은 프리실라 성녀가 어른이 되는 걸 기다렸던 거지. 대대로 국왕 폐하는 그 시대에 가장 힘이 강한 성녀와 혼인을 맺고, 프리실라 성녀는 10년도 더 전에 그 탁월한 능력이 발견되었으니까."

"아, 그렇구나."

흠, 10년이나 한 명의 여성을 계속 기다렸다는 것도 멋진 스토리잖아.

고개를 주억거리고 있었더니 파비안이 무언가 하고 싶은 말이 있다는 표정을 지었지만, 마음을 바꾼 듯 설명을 마저 이었다.

"내년이면 프리실라 성녀도 17살이 되시니 결혼하실 수 있는 나이지. 그러니 그녀가 필두 성녀로 선정되면 곧바로 프리실라 성녀를 왕성으로 불러서 사비스 총장님과 약혼하시지 않을까. 그리고 그때 새 필두 성녀 전용 근위 기사단이 결성되고 피아와 내가 단원으로 선발될 거야.”

파비안의 이야기를 다 들은 나는 의아해서 고개를 갸웃거렸다.

“어? ‘내년이면 프리실라 성녀도 17살이 되시니 결혼할 수 있는 나이’라니, 무슨 소리야? 여자는 17살이 되어야 결혼할 수 있는 건 아니잖아? 왕족이나 귀족들은 더 어릴 때 결혼하는 사람도 많은걸.”

그러자 파비안이 설명을 추가해주었다.

“이건 성녀님들의 규칙이야. 성녀님은 17살이 되지 않으면 결혼할 수 없어. 이유는 모르지만 300년 전에 정해졌대.”

그러고 보면 전에 시릴 단장님의 어머니 이야기를 들었을 때도 같은 이야기가 나왔었지.

그때 시릴 단장님이 성녀님은 17살이 되지 않으면 결혼할 수 없다고 했다.

하지만 전생에 내가 성녀였을 때는 그런 규칙이 없었는데.

300년 전에 정해졌다면 전생의 내가 죽고 얼마 지나지 않았을 때 생긴 걸까.

“가르쳐줘서 고마워, 파비안. 듣고 보니 시릴 단장님에게도 같은 이야기를 들었다는 게 생각났어. 하지만 새 필두 성녀 전용 근위 기사단이 결성된다니 규모가 크네!”

그리고 그 일원으로 선발된다니, 책임이 중대하잖아!

나는 두 주먹을 꽉 쥐고 기합을 넣은 뒤 파비안을 올려다보았다.

“어쨌거나 총장님이 결혼하신다는 건 경사스러운 일이지!”

왜냐하면 우리 기사단의 기사단장님들은 엄청난 고연봉인데도 불구하고 다들 독신이기 때문이다.

그리고 그 단장님들을 부리는 사비스 총장님도 독신이라서, 술자리에서는 반드시라고 해도 될 만큼 빈번하게 ‘대부분 돈과 미모와 지위를 갖고 있는데 다들 독신이라니, 기사단장부터는 결혼하지 못하는 저주가 걸린 거야!’라는 이야기가 화제에 오른다.

드디어 총장님이 그 저주에서 벗어나시는 거야!

기뻐하며 웃고 있었더니 파비안도 크게 동의했다.

“응, 경사스러운 일이지. 하지만 사비스 총장님은 여성 인가가 대단하니 이 이야기를 들은 왕국의 수많은 여성이 눈물을 흘리지 않을까. 그리고 기사들은 그보다 더 많은 눈물을 흘리지 않을까.”

알 것 같다.

아마 총장님을 가장 사랑하는 건 기사단의 기사들일 테니까.

그들의 격렬하고 땀내 나는 사랑을 상상하고 내가 총장님이었다면 반갑지 않을 것이라는 생각이 들었다.

“음, 그래. 오열하는 기사들이 속출하겠지!”

그런 부담스러운 광경에 휘말리는 건 사양이다. 좋아, 총장님이 결혼하신 직후에는 최대한 기사들에게 접근하지 말아야지!

현명한 나는 그렇게 결심했다.

47 광대의 제자

사비스 총장님의 결혼은 더없이 경사스러운 일이다.

그렇다면 축하하는 마음을 제대로 보여드려야 하는 게 아닐까.
나는 불현듯 깨달았다.

"그래! 어쩌면 내가 나설 차례 아닐까?"

퍼뜩 생각이 떠오른 나는 두 손을 모으고 생각에 잠겼다.

애초에 평소 동료 기사들을 즐겁게 해주는 여흥 담당은 막내들
에게 돌아오는 법이다.

그리고 나는 15살.

10년이 넘는 경험자가 배속되는 제1기사단에서 특출나게 어린
나이이니, 내가 나설 차례임이 틀림없다.

나는 잠시 머리를 굴린 뒤 짝 손뼉을 쳤다.

그런 나를 보고 파비안이 조심조심 질문했다.

"피아, 네가 무슨 생각을 떠올린 건지 물어봐도 될까?"

나는 의기양양하게 파비안을 올려다보았다.

"당연하지! 파비안, 나는 아주 좋은 생각이 났어! 사비스 총장
님이 결혼하신다는 건 더없이 경사스러운 일이잖아! 그리고 총장
님이라면 기사단에서 축하 자리를 마련하고 기사들과 기쁨을 나
누실 거야."

“그렇지.”

“그런 축하 자리니까 총장님을 즐겁게 해줄 공연도 몇 개 올라가겠지.”

“그렇지.”

“게다가 그런 공연은 어린 기사가 솔선해서 맡게 되잖아. 그러니까 내가 온 힘을 다해 총장님께 축하하는 마음을 보여드리려고!”

“……그렇구나.”

그때까지 이해했다는 듯 긍정하던 파비안이 처음으로 당혹스러워하는 기색을 보였다.

“그래! 그러니까, 국왕 면담 때 광대 세 사람이 있었잖아? 그 세 사람의 제자로 들어가려고!!”

“…………그건, 글쎄.”

파비안은 뚜렷하게 난색을 보였다.

“피아에게는 미안하지만, 전혀 좋은 생각이 아니야. 오히려 절대 안 하는 게 좋을 것 같아.”

파비안의 심약한 태도를 보고 나는 적극적으로 권유했다.

“나는 파비안도 같이하자고 권할 생각이었는데.”

그러자 파비안은 깜짝 놀란 듯 턱을 당겼다.

“어? 아, 응, 그건 그야, 대단히 영광스러운 권유이긴 하지만……사비스 총장님과 입단식에서 대련한 건 피아잖아. 그러니까 총장님은 너를 특별히 눈여겨보신 게 아닐까. 그런 네가 축하해드리면 총장님의 기분이 좋아지시겠지. 내가 끼어들어서 네 존재감이

‘여러 명 중 한 명’이 되는 바람에 흐릿해지는 건 아까워. 그러니까 나는 이번 제자 입문은 다음 기회에!”

파비안은 단숨에 거기까지 말한 뒤 갑자기 볼일이 생각났다며 잰걸음으로 떠나갔다.

나는 그 뒷모습을 황당해하며 바라보았다.

파비안도 참, 축하하는 마음이 부족하구나!

그 세 사람은 일류 광대니까 재주를 배울 수 있다면 이번만이 아니라 앞으로도 도움이 될 텐데.

그렇게 생각하며 나는 히죽 웃었다.

“후후후, 나는 그런 그들에게서 동료 광대가 되지 않겠냐는 스카우트를 받았단 말이지! 즉 나에게는 사람을 즐겁게 해주는 자질이 있는 게 틀림없어!!”

나는 표정을 관리한 뒤 곧장 국왕의 집무실로 향했다.

──사실 국왕 면담으로부터 열흘 정도밖에 지나지 않았는데도 세룰리안에게서 몇 번이나 면회 요청을 받았다.

귀찮아 보여서 이래저래 이유를 대고 거절했는데, 마침 좋은 기회이니 비위도 맞출 겸 방문하기로 했다.

국왕 집무실 앞으로 가자 경비하던 낯익은 기사들이 말을 걸었다.

“오, 피아잖아! 하하, 이야기 들었어! 광대들이 널 마음에 들어 한다면서. 그래서 네가 오면 언제든 폐하의 집무실에 들여보내라고 하더라── 광대들이!”

"그래. 국왕 면담에서 국왕 폐하와 광대들을 대단히 즐겁게 했다면서? 너 광대를 '폐하'라고 불렀다며! 그게 최고로 재치 있는 대응이네 뭐네 하면서 광대들이 네게 빠져버렸다던데."

"그떄 경호 임무로 동석했던 기사들은 피아는 뭘 하는 거냐면서 처음에는 황당해했었는데, 지금 생각해보면 네가 잘한 거였다더라!"

……너무하잖아. 어느새 이해할 수 없는 스토리가 만들어졌다.

나는 어색한 미소를 지으며 집무실로 들어갔다.

집무실 안에는 세룰리안과 돌리밖에 없었다. 론은 왕을 따라 어딘가에 간 모양이다.

세룰리안은 왕의 집무 책상에 앉아 무언가를 쓰는 중이었는데, 고개를 들고 나를 보더니 냉소적으로 웃었다.

"이런, 이거 바쁘신 피아잖아! 몇 번이나 내 부름을 바쁘다는 한마디로 거절하다니, 배짱이 참 대단해."

나는 한 손으로 입가를 가리며 고상하게 웃었다.

"호호호, 한가한 광대의 부름을 거절하는 게 뭐가 문제일까?"

세룰리안은 펜을 던지더니 기가 막힌다는 얼굴로 턱을 괴었다.

"……정말 그런 태도로 용케 나를 '경애하는 주군'이라고 불렀다니까. 하아, 하지만 아슬아슬한 타이밍이었어. 점심이 될 때까지 기다려도 네가 오지 않는다면 내 전속 호위 기사로 삼으라고 로렌스에게 시킬 생각이었던 참이거든."

"아니, 완전히 국왕 같잖아!"

너무나 폭군 같은 말에 놀라서 외쳤더니 그냥 그거라는 대답이 돌아왔다.

“국왕이니까.”

그야 그렇지만.

그래도 세룰리안은 광대로서 지낸다고 했었잖아.

그 사실을 떠올린 나는 앞으로도 섣불리 권력을 남용하지 못하도록 못을 박았다.

“어머나, 이상한 소리 하지 마! 세룰리안은 광대잖아.”

“……피아는 정말 우수하구나.”

그 말투는 전혀 칭찬하는 것처럼 들리지 않았지만, 액면 그대로 받아들이고 대답했다.

“그렇다면 우수한 나에게 가르침을 주지 않을래?”

“무슨 소리야?”

조심스러운 표정으로 물어보는 세룰리안을 향해 나는 기세를 붙여서 부탁했다.

“광대의 제자로 들어가고 싶어!!”

그러자 세룰리안이 코를 찡그렸다.

“제자라니, 겸손하기도 하지. 내가 지난번에 그랬지? 피아가 서비스가 마음에 들어 하는 기사가 아니었다면 광대로 스카우트 했을 거라고. 오히려 동료가 되지 않겠냐고 꼬드기고 싶은데.”

“아니, 동료가 되는 건 짐이 무거우니까 제자로 부탁드립니다!”

전력으로 사퇴하자 세룰리안은 힐끗 돌리를 쳐다보았다.

그러자 돌리는 씩 웃으며 일어나 옆방으로 들어갔다.

세룰리안은 그 모습을 시야 구석으로 확인하며 별것 아니라는 듯 말을 뱉었다.

"흐음, 어쨌거나 마침 잘 됐어. 돌리가 피아를 아주 마음에 들어 해서 네 의상을 만들기 시작했거든. 저 녀석은 일 처리가 빠르니까 어쩌면 이미 완성되었을지도 몰라."

나는 깜짝 놀라 세룰리안을 바라보았다.

"어? 어, 어느새 그런 걸 마음대로! 설마 나까지 광대 복장을 해야만 하는 건 아니지?!"

파릇파릇한 15살 소녀가 광대 복장이라니 절대로 싫다.

그러자 세룰리안은 재미있다는 듯 눈을 휘었다.

"실제로 의상을 입어 보면 생각이 바뀔지도 몰라. 입기만 해도 모든 입장에서 해방되고 어떤 책임도 안 져도 되거든. 뭐, 어쨌거나 네 의상은 광대 같지는 않을지도 몰라. 의상 전반을 돌리가 담당하는데, 저 녀석 안에서 피아는 광대가 아닌 모양이니까."

"그건 훌륭한 통찰력이야!"

광대 옷은 입기 싫었던 만큼 그걸 회피하게 해준 돌리의 통찰력을 전면적으로 칭찬했다.

그러자 옆방에서 돌아온 본인이 기뻐하며 대답했다.

"어머, 칭찬해주다니 기뻐라! 아마 우리는 마음이 통하는 거야. 그런 내가 온 힘을 다해 만든 피아의 의상은 바로바로!!"

그 말과 함께 돌리는 들고 있던 화려한 의상을 펼쳐 보였다.

"어? 그, 그건 설마……."

말이 중간에 멈췄다.

왜냐하면 돌리가 보여준 옷은 나풀거리는 빨간색과 하얀색의 드레스였는데 귀엽기는 하지만, 그래도, 이건……

"우후후, 그래. 성녀 의상이야~. 피아의 붉은 머리카락은 성녀 들이 탐내는 색이잖아? 이걸 입고 성녀 역할 안 한다는 건 말도 안 돼! 아무리 지위가 높은 성녀님이라고 해도 가질 수 없었던 선명한 붉은 머리카락을 지녔으면서 사실은 성녀가 아니라니, 그 존재 자체가 최고로 사르카즘이란 말이지~."

즐겁게 이야기하는 돌리의 발언 내용에서 기시감을 느낀 나는 눈을 깜빡였다.

"어, ……올컷 공작님?"

나는 불현듯 아무런 맥락도 없이 이 자리에 없는 사람의 이름을 불렀다.

왜냐하면 전에 올컷 공작님이 똑같은 말을 했기 때문이다.

돌리와 올컷 공작님은 머리카락 길이도 생김새도 목소리도 전혀 다르지만, 마음에 걸리는 게 있었기에 눈앞에 있는 나긋한 광대를 빤히 뜯어보았다.

……으음, 돌리는 광대 화장을 진하게 해 놔서 이목구비를 잘 알 수 없단 말이지.

그래서 화려한 노란색 아이섀도와 눈 밑의 새 깃털 같은 장식을 빼버리고, 머리카락을 짧게 바꾸면…… 어라?!

믿기지 않게도 머릿속으로 돌리에게서 화장을 지우고 헤어스타일을 바꿔 보자 올컷 공작님이 나타났다.

나는 깜짝 놀라 평소보다 큰 목소리로 외쳤다.

"오, 올컷 공작님이잖아요! 뭐 하시는 거예요?!"

최고위 귀족인 공작 각하가 광대 노릇을 하고 있다니, 완전히 비상식적이다.

그래서 큰 목소리로 캐물었는데, 정작 돌리는 한 손으로 입가를 덮더니 못마땅한 듯 얼굴을 찌푸렸다.

"세상에~ 그 반응! 정말로 지금 나를 알아본 거야?"

그 후 돌리는 기가 막힌다는 듯 고개를 절레절레 저었는데, 당연히 지금 알아봤다.

왕국의 중추인 공작 각하가 광대로 분장하다니 상식적으로 말이 안 되는 일이니까 그런 가능성은 생각도 안 하고, 눈치챌 리도 없다.

그런데도 실제로는 국왕 폐하에 이어 공작 각하까지 광대로 분장했다니, 이 나라는 대체 어떻게 된 거지.

"어? 이 나라 괜찮은 거야?"

무심코 속마음이 툭 굴러 나왔다.

그러자 돌리가 쾌활하게 '당연히 괜찮지~'라고 대답했다.

"세상에 꼭 필요한 사람은 없거든! 즉 내가 공작 노릇을 하지 않는 동안은 누군가가 공작의 업무를 대신해주니까 괜찮아!"

어어어, 대국 나브 왕국이 자랑하는 공작 각하가 이렇게 무게감이 없어도 괜찮은 걸까. 공작의 주인인 국왕 세룰리안에게 시선을 브내자 그는 체념한 표정을 짓고 있었다.

아니 저기 세룰리안? 포기하지 마!

하지만 세룰리안은 이 화제에 관심이 없는 건지 '그런데.'하고 말을 돌렸다. 즉 나에게 질문했다.

"전에 피아는 그렇게 싫어했는데 광대의 제자가 되고 싶다니, 무슨 심경 변화야?"

아, 맞다! 돌리가 올컷 공작님이었다는 충격으로 잊어버릴 뻔했지만, 원래 광대의 제자가 되고 싶어서 세룰리안을 찾아온 거였지.

그리고 그걸 부탁하는 도중이었다.

본론을 떠올렸기 때문에 돌리에 대한 건 나중으로 미루고 세룰리안의 질문에 대답했다.

"그런 말이지, 지난번에 세룰리안이 엘리트 광대라고 해서…….."

하지만 그는 내 말을 끝까지 듣지 않고 중간에 가로막았다.

"그런 말은 안 했어. '광대가 엘리트 집단'이라고 한 건지 '엘리트 광대'라고 한 게 아니야."

"같은 말 아니야?"

표현이 조금 다르지만 결국 같은 뜻인 것 같은데.

세룰리안은 고개를 크게 저었다.

"아니, 전혀 달라! 내 말은 광대 세 명이 모두 이 나라의 고위직이었다는 뜻이니까."

"어? 셋 다? 그럼 세룰리안과 돌리만이 아니라 론도…….."

말도 안 돼. 나는 열심히 론의 모습을 머릿속으로 떠올렸다.

그 후 론의 머리에서 고양이 귀를 떼고 눈 아래와 코에 그린 별

모양을 지우자…… 아아앗!

“이, 이럴 수가! 성실해 보였던 밸푸어 공작님이잖아??!”

그랬다. 내 머릿속에 떠오른 얼굴은 상식인인 밸푸어 공작님이었다.

아니, 상식인이라는 건 내가 그런 줄 알았다는 거고, 실제로는 많은 시간을 광대놀이에 쓰는 한량이었다는 건가.

충격이 컸던 나는 두 손으로 입을 틀어막고 머릿속에 두 공작과 두 광대의 모습을 떠올렸다.

하지만 정답을 알고 비교해봐도 올컷 공작님과 돌리, 밸푸어 공작님과 론은 닮은 구석이 거의 없어서 전혀 동일 인물로 보이지 않았다.

두 공작 다 평소 행동이나 분위기, 목소리와 말투를 완벽하게 바꾸고 있으니 광대 모습과 공통점을 끌어내는 게 어려웠다.

이렇게까지 다른 사람을 연기할 수 있다니 어마어마한 노력이었을 게 틀림없지만, 공작님의 행동이라고 보기에는 열정을 기울일 방향을 잘못 잡았다고밖에 할 말이 없었다. 아아, 그나저나…….

“이래도 되는 거야?! 국왕 폐하와 두 공작님이 광대로 분장한 나라가 대륙에서도 1, 2위를 다투는 대국이라니!!”

안 되거든!

그런 나라가 있다고 해도 오래전에 멸망했을 것이다.

“아아아, 이 나라의 앞날이 보인다!”

나는 예언가가 아니지만 파멸하는 미래가 보였어! 머리를 부여잡은 나에게 세룰리안이 느긋하게 대답했다.

“괜찮아~ 괜찮아! 우리가 나라를 좀 휘청거리게 해도 사비스와 시릴이 잘 세워줄 테니까.”

“뭣!”

조금 전 돌리와 비슷하게 발랄하다.

사비스 총장님과 시릴 단장님은 기사단을 지탱하고 있는 줄 알았는데, 그뿐만이 아니라 왕국을 지탱하는 것까지 기대받고 있다니 좀 너무한 거 아닐까.

나는 세룰리안에게 주장했다.

“세룰리안, 세룰리안이 형이니까 동생에게 폐를 끼치면 안 돼. 원래대로라면 세룰리안이 사비스 총장님을 지켜줘야 하는 거잖아.”

내 말을 들은 세룰리안은 놀라서 눈이 휘둥그레졌다.

“어? 내가?”

그런 세룰리안을 보고 내가 더 놀랐다.

“어? 왜 놀라는 거야?! 세룰리안이 사비스 총장님의 형이잖아? 형이 동생을 돌보는 건 이상한 소리가 아니라고 보는데.”

어디까지나 일반론이기는 하지만.

그리고 나의 두 오빠는 조금도 나를 돌봐주지 않았지만.

그래도 형이 동생을 돌보는 건 좋은 일이잖아.

세룰리안은 잠시 생각에 잠긴 뒤 고개를 끄덕였다.

“…………그 말이 맞네.”

하지만 그의 표정은 지금 막 이해했다는 듯한 모습이었으니, 어쩌면 세룰리안은 지금까지 형다운 행동을 거의 하지 않은 건지도 모른다. 나는 세룰리안을 날카롭게 노려보았다.

내 여상이 맞은 건지 세룰리안은 당황한 듯 변명하기 시작했다.

"아니, 피아. 나도 중요할 때는 사비스에게 폐가 되지 않도록 행동해! 다만 사비스는 나보다 몇 배는 더 성숙했거든. 어릴 때라면 모를까 나이가 역전된 뒤로는 일상의 사소한 행동에서는 어느 샌가 그 녀석에게 의지하게 되었을지도 몰라."

"확실히 사비스 총장님은 성숙하시지."

수긍하며 고개를 끄덕이자 문득 세룰리안의 표정이 어두워졌다.

"그래. 하지만 대화하다가 생각났어. 옛날의 사비스는 그런 느낌이 아니었다는 걸. 더 자주 웃거나 화를 내면서 감정을 드러냈었고, 그렇게 혼자서 모든 것을 떠안으려고 하는 타입도 아니었어."

"그랬구나."

사비스 총장님은 항상 어른스럽다는 인상이 있었는데, 확실히 어릴 때부터 그런 사람이었다면 너무 과해서 무섭지.

"그, 피아. ……이 기회에 내 흑역사를 고백하는 건데. 나는 막 어려지기 시작했을 때 의욕을 잃어버렸었어. 전부 다 싫증이 나서 일시적으로 모든 걸 집어던지고 말았지. 간신히 머리가 식고 주변이 보이게 되었을 때는, ……내가 내던진 모든 것을 사비스가 이어받은 상태였어. 하지만 그 대가인 건지 사비스는 감정을 별로 드러내지 않는 무뚝뚝한 느낌이 되고 말았지."

그런 거라면 사비스 총장님은 세룰리안을 돕고 싶어서 자기가 성숙해져야 한다는 생각에 삶의 방식을 바꾼 건지도 모른다.

기사들을 소중히 여기는 사비스 총장님이니 친형도 소중히 여길 게 틀림없다.

그런 생각을 하며 세룰리안을 바라보자 그는 자조하듯 입술을 뒤틀었다.

"그때 사비스는 못난 나를 대신해 이 나라의 미래를 이어받기로 결심한 거겠지. 순간적인 선택을 내릴 때 그 사람의 본질이 드러나는 법이야. 나는 '도망'을 선택했지만, 사비스는 '수용'을 선택한 거지."

세룰리안의 말투로 보아 그가 무척 중요한 이야기를 하는 것 같았기에 나는 조용히 귀를 기울였다.

그러자 세룰리안은 고개를 들고 나를 똑바로 바라보았다.

"내가 도망치면 그걸 이어받을 상대는 사비스밖에 없어. 그리고 그 녀석은 모든 것에 맞서는 성격이니까 당연하다는 듯이 나 대신 짊어지리라는 걸 나는 이해했어야 했고. 하지만 당시 나는 거기까지 생각이 미치지 않아서 결과적으로 그 녀석에게 커다란 짐을 짊어지게 했어. ……그런 사비스에게 나는 뭘 해줄 수 있을까?"

세룰리안이 말하는 건 왕족의 의무인 것 같았다.

세룰리안이 한때 자포자기에 빠져 의무를 내던졌기 때문에 그 모든 것을 사비스 총장님이 대신 이어받은 거겠지.

하지만 이 나라의 미래를 이어받기로 결심했다는 건 조금 더 커다란…… 예를 들어 총장님이 장래에 걸쳐 국왕의 대역을 이어받는다는 이야기처럼 들렸다.

세룰리안을 물끄러미 응시하자 그는 후우 한숨을 쉬었다.

“뭐, 이건 내 숙제야. 아직 시간은 있으니 사비스에게 모든 걸 떠넘기기 전에 그 녀석에게 도움이 되는 걸 뭐든 해보겠어. 말은 이렇게 해도 그 녀석에게는 유능한 시릴이 붙어있으니까 내가 무언가를 할 필요도 없을지도 모르지만.”

확실히 시릴 단장님은 아주 유능하지. 고개를 끄덕이자 세룰리안이 경쟁하듯 자기 측근을 칭찬하기 시작했다.

“하지만 나에게도 돌리와 론이 있으니까! 이 두 사람은 아주 유능하고 다정해. 나를 걱정해서 내 곁에 있기 위해 광대가 되어주었을 정도니까.”

“어? 그런 이유로 두 사람이 광대가 된 거였어?”

놀라서 질문하자 세룰리안은 당연하다는 듯 고개를 끄덕였다.

“그래. 두 사람은 내 소꿉친구거든. 점점 어려지는 나를 내버려두지 못했던 게 아닐까.”

세룰리안은 아무렇지도 않게 말했지만, 공작이 광대로 분장한다는 건 상식적으로 말도 안 되는 사태다.

두 사람이 그저 세룰리안의 곁에 있기 위해 광대로 분장한 거라면 그 자체가 세룰리안을 소중히 여긴다는 증거이다.

정말 멋진 이야기라며 감동하고 있었더니 세룰리안이 민망한 듯 몸을 들썩거렸다.

그 후 분위기를 바꾸듯이 익살스럽게 손뼉을 쳤다.

“피아, 이야기가 길어졌지만 나브 왕국의 궁정 광대는 국왕과 공작으로 구성되었다는 뜻이었어. 하여간 엘리트 집단에 잘 왔어! 그런 우리와 함께 너는 뭘 하고 싶은 거야?”

세룰리안이 분위기를 바꾸고 싶어 하는 게 보였기 때문에 나도 평소 같은 태도로 대답하려고 입을 열었다.

"당연히 광대의 제자로 들어가는 거니까 재주를 단련하고 싶어! 내 최종 목표는 사비스 총장님의 약혼 축하 자리에서 사람들을 깜짝 놀라게 해줄 멋진 공연을 선사하는 거야!!"

왕과 공작만으로 구성된 광대 집단이라는 건 예상치 못했지만, 내가 하고 싶은 건 처음부터 정해져 있었다.

따라서 확실하게 원하는 바를 대답하자 돌리와 세룰리안은 놀란 듯 눈을 크게 떴다.

"……어라, 그렇게 나오는구나~. 나도 참, 그 대답은 예상하지 못했어. 피아는 모두가 동경하는 왕국 기사단의 일원이면서 재미있는 생각을 다 하네."

"그러네. 피아가 사비스를 존경하는 건 알았지만, 엄청난 방향으로 희생하는구나. 수많은 기사 앞에서 공연할 생각이라니."

세룰리안의 감탄한 듯한 말투를 보면 아무래도 그는 총장님을 축하하려는 내 갸륵한 마음에 감명받은 모양이다.

그래서 나는 세룰리안을 동료로 포섭하기로 마음먹었다.

왜냐하면 사비스 총장님은 형을 좋아할 테니까, 세룰리안이 축하해준다면 기뻐할 게 틀림없다고 생각했기 때문이다.

"세룰리안, 괜찮다면 당신도 나와 함께 공연하는 건 어때?"

“어? 내가?”

놀라서 눈이 휘둥그레진 세룰리안을 향해 나는 고개를 크게 끄덕였다.

“그래! 세룰리안은 사비스 총장님의 형이잖아! 축하하는 마음을 가장 잘 보여줘야지.”

단호하게 말을 맺자 세룰리안은 당황한 듯 입을 열었다.

“물론 그럴 생각이야! 그걸 위해 외국 곳곳에서 보기 드문 검과 갑옷과 마석을 모으고 있으니까.”

세룰리안이 입에 담은 건 확실히 총장님이 좋아할 법한 품목들이었지만, 그게 아니다!

나는 크게 도리질한 뒤 세룰리안에게 주장했다.

“돈은 편리하니까 무엇이든 살 수 있지만 그것만으로는 진심은 전해지지 않아! 잘 들어, 세룰리안. 물건보다 추억이야.”

“어?”

생각지도 못한 말을 들었다는 듯 연신 눈을 깜빡이는 세룰리안을 향해 나는 한층 말을 거듭했다.

“검이나 갑옷은 망가지면 버려야 하잖아? 하지만 추억은 영원히 남으니까, 멋진 공연을 보여주면 총장님은 분명 세룰리안을 계속 기억하실 거야.”

내 단어 선정이 좋았던 건지 세룰리안은 가슴이 턱 막힌 듯한 표정을 지었다.

그러고는 정말로 가슴이 아프기라도 한 것처럼 옷의 가슴 부분을 꽉 움켜쥐었다.

“사비스가 계속, 나를 기억한다……?”

세룰리안이 스스로에게 물어보듯 작게 중얼거렸기에 나는 강하게 긍정했다.

“그래!”

세룰리안은 두 손으로 얼굴을 덮더니 떨리는 듯한 한숨을 내쉬었다.

“………………피아는 굉장한 말을 하네.”

“그, 그래?”

예상했던 것보다 더 높은 평가에 동요해서 이상한 목소리가 튀어나온 내 두 손을 세룰리안이 덥석 붙잡았다.

“나는 네 말에 감명받았어. 네 말이 맞아! 사비스가 잊을 수 없을 법한 공연을 나도 같이 보여주겠어!! 그리고 사비스의 기억에 계속 남는 거야!!”

“세룰리안!!”

이해해 준 게 기뻐서 손을 마주 잡고 환희하고 있었더니 뒤에서 돌리가 즐겁다는 듯 웃었다.

“우후후, 의견이 일치했구나. 축하해. 그런데 잊어버린 것 같지만, 피아의 멋진 의상이 여기에 남아있거든. 내 혼신의 작품이니까 입어 봐.”

돌리는 성녀 의상을 높이 들어 펼치더니 살랑살랑 흔들었다.

그 모습을 본 세룰리안이 손가락을 딱 튕겼다.

“아, 그런 이야기를 하고 있었지. 피아, 마침 잘 됐으니 의상 시착 겸 쁘띠 무사 수행에 가지 않을래?”

“쁘띠?”

무사 수행이라면 멋있는 울림인데, ‘쁘띠’가 붙자마자 순식간에 박력이 사라지고 말았다.

대체 뭘 할 생각인 걸까. 의아해하며 세룰리안을 보자 그는 해 맑게 웃었다.

“‘무사 수행’이라고 하면 이웃 나라까지 가야 할 것 같은 대대적 인 느낌이 들잖아? 그 점에서 ‘쁘띠 무사 수행’이라면 훌쩍 거리 로 나가서 끝마칠 수 있을 것 같지 않아? 그 의상을 입고 거리로 나가 우선은 사람들의 반응을 보는 거야.”

“좋은 생각이야!”

갑자기 연회에서 공연을 보여주는 게 아니라 우선 거리에서 테 스트해본다는 건 무척 좋은 아이디어였다.

고거를 끄덕이는 나에게 세룰리안이 성녀 의상을 건넸다.

“피아, 우선 이걸로 갈아입어. 광대와 기사가 함께 거리로 나갔 다간 사람들이 불신만 느낄 거야. 하지만 이 의상이라면 광대를 데리고 다녀도 다들 방심하겠지.”

“그래~ 내가 디자인한 드레스는 실제로 입어 보면 더 예쁘거 든. 아, 하지만 어차피 수많은 기사가 호위로 따라오겠지. 분위기 를 망치고 싶지 않으니까 기사들은 최대한 떨어진 곳에서 따라오 라고 말해둘게~.”

바로 셋이 함께 외출할 생각인 세룰리안과 돌리에게 나는 다급 히 정정했다.

확실히 거리로 나가는 건 찬성했지만 오늘이 아니라 쉬는 날이라고 생각했기 때문이다.

"어어, 잠깐 기다려. 나는 이 뒤에 첫 국왕 폐하 호위 업무가 기다린다고! 그러니까 지금부터 거리로 나갈 수는 없어."

그러자 세룰리안과 돌리가 기가 막힌다는 표정으로 나를 보았다.

"로렌스의 호위라니, 그보다 날 호위하는 게 어딜 봐도 더 중요하잖아. 지금부터 피아가 하려는 건 광대의 제자가 된 것처럼 가장하고 바로 옆에서 국왕을 호위하는 거니까."

"어? 그런 거야?"

자유롭기 그지없는 국왕 폐하의 충동적 왕도 산책에 휘말린 게 아니었어?

고개를 갸웃거리는 나에게 세룰리안은 자신만만하게 대답했다.

"그래, 왕이 인정한 뛰어난 기사가 진정한 왕을 호위한다는 거지! 게다가 지난번에 유능한 젊은 기사에게 괜한 망신을 줬다고 사비스가 설교했잖아. 나는 그 말이 계속 마음에 걸렸거든. 피아는 면담한 기사 중에서 특출나게 뛰어났는데, 그게 사람들에게 제대로 전해지지 않았다는 게 미안했어."

"어머."

모든 것을 지배하는 왕인데도 굳이 나까지 염려해주다니, 세룰리안은 좋은 사람이구나.

찌이잉 감동하는 나에게 세룰리안이 한층 말을 거듭했다.

"그러니까 네가 훌륭하게 일하는 모습을 사람들에게 보여주려고 해. 나중에 시릴에게 가서 유능하고 우수한 피아가 마음에 들었으니까 당분간 내 전속 호위로 붙여달라고 명령하고 올게.”

“엇!”

그건 안 돼.

나는 이제 막 기사가 된 신입이니까 앞으로 많은 경험을 쌓아야 하는데, 반쯤 장난 같은 세룰리안의 경호업무만 맡았다간 기사로서 필요한 능력이 향상될 것 같지 않은걸.

이건 내 장래를 위해 단호하게 거절해야 해!

“아니, 세룰리안. 나는 이제 막 간신히 정식 기사로서 국왕 폐하와 사비스 총장님의 호위를 할 수 있게 된 참이니까…….”

하지만 세룰리안의 다음 말을 듣고 내가 하려던 말은 뚝 멈췄다.

“그래? 내 경호가 되면 업무 시간에 거리로 나가 마음껏 사 먹을 수 있고, 다양한 가게에 들를 수 있어. 그리고 길거리 한복판에 앉아서 잡담도 자유! 아무리 하고 싶은 대로 굴어도 ‘지엄한 왕을 경호하는 중’이라는 명목하에 시릴은 한 마디도 불평하지 못하거든.”

“세룰리안, 잘 생각해보니 당신을 경호하는 업무가 가장 중요했어! 당연히 당신을 따라갈게!!”

나는 열정적으로 세룰리안의 제의를 수용했다.

그랬다. 군주제에서는 국왕이 가장 높으신 분이다.

왕이 한 말은 아무리 부당하다고 해도 통과되고 받아들여진다.

그러니 기사 한 명이 좀 노는 것처럼 보여도…… 국왕이 업무 중이라고 한다면 그건 어엿한 업무로 인정받는다!

군주제 만세! 기사에게 필요한 능력 성장은 다음에 생각하자.

마음을 바꿔 먹은 나는 쇠뿔도 단김에 빼라는 양 드레스를 들었다.

"잠깐만 기다려. 바로 갈아입고 올 테니까!"

그렇게 나는 옆방에서 옷을 갈아입었는데, 상상했던 것보다 더 예쁜 의상이었다.

전체적으로 나풀나풀한 레이스를 풍성하게 사용했고, 스커트 부분은 부드럽게 부풀어서 좋은 집 아가씨가 입는 드레스 같았다.

지금 성녀들이 입는 건 하얀 로브니까 이 빨간색과 하얀색 드레스와는 확실하게 다른 복장인데도, 어째서인지 보는 사람에게 성녀라는 인상을 주는 신기한 드레스였다.

세심하게도 드레스와 세트인 머리핀까지 마련되어 있었다.

"하나 마음에 걸리는 건 이 드레스의 주요색이 빨강이라는 건데. 빨강은 '대성녀의 색'이라서 사용이 금지되지 않았던가……? ……하지만 잘 보면 이 드레스는 조금 탁한 빨간색이니까, 돌리는 적갈색이지 빨강이 아니라면서 얼버무릴 생각인 거겠지."

대충 돌리의 패턴이 파악된다고 생각하며 문을 열었다.

그러자 방에서 나오자마자 근질근질한 모습으로 나를 기다리던 돌리에게 극찬이 날아왔다.

"세상에, 피아. 정말 잘 어울려! 귀여운 성녀님 탄생이야! 우후후후, 너는 평균보다 키도 작고 얼굴도 어려서 그런 꼬마 아가씨 느낌의 드레스가 어울릴 것 같다고 예상했는데, 내 선견지명이 딱 들어맞았구나!"

돌리의 발언에 일부 찜찜한 단어가 섞여 있었던 것 같기도 하지만, 너그러운 나는 눈감아주기로 했다.

세룰리안도 만족스러운 듯 눈을 휘는 걸 보며 흡족해진 나는 그 자리에서 한 바퀴 빙글 돌았다.

그 후 두 팔을 벌리고 성녀다운 포즈를 취했다.

"자, 여러분. 보세요. 이 세상에서 제일 유능한 성녀가 수리수리마수리 상처를 치유해드립니다~."

하지만 그 순간 세룰리안과 돌리의 표정이 어두워졌다.

"……피아, 그건 아니야."

"그러네, 입을 열자마자 피아는 사기꾼 같아져. 빨간 머리카락에 금색 눈동자라는 것만으로도 무대 장치는 완벽하니까 너는 최대한 말을 하지 않는 게 좋겠어."

아니, 너무하잖아! 나는 진짜 성녀인데 행동거지가 사기꾼 같다니 그게 무슨 소리야? 두 사람 다 보는 눈이 없다니까.

내심 불만이었지만 두 사람이 외출 준비를 시작했기에 나는 문득 생각나 세룰리안에게 제안했다.

"세룰리안, 지금부터 나가는 일정에 좋은 생각이 떠올랐어."

"……피아의 좋은 생각이라. 어째서인지 별로 듣고 싶은 기분이 안 드네. 뭐, 나는 공평한 광대니까 일단 들어는 볼게."

듣기도 전에 듣고 싶지 않다고 단정하는, 전혀 공평하지 않은 광대의 말을 흘려넘긴 뒤 나는 짝 손뼉을 쳤다.

"있잖아, 무언가 난감한 일이 일어났을 때를 대비해서 신호를 정해놓는 건 어떨까? '위기 상황입니다'나 '도와줘!' 같은 제스처를."

“‘위기’도 ‘도와줘’도 같은 거 아니야?”

의외로 세심한 세룰리안이 기가 막힌다는 듯 대꾸했다.

그러고는 반대하듯 고개를 저었다.

“게다가 실제로 궁지에 처하게 된다면 피아는 제스처를 정했다는 것조차 잊어버릴 것 같은데.”

어머, 세룰리안은 예리하구나. 그렇게 될 것 같기도 해.

“으음, 그러면 최종수단으로 정말 난감할 때는 루아 어로 의사소통하는 건 어때?”

이번 제안은 세룰리안도 관심이 생긴 건지 놀란 듯 눈을 크게 떴다.

“……설마 하는 건데, 피아. 루아 어를 할 수 있어?”

당연하지. 못하는 걸 제안하지는 않는다고.

“호호, 교양이니까요.”

오호호 웃었더니 의심하는 건지 세룰리안이 루아 어로 전환했다.

〈허풍이야~. 그건 정말~ 로 어렵딴 말이야.〉

하지만 그가 사용한 건 과장된 억양이 섞인 루아 어였기 때문에 웃음이 터졌다.

“아하하하하, 세룰리안도 참 웃기려는 욕심이 과하다니까! 적당히 해.”

역시 광대구나. 틈만 나면 웃기려고 하는 점이 대단한 프로야.

〈왜 웃는 건~ 데. 이만큼 구사할 수 있는 걸 칭찬하진 못타~ 고. 아니 근데, 너 대단한데~! 정말~ 로 내가 무슨 말을 하는지

알아듣는구~ 나?〉

　하지만 적당히 하라고 해도 자중하지 않았기에 나도 루아 어로 바꿨다.

　〈'알아듣는구~ 나!'라니, 아하하하! 역시 세룰리안, 해보니까 알겠지만, 과장해서 말하는 게 더 어려운데 굉장히 능숙하네.〉

　그러자 세룰리안은 겨우 이해한 건지 평소 말로 돌아왔다.

　"…………말도 안 돼. 매끄럽게 루아 어를 구사할 수 있는 사람은 처음 봤어…………."

　작은 목소리로 중얼거린 뒤 세룰리안이 바닥으로 털썩 무너졌다.

　아무리 광대라고 해도 이건 연기가 과한 거 아닐까.

　하지만 돌리도 믿어지지 않는다는 듯 연신 고개를 내저었다.

　"이럴 수가, 기사의 머리에는 다들 평등하게 근육이 들어찼다고 생각했는데 피아에겐 뛰어난 두뇌가 들어가 있었어!"

　으음, 돌리가 올컷 공작인 이상 유능한 시릴 단장님이나 데즈먼드 단장님을 잘 알고 있을 테니까 기사의 유능함도 이해할 텐데, 완전히 기사를 무시하는 발언이었다.

　아무래도 돌리는 기사를 무시하는 게 습관인 모양이다.

　이런 두 사람과 같이 외출해도 괜찮은 걸까. 기사인 나는 걱정되었지만…… 어떻게든 될 거라며 바로 마음을 바꿔 먹었다.

"근무 시간에 거리를 산책할 수 있다니! 이, 하면 안 되는 일을 한다는 느낌이 짜릿해."

그렇게 말하며 오랜만에 온 시가지에서 주변을 둘러보고 있었더니 세룰리안이 힐끗 시선을 던졌다.

"피아, 마음의 목소리가 입 밖으로 나왔어. 시릴에게 갔을 때도 그런 식으로 유창하게 말해줬다면 좋았을 텐데."

짓궂은 표정인 세룰리안을 향해 나는 어색한 미소를 돌려주었다.

말도 안 돼. 왜 내가 굳이 나서서 풍파를 일으켜야 하냐고.

마음속으로 그렇게 대꾸한 뒤 나는 조금 전 제1기사단장실을 방문했을 때를 떠올렸다.

──오늘의 나는 원래 국왕 호위 업무를 맡을 예정이었다.

따라서 세룰리안, 돌리와 함께 내 호위 대상을 바꿔 달라고 시릴 단장님에게 부탁하러 갔다.

하지만 어째서인지 나를 본 순간 시릴 단장님의 미소가 사라지고 무표정이 되었다.

"히익?!"

나는 괴성을 지르며 세 걸음 정도 뒤로 물러났다.

……무서웠다. 그건 정말로 무서웠다.

시릴 단장님은 이목구비가 단정한 만큼 표정이 사라지면 무시무시한 인상을 주는데, 심지어 웃는 얼굴에서 바뀌는 건 낙차가 심하다 보니 평소보다 두 배는 더 무서웠다.

뱀 앞에서 꼼짝 못 하고 얼어버린 개구리처럼 공포로 굳어버린 나를 뒤로 세룰리안이 아무렇지도 않게 성큼성큼 단장님에게 걸어가더니 뻔뻔하게 요구를 들이밀었다.

"시릴, 지금부터 왕성 밖에 나갔다 올 거야. 피아에게 호위를 부탁할 거니까 그녀를 로렌스 호위 업무에서 빼 줘."

역시 국왕 폐하. 상대의 사정을 일절 신경 쓰지 않고 본인의 요구만 입에 담다니, 당당함이 대단하다.

감탄하며 바라보고 있었지만 시릴 단장님은 전혀 감탄이 나오지 않은 건지 입술을 뒤틀며 세룰리안에게 시선을 주었다.

"이것 참…… 광대의 장난이라기에는 도가 지나치군요."

하지만 세룰리안은 시릴의 비아냥을 가볍게 무시하고는 추가 요구를 들이밀었다.

"그리고 유능하고 우수한 피아가 마음에 들었으니 당분간 그녀를 내 전속 호위로 붙여줘."

그건 틀림없이 왕의 명령이었지만, 시릴 단장님은 알겠다고 대답하지 않고 입술 끄트머리를 끌어올렸다.

"정말로 장난을 좋아하는 광대로군요. 당신의 호위 업무로 붙인다고 했지만, 피아는 기사복조차 입고 있지 않잖아요? 제 눈에 그녀는 호위 업무가 아니라 자유분방한 광대들과 놀러 가는 것으로밖에 안 보입니다."

시릴 단장님의 말을 들은 돌리가 불쾌하다는 듯 한쪽 눈썹을 들었다.

"어머, 기사복을 입지 않으면 호위 업무를 수행하지 못한다는 거야? 그럴 리가 없잖아~. 아아, 정말 싫다. 그렇게 고리타분한 고정관념으로는 융통성이 없어서 언젠가 실패할걸.”

“그럴지도 모르지만 그건 지금이 아닙니다.”

시릴 단장님은 감정을 읽을 수 없는 미소를 지으며 말을 이었다.

“피아는 이제 정식 임무를 맡으려던 참입니다. 주변에 있는 경험 풍부한 기사들의 모습을 보면서 성장하는 중요한 시기죠. 그런 시기에 세룰리안과 함께 놀러 다니기만 하면 그녀는 성장하지 못합니다.”

시릴 단장님의 발언은 지당하고 타당했다.

그리고 내 장래를 생각해서 해주는 참으로 감사한 발언이기도 했다.

따라서 시릴 단장님의 배려에 감명받은 나는 휘청휘청 단장님에게 다가갔다.

하지만 단장님 곁에 도착하기 전 돌리가 팔을 덥석 잡는 바람에 퍼뜩 정신을 차리고 붙들린 팔을 내려다보았다.

“어, 어라? 어쩐지 이 광경을 전에도 본 것 같은데.”

돌리를 올려다보자 그는 흉흉한 미소를 짓고 있었다.

“피아, 안 돼! 오늘은 우리와 마을에 가기로 약속했으니까 선약을 지켜야지. 시릴은 말재주가 좋으니까 따르고 싶어졌을지도 모르지만 애초에 네가 목표로 삼은 건 정말로 ‘훌륭한 기사’가 맞아?”

돌리의 말을 들은 나는 또다시 퍼뜩 깨달았다.

맞다. 오늘은 세룰리안을 호위한다고 약속했었지.

내 호위 대상이 국왕에서 세룰리안으로 바뀌면 기사들의 배치도 수정할 필요가 생길 것이다.

그건 최대한 빨리 처리해야 하는 일인데, 내가 어물쩍어물쩍 망설였다간 재배치 계획을 세우는 게 미뤄지니까 폐를 끼치게 될 것이다.

그 사실을 깨달은 나는 '세룰리안과 마을에 가는 것도 호위 업무의 일환이야. 노는 게 아니야!'라고 스스로를 타일렀다.

그리고 시릴 단장님의 배려를 고마워하는 마음을 표정에 담아 전달하려고 했는데, ——내 표정을 본 단장님은 계속 눈썹을 찡그리고 있었으니 전해지지 않은 모양이다.

그 후 시릴 단장님은 정신을 차리려는 듯 고개를 털고 돌리에게 시선을 옮겼다.

"명심하세요, 돌리. 예를 들어 로이드는 중간에 기사가 되는 꿈을 버렸으니 기사에게 좋은 감정이 없을지도 모릅니다. 하지만 다들 그 남자처럼 기사가 되는 걸 혐오하는 건 아닙니다. 그리고 저는 피아가 장래 훌륭한 기사가 되리라고 생각합니다."

하지만 돌리는 끌려 나온 자신의 과거에 대한 부분은 흘려넘기고 내 의상을 가리켰다.

"글쎄, 모르겠는데~. 피아의 이 모습을 잘 봐. 귀여운 성녀님이잖아? 피아에게는 장래의 가능성이 넘쳐나니까 그런 식으로 강요할 일이 아니야."

"피아가 이 자리에 있는 것 자체가 이미 기사를 선택했다는 증명이지만 말이죠."

시릴 단장님은 거기서 말을 끊은 뒤 문득 시니컬한 미소를 지으며 나를 바라보았다.

"기사인 당신에게 성녀 의상을 입힌 점에서 돌리의 고약함이 드러나긴 했지만, 잘 어울리는군요. 아쉽게도 저는 일개 기사단장에 불과하니 당신이 세룰리안의 호위로 붙는 게 명령이라면 저는 이 이상 참견할 수 없습니다. 세룰리안의 호위 업무도 한 번은 경험해두어서 손해 볼 일은 아니니 아무쪼록 열심히 하고 오세요."

"네, 넵……."

말의 내용을 그대로 해석하면 내 옷을 칭찬하는 소리일 텐데, 어째서인지 전혀 칭찬으로 들리지 않는다.

시릴 단장님도 세룰리안도 돌리도 각자 따로 만나면 온화한 사람인데 세 명이 모이면 왜 뒤숭숭한 분위기가 만들어지는 걸까.

이유를 알 수 없는 이상 섣불리 엮이는 건 피해야겠지. 나는 필요한 대답만 하기로 마음먹고 그 후에는 '네'와 '아니오'로만 대답했다.

그리고 간신히 제1기사단장실에서 탈출에 성공해 그길로 성 밖으로 나와 지금에 이르렀는데…….

"세룰리안과 돌리는 시릴 단장님과 안 좋은 일이라도 있었어?"

두 사람과 같이 걸으며 나는 그렇게 질문했다.

중앙 광장을 향해 가는 중이었는데, 할 일도 딱히 없겠다 조금 전 상황도 떠올랐겠다 영 궁금해서 질문이 입을 뚫고 튀어나왔다.

그러자 세룰리안이 쓰게 웃었다.

"피아의 그 직설적인 부분은 참 좋단 말이지. 왕성은 다들 하고 싶은 말을 숨기고 빙빙 돌려가면서 대화하니까 시간이 걸리는 데 다 진의를 파악하는 게 어렵거든. 그런 대화에 비해 피아의 태도는 정달 좋아."

"어, 어라? 그래?"

궁금한 걸 질문한 것뿐인데 칭찬이 돌아왔다.

당황하는 나에게 세룰리안이 웃는 얼굴로 엉뚱한 소리를 입에 담았다.

"그래. 그리고 이건 나와 피아의 비밀로 해줬으면 하는데, 나는 곧 퇴위할 거야. 그때 사비스에게 왕위를 넘기려고 하거든."

"헉!"

터무니없는 이야기를 듣는 바람에 놀라서 펄쩍 뛰어올랐다.

이런저런 사람들에게 들은 이야기를 통해 언젠가는 그렇게 되는 게 아니냐고 생각했지만, 더 나중 일이라고 생각했기 때문이다.

그런 내 반응에 세룰리안은 어깨를 으쓱 움츠렸다.

"대역을 세워놓는 것에 한계를 느끼고 있거든. 그래서 사비스가 왕이 되는데…… 피아는 삼대공작에 대해 알아?"

"어? 세 명의 공작이라는 뜻이야?"

단어 그대로 해석해서 대답하자 세룰리안이 '정답' 하고 긍정했다.

"정확하게 말하면 우리나라에는 공작이 세 명밖에 없으니까 그 세 명을 가리키는 거야. 그리고 그 세 명 중 두 명은 나에게, 남은 한 명인 시릴이 사비스에게 붙었지. 그래서 국왕파와 왕제파라는 파벌로 보는 경우가 많이 있었거든. 사람들은 이 둘 사이에 눈에 띄는 갈등은 없다고 생각하지만 실제로는 큰 의견 차이가 하나 있어.”

“그렇구나.”

그게 대체 뭔지 궁금해하며 세룰리안의 다음 말을 기다렸다.

하지만 세룰리안은 ‘의견 차이’를 자세히 언급하지 않고 이야기를 넘겼다.

“그래, 나와 사비스 사이에는 도저히 수용할 수 없는 부분이 있어서 사람들 앞에서 오순도순 돈독하게 지내는 일은 없겠지. 장래에는 그 차이가 명확해지는 날이 반드시 오니까, 나부터도 입장 차이를 확실하게 해두기 위해서도 떨어져 있는 게 낫다고 봐. 그래서 대립 관계로 보인다고 해도 일부러 그대로 두고 있는 거야.”

“즉, 무슨 소리야?”

세룰리안의 말이 너무 애매모호해서 이해하지 못하는 바람에 되묻자, 그가 다시 설명해주었다.

“내 파벌이 ‘부정적’으로 생각하는 걸 사비스파가 ‘긍정적’으로 생각한다면, 그건 올바르게 구별되어야 한다는 거야.”

하지만 다시 설명해도 여전히 애매모호했다.

“흐음.”

세룰리안은 이해하길 원하지 않아서 일부러 넘기는 거겠지만, 대충 알겠다.

“그거 성녀님을 말하는 거야?”

대화 흐름에 따라 질문하자 세룰리안은 경악하며 눈을 크게 떴다.

“어엇!!”

태도를 보니 아무래도 정답이었던 모양이다. 나는 한층 깊게 질문했다.

“지금 한 말로 따지면 세룰리안파는 ‘성녀님은 안 좋은 것’이라고 생각하지만, 사비스 총장님파는 ‘성녀님은 좋은 것’이라고 생각한다는 거야?”

사비스 총장님의 생각은 잘 모르겠지만, 시릴 단장님은 갈등하면서도 성녀에게 심취한 상태였지.

그리고 총장님은 마음속으로 어떻게 생각하든 멸사봉공하는 정신으로 성녀를 흔쾌히 받아들일 수 있는 사람이고.

시릴 단장님과 사비스 총장님이라면 확실히 성녀를 ‘긍정적’으로 받아들일 것 같지. 그런 생각을 하고 있었더니 세룰리안이 믿어지지 않는다는 듯 눈을 깜빡였다.

“어째서……. 어? 나 여태까지 한 번도 피아와 성녀 이야기를 한 적이 없잖아? 그런데 어째서 그렇게 생각했어?”

그야 국왕파에 속하는 올컷 공작님은 대놓고 성녀를 싫어한다는 태도였으니까…… 라는 말을 하려다가, 그랬다간 공작님이 한 소리 들을지도 모른다. 나는 애매모호한 대답으로 얼버무리기로 했다.

“음, 감?”

“감이라니! 피아의 감은 정말 대단하네!!”

놀라는 세룰리안. 하지만 이런 어설픈 한마디로 넘어가다니 내가 더 놀랍다.

우리나라의 국왕 폐하가 단순해서 다행이야.

안도하며 가슴을 쓸어내리고 있었더니 그 단순한 세룰리안이 난처한 얼굴로 말을 이었다.

"거기까지 맞혔다면 나는 자세한 사정을 밝혀야겠지. 그건 알지만…… 이런 상황은 상정하지 않아서 마음의 준비가 안 됐어. 피아, 나에게 시간을 좀 주지 않을래?"

"그래, 물론이야. 하지만 말하고 싶지 않다면 억지로 말할 필요는 없어."

세룰리안의 이야기가 궁금하긴 해도 싫어하는 사람에게서 억지로 듣고 싶지는 않으니까.

그래서 무리하지 말라고 했는데, 세룰리안은 딱딱한 표정으로 고개를 저었다.

"아니. ……어차피 나는 슬슬 각오해야만 하니까."

"그렇구나."

내가 그렇게 대답한 바로 그 타이밍에 중앙 광장에 도착했다.

그곳은 분수가 있는 넓은 공간으로, 사람들이 휴식하는 장소였다.

많은 어린아이가 즐겁게 놀고 있으며 어른들도 저마다 쉬거나 친구와 대화를 즐기고 있다.

세룰리안은 그 광경을 스윽 둘러본 뒤 분위기를 바꾸려는 듯 밝은 어조로 제안했다.

"좋아, 피아. 우선은 여기에서 성녀 데뷔하자!"

48 성녀 데뷔

"서, 성녀 데뷔?!"

세룰리안의 말이 충격적이었던 나머지 무심코 괴성이 나왔다.

나는 성녀인 걸 숨기고 있는데 그걸 공개하자는 거야?

놀라서 눈이 휘둥그레진 나에게 세룰리안이 씩 웃었다.

"피야, 우리 역할은 주변 사람들을 웃게 해주는 거야. 그러니까 모두를 즐겁게 해줘야 해. 광대는 광대에게, 성녀는 성녀에게 사람들이 기대하는 바가 있잖아? 그걸 읽어내서 재미있게 표현하는 거지."

"그, 그렇구나."

이해가 가는 듯하면서 전혀 모르겠다.

하지만 나는 유능한 제자니까 스승의 설명을 듣고 모르겠다는 대답은 할 수 없지.

세룰리안도 처음부터 내가 합격 점수를 받는 걸 기대하고 있지 않을 테고.

"사람들이 성녀에게 기대하는 것……."

단순하게 생각하면 병이나 상처를 고치는 거겠지.

으음, 그러고 보면 올컷 공작가의 프리실라도 정기적으로 시가지에 나와 성녀의 힘을 보여준다고 했었지.

하지만 지금의 나는 광대의 동료인 사이비 성녀다.

병이나 상처를 뿅 낫게 해줄 수는 없는 노릇이고, 애초에 그건 진짜 성녀의 역할인데……. 그래도 조금은 성녀다운 모습을 보여주지 않으면 내가 무슨 역할을 연기하는 건지 못 알아보는 게 아닐까?

흐하하, 그렇다면 드디어 비밀 병기가 등장할 때가 온 모양이구나!

나는 드레스 안주머니에 넣어두었던 걸 꺼내 목에 걸었다.

"윽, 무거워! 주머니에 넣었을 때는 이렇게 무겁지 않았는데. 으음, 이거 목에 거는 게 아니었을지도 몰라."

상상했던 것보다 더 무거워서 앞으로 몸이 기운 내가 투덜투덜 혼잣말을 중얼거리자 나를 지켜보던 돌리가 경악한 목소리로 외쳤다.

"피, 피아! 너 그거, ……마, 말도 안 돼!"

"어?"

목소리에 돌아보자 깜짝 놀란 돌리와 세룰리안이 보였다.

그리고 두 사람은 눈을 부릅뜨고 내가 목에 건 목걸이를 응시하고 있었── 성석을 엮어 만든, 햇빛을 받아 반짝반짝 빛나는 목걸이를.

아무래도 두 사람은 여기에 성석을 가져온 나의 용의주도함에 놀란 모양이다.

후후후, 이런 일도 있을지도 몰라서 조금 전 시릴 단장님을 찾아갔을 때 기숙사에 있는 내 방에 들러 가져왔단 말이지. 정답이었어!

내가 득의양양하게 가슴을 펴자 돌리는 떨리는 손가락으로 나를 가리키고는 믿어지지 않는다는 듯 입을 열었다.

"드, 듣긴 했어. 네가 서덜랜드에서 성석을 양도받은 이야기는 그야 들었지. 하지만 그, 그렇게 많이……."

"그, 그래. 심지어 조금 전 모습으로 보아 피아가 가진 성석은 상당히 무거운 모양이야. 설마 싶지만, 그 돌에 회복마법이 담겨 있는 거야?"

동요한 모습이긴 해도 극비 정보였을 성석에 대해 정확하게 발언하는 두 사람을 보니 역시 공작님과 국왕 폐하가 맞는구나. 처음으로 두 사람이 고위직이라는 게 믿어지네.

그 후 세룰리안에게 들었던, '성녀에게 기대하는 것'이라는 말을 한 번 더 마음속으로 곱씹은 뒤 두 사람을 향해 싱긋 웃었다.

"후후후, 나는 트릭도 도구도 있는 성녀니까 비법을 밝히지는 않을 거야. 하지만 세룰리안이 말했던 '사람들이 성녀에게 기대하는 것'은 잘 수행할 수 있지 않을까?"

의미심장하게 목걸이를 매만지며 그렇게 말했다.

그런 식으로 사이비 성녀 역할을 잘 수행하려고 했는데…….

"아니야. 내가 한 말은 피아가 생각하는 것과는 확실하게 달라. 어? 설마 이런 별거 없는 자리에서 그 귀중한 돌을 사용할 생각인 건 아니지?"

"그래, 피아. 그 돌은 전장에서 기사들을 구할 수 있는 귀중한 돌이니까 경솔하게 사용할 게 아니야."

놀랍게도 세룰리안만이 아니라 돌리도 반대했다.

심지어 돌리는 엉겁결에 성석을 '기사들을 구할 수 있는 귀중한 돌'이라고 표현했다.

어쩌면 여태껏 보인 언동과는 반대로 돌리는 기사를 소중히 여기는 건지도 모른다.

아니면 정말로 기사가 싫긴 하지만, 그것만이 아니라 소중히 여기고 싶어 하는 부분이 있는 건지도 모르고.

어쨌거나 기사 양성학교까지 다녔고, 본인의 입으로 기사가 되려고 했던 시기가 있었다고 들은 적이 있으니 기사에게 무언가 복잡한 감정이 있는 건 틀림없겠지. 그런 생각을 하며 나는 두 사람을 향해 웃었다.

"후후후후, 글쎄다? 아무리 스승이라고 해도 나는 비법을 밝히지 않는 제자니까 말하지 않을 거야."

내 대답을 들은 두 사람은 말문이 턱 막힌 표정을 지었다.

"아니…… 도, 돌리! 이거 제자가 스승을 가지고 노는 거 아니야?"

"나도 그런 인상을 받고 있었어. 평소였다면 세룰리안에게도 나 자신에게도 정신 차리라고 말했겠지만, 이거 상대가 안 좋네."

스승 2인조는 작은 목소리로 소곤소곤 회의 같은 걸 했지만 곧바로 둘 다 포기한 얼굴이 되었다.

나는 그런 세룰리안과 돌리에게 말을 걸었다.

"그런데 나는 성녀 역할이고, 두 사람은 광대 역할이 맞아? 아니면 말과 새?"

내 질문을 들은 세룰리안은 퉁명스러운 표정을 지었다.

"말이라니…… 전에 피아가 말한 것처럼 나는 유니콘이야! 뿔이 없는 유니콘."

"어머. 그 부분에서도 풍자를 넣은 거구나."

유니콘의 뿔에는 물을 정화하거나 독을 중화하는 힘이 있으며 존재의 상징이다.

그게 없다는 건…….

"나도 그냥 새가 아니야! 세상에서 가장 아름다운 새라는 전설 속 차치라고!"

생각하던 도중 돌리의 목소리가 끼어드는 바람에 그쪽으로 정신이 팔렸다.

"그래, 확실히 차치는 극채색의 깃털을 지닌 아름다운 새지. 쉽게 볼 수 없으니까 '환상의 새'나 '전설의 새'라고 불리는데 그 새가 모델이었구나."

차치는 평범한 새지만 존재를 거의 확인할 수 없을 만큼 희귀해서 별의별 소문이 돌아다닌다.

최근에는 '깃털에는 모든 병을 치료하는 힘이 있다'는 터무니없는 소문이 그럴싸하게 퍼지는 바람에 그 힘을 원하는 사람들이 그 새를 잡아대서 한층 수가 줄어들었다.

"응? 유니콘은 정화와 해독이고 차치는 모든 병을 고친다? 둘 다 성녀의 힘과 같잖아."

그런 감상을 흘리자 두 사람은 기가 막힌다는 듯 어깨를 으쓱했다.

"으음, 피아는 굉장히 예리한 구석이 있지만 그 반동으로 상식이 없는 부분도 있는 걸까."

너무하기 그지없는 세룰리안의 말에 이어 돌리가 내 말을 정정했다.

"그래~ 성녀님은 병을 고칠 수 있지만 모든 병을 다 고칠 수 있는 건 아니야. 게다가 정화나 해독도 불가능해. 그런 걸 할 수 있는 건…….."

"할 수 있는 건?"

성녀 말고 그럴 수 있는 존재가 있었나? 고개를 갸우뚱 기울였다.

그러자 돌리가 소리 높여 대답했다.

"300년 전의 전설의 대성녀님뿐이야!!!"

"힉!"

그, 그래. 그렇게 나오는구나!

예상치 못한 대답에 엉거주춤해지자 돌리는 불만이라는 듯 한쪽 눈썹을 까딱였다.

"힉이 뭐야 힉이! 대성녀님은 모든 상처와 병을 고치고 해독이나 상태 이상도 해제할 수 있었던 굉장한 분이시라고! ……300년이 지나는 동안 조금 과장된 건지도 모르지만."

그 후 돌리는 내가 입은 성녀 풍의 드레스를 가리켰다.

"그 드레스도 대성녀님을 모델로 만든 거니까!"

그, 그렇구나.

전생의 나는 대성녀로서 전투에 참여할 때는 반드시 검은 드레스를 입었는데, 돌리 안에서는 빨강과 하얀색이라는 이미지였구나. 하지만…….

나는 내가 입은 드레스를 내려다보았다.

이 드레스는 구석구석 무척 정성스럽게 디자인되었고, 귀엽고 예쁘게 잘 만들었단 말이지.

도저히 싫어하는 대상을 모델로 만든 옷으로 보이지 않는데, ……올컷 공작님은 성녀를 싫어하잖아?

기사에게 느끼는 감정도 그렇고 공작님은 성녀에게도 상반된 감정이 있는 건지도 모르겠다.

그때 시야 구석에서 어린아이가 힘차게 꽈당 넘어지는 게 보였다.

기운도 참 좋다며 흐뭇하게 보고 있었는데, 아이에게는 큰일이었던 건지 긁힌 다리를 보며 엉엉 울기 시작했다.

저런, 아프겠네. 나는 분수 옆에 나 있던 약초를 재빨리 뽑아 손바닥 위에 올렸다.

두 손을 모은 뒤 약초가 손바닥 안에서 빠져나가지 못하도록 조심하며 분수의 물을 퍼담았다.

그 후 넘어진 아이에게 쪼르르 다가갔다.

자, 사이비 성녀 시작합니다!

"안녕하세요~ 성녀랍니다~! 뭔가 문제가 있나 보네요?"

그렇게 말하며 바닥에 웅크린 다섯 살 남짓한 소년을 들여다보자 소년은 놀라서 눈물이 그렁그렁한 얼굴을 들었다.

그러고는 나를 보고 눈이 휘둥그레졌다.

“서, 성녀님?”

소년 주변에서 걱정하며 기웃거리던 세 명의 소년·소녀도 마찬가지로 나를 올려다보며 눈을 깜빡였다.

“지, 진짜다. 성녀님이야!”

“와, 성녀님과 처음 대화했어!”

“예, 예쁘다. 성녀님은 아주 예쁘구나…….”

좋아, 마지막 소년. 너의 그 멘트는 최고야.

그러니까 서비스해줄게.

세룰리안을 돌아보자 그의 주변에 있던 어른들이 시야에 들어왔다. 다들 재미있어하며 나를 바라보고 있었다.

“하하하, 확실히 예쁜 성녀님이네!”

“그래, 이런 성녀님이 웃어주면 아픈 것도 날아가지 않겠어? 꼬마야, 성녀님에게 상처를 깨끗하게 씻겨달라고 해!”

게다가 이런 식으로 즐겁게 말을 걸어주었다.

후후후, 서덜랜드 사람들도 밝고 좋은 사람들이었지만 왕도 사람들도 명랑하고 우호적이구나. 나브 왕국 사람들은 다 좋은 사람들이야!

나는 세룰리안을 향해 웃었다.

“나귀야, 나귀야. 이 물을 깨끗하게 해주렴!”

“어? 피아. 그러니까 나는 나귀도 말도 아니고…… 악!”

반론하려는 세룰리안의 발을 돌리가 힘껏 콱 밟았다.

세룰리안은 울상이 되어 그를 올려다보았는데, ……돌리의 표정을 보고 무언가를 깨달은 듯 ‘아, 마인’ 하고 작은 목소리로 사과했다.

그 후 다급히 나를 돌아보고는 완전히 가식이라는 게 보이는 미소를 지었다.

그 모습을 보고 세룰리안은 스승이지만 아직 멀었다고 느꼈다.

하지만 내 마음의 소리가 들리지 않는 세룰리안 스승님은 가식적인 미소로 나에게 반론했다.

"으음, 성녀 아가씨. 나는 나귀가 아니야! 전설의 성수 유니콘이야!"

"어머나, 하지만 뿔이 없잖아! 유니콘은 뿔로 모든 물을 깨끗하게 해준다고 들었는데 이래서는 못 하겠네."

일부러 실망한 표정을 짓자 세룰리안은 당황한 듯 손을 내저었다.

"괜찮아, 괜찮아! 나에게 뿔은 없지만, 이걸 봐. 이 귀에 마법의 방울이 달려있잖아. 이 소리를 들려주면 어떤 물도 정화할 수 있어."

그렇게 말하며 오른손으로 유니콘의 두 귀에 달린 방울을 가리켰다.

"정말로?"

내가 의심스러워하는 표정으로 바라보자 세룰리안은 고개를 붕붕 크게 끄덕였다.

"정말이고말고. 잘 보고 있어."

그렇게 딸랑딸랑 방울 소리를 내며 춤추듯 내 주변을 돌기 시작했다.

나는 거기에 맞춰 두 손을 세룰리안을 향해 내밀고 그가 오른손을 화려하게 움직이며 복잡한 스텝을 밟는 걸 바라보았다.

세룰리안은 어린아이의 모습을 하고 있으니 즐겁게 춤추는 모습은 누가 봐도 사랑스러웠던 모양이다. 어느새 구경하던 사람들이 짝짝 손뼉을 쳐서 박자를 맞추기 시작했다.

그 광경을 보자 나도 점점 즐거워져서 손뼉에 맞춰 몸을 흔들며 두 손에 마력을 담았다.

그러자 물 위에 떠 있던 약초가 순식간에 녹았다.

"자, 이것으로 완성이야!"

잠시 후 만족한 듯 세룰리안이 춤을 멈추고 선언했을 때 내 손의 물도 완성된 상태였다.

어디에 내어놓아도 부끄럽지 않은 어엿한 회복약의 완성이다.

나는 웃으면서 소년을 향해 두 손을 내민 뒤, 살짝 기울여서 손바닥 안에 있던 물을 소년의 무릎에 뿌렸다.

◇ ◇ ◇

내 손바닥 안에서 반짝반짝 녹색으로 빛나는 물이 흘러내렸다.

그 광경을 본 아이들이 놀라서 소리쳤다.

"어, 물이 녹색이 되었어!"

"마법이야! 이파리랑 같은 색이 되었어!"

어른들도 즐거워하며 웃었다.

"오오, 재주가 좋은데."

“귀여운 유니콘과 귀여운 성녀님답네.”

하지만 아쉽게도 다음 순간 그 미소는 완전히 사라졌다.

왜냐하면 녹색 물이 소년의 두 무릎을 적시자마자 그곳에 있던 찰과상이 흔적도 없이 사라졌기 때문이다.

“……어?”

“응?”

“어어어억?!”

경악하는 어른들에 둘러싸인 가운데 상처가 사라진 소년은 어안이 벙벙해서 무릎으로 손을 가져갔다.

그러고는 한바탕 무릎을 더듬어본 뒤 무슨 일이 일어난 건지 이해할 수 없다는 듯 나를 올려다보았다.

“성녀님, 상처가 나았어요…….”

눈이 휘둥그레져서 사실을 그대로 보고하는 소년을 향해 나는 싱긋 웃었다.

“어머나, 축하해! 평소에는 실패하는데 오늘은 성공했나 봐.”

소년이 마주 웃어주는 걸 기대하며 수습 성녀를 연기해보았는데, 아이는 눈을 똥그랗게 뜨고 나를 올려다보기만 할 뿐이었다.

그래서 대신 주변 사람들을 둘러보며 웃었는데 이쪽도 놀란 표정만 지을 뿐 누구 한 명 웃어주는 사람도 농담을 던지는 사람도 없었다.

어, 어라? 치유할 때까지는 다들 즐거워했는데 어째서인지 웃음이 사라져버렸어.

내 퍼포먼스가 영 별로였나?

그런 거라면 나로서는 뭐가 문제였던 건지 알 수 없으니 스승에게 물어볼 수밖에 없다. 나는 세룰리안을 돌아보고 내 역할에 맞춰서 입을 열었다.

"역시 성수(聖獸)님은 대단해☆ 덕분에 훌륭한 '성수(聖水)'가 만들어졌어!"

순간적으로 '회복약'을 '성수'라고 표현했는데, 말하고 난 뒤에 나는 천재인 것 같다고 깨달았다.

좋은 생각이잖아! 이 물은 '회복약'이 아니라 '성수'라고 주장해야지.

그렇게 하면 무슨 일이 일어나도 성수라서 그런 걸로 칠 수 있을 것 같다.

내 아이디어에 흡족해하며 세룰리안에게 시선을 옮겼는데, 그는 눈과 입을 크게 벌린 채 굳어버려서 대답할 수 있는 상태로 보이지 않았다.

……으음, 세룰리안은 툭하면 자기의 역할을 잊어버리는구나.

지금은 자기가 정화한 물의 효과가 대단했다며 득의양양한 표정을 짓고 있어야 하지 않나.

이런 식으로 지금까지 용케 광대 노릇을 했었네.

그런 생각을 하며 나는 가지런히 모은 두 손을 높이 들어 올리고 생각에 잠기듯 고개를 갸우뚱 기울였다.

……이렇게 된 이상 어쩔 수 없지.

구경꾼들에게서 미소가 사라졌으니 내 퍼포먼스에 부족함이 있을지도 모르지만, 세룰리안은 조언해줄 수 있는 상태가 아닌 것 같으니까 내 각본대로 밀고 나갈 수밖에 없어!

"어라라, 성수가 남아버렸어! 이건 어떻게 해야 할까?"

나는 그렇게 말한 뒤 모여 있는 사람들을 보았다.

"안녕하세요~ 성녀입니다! 무언가 문제가 있는 분은 안 계시나요?"

그러자 사람들이 흠칫 정신을 차린 듯 눈을 깜빡였다.

하지만 아무래도 조심성이 많은 건지 기대하는 표정을 지으면서도 다쳤거나 병이 있다고 나서는 사람은 한 명도 없었다.

나는 전원을 쭉 둘러보았다.

한가해 보이는 사람이나 피곤한 사람들은 보면 알 수 있듯이 다친 사람이나 병이 있는 사람도 보면 알 수 있지. ……설령 옷으로 가렸거나 태연한 척하고 있어도.

하지만 광장에 놀러 올 정도로 기운이 있는 사람들이라 그런지 무거운 병을 앓거나 크게 다친 사람은 한 명도 보이지 않았다.

어머, 다들 건강하다니 아주 좋은 일이잖아!

"다행이다! 다들 건강한가 봐. 그렇다면 모두에게 성수를 나눠 드리겠습니다!"

나는 하늘을 향해 두 손을 크게 휘둘렀다.

그러자 내 손안에 있던 특제 회복약이 반짝반짝 빛을 흩뿌리며 주위 일대로 흩날렸다.

내 갑작스러운 행동에 다들 깜짝 놀란 반응을 보였지만, 바로 정신을 차리더니 조금이라도 물을 받으려고 손을 뻗었다.

그런 사람들 위로 녹색 회복약이 평등하게 조금씩 떨어졌다.

덕분에 사람들의 몸에 회복약이 뿌려졌는데, 각자 그 물을 손으로 닦아 불편했던 신체 부위에 알아서 바르기 시작했다.

건강하다고 해도 누구나 크든 작든 몸에 문제가 있을 것이다.

그건 허리가 아프다거나 다리에 감각이 없는 등 각양각색이지만, 어느새 불편한 상태가 당연해져서 그 상태로 어떻게든 버티며 살아가는 불편이다.

하지만 만약 그런 불편이 사라진다면 아주 쾌적해지겠지.

"후후후후, 유니콘이 만들어준 비장의 성수를 모두에게 나눠줬어! 이제 다들 아주아주 건강해질 거야☆"

그렇게 말하며 나는 사람들을 향해 웃었다.

내가 만든 회복약은 즉효성에다 바르는 약으로 만들었으니 바로 효과가 나타날 것이다.

그러니 다들 웃어주고, 그 웃음소리와 함께 퍼포먼스의 막을 내리는 걸 기대했는데…….

"허?"

"이게 무슨!"

"마, 말도 안 돼!"

다들 잇달아 놀란 외침을 터트릴 뿐 웃는 사람은 아무도 없었다.

오히려 자기 몸을 문지르며 심각한 표정을 짓고 있다.

그리고 그 표정으로 회복한 몸 상태에 대해 경쟁하듯 외치기 시작했다.

"어…… 어떻게 된 거야? 나는 손가락 두 개가 계속 안 움직였는데! 그런데 자유롭게 움직여져!”

“나도 한쪽 발이 계속 마비되었었는데 때리니까 아픔이 느껴져! 통각이 돌아오다니 말이 돼?!”

“나도…….”

그렇게 회복한 몸 상태에 대한 외침이 일단락되자마자 이번에는 회복약 이야기를 하기 시작했다.

“그, 그런데 그 물은 뭐였던 거지? 회복약은 투명한 색이잖아?”

“그래, 그렇게 들었어. 게다가 회복약은 물처럼 마시는 거고, 회복할 때 격통을 동반한다던데. 너무 비싸서 써 본 적이 없으니까 사실인지 아닌지는 모르지만.”

“그래, 회복약은 비싸니까 이렇게 쉽게 만들 수도, 사용할 수도 없을 거야! 애초에 저 성녀님이 재료로 쓴 건 저 분수에 자라는 풀과 분수 물이었잖아? 그런 흔한 재료로 회복약은 못 만들지 않아?”

떠들썩하게 의문을 부딪쳐댔지만, 아쉽게도 누구 한 명 정답을 내놓은 사람이 없었다.

그런데도 사람들은 의문을 토해내자 개운해졌다는 모습을 보이기 시작했다.

그리고 시간 경과와 함께 몸이 개선된 걸 실감한 건지 어느새 그 얼굴이 웃음이 번져나갔다.

“하하, 아무튼 대단한데! 움직이지 않던 손가락이 움직이게 되었으니까!”

“성녀님과 광대가 꾸민 트릭 덕분일 테니까 이 상태가 오래갈 것 같지는 않지만, 일시적이라고 해도 정말 쾌적해!!”

“아아아, 똑바로 걷는 게 너무 기분 좋아.”

점점 시끌시끌해지는 광경을 보며 돌리가 다급히 말을 걸었다.

“잠깐, 피아. 큰 소란이 일어났잖아! 대체 어떡할 생각이야?”

그런 돌리에게 나는 훌륭한 제자로서 가슴을 폈다.

“후후후, 조금 시끄럽긴 하지만 다들 웃게 되었어! 그러니까 나는 사이비 성녀 노릇을 잘 수행한 거 아닐까?”

그러자 돌리는 말문이 막힌 듯 신음했다.

“으, 화, 확실히 원래는 그런 설정이었지만. 그래도 피아는 너무 지나쳐! 게다가 애초에 네가 보여준 성녀님은 나와 세룰리안이 생각했던 그림과는 전혀 다르다고! 이러면 정말 꿈과 이상이 가득한 완벽한 성녀님이잖아!! 아아, 정말이지. 어떻게 수습해야 하지?”

동요하는 돌리를 향해 나는 갸우뚱 고개를 기울였다.

“광대의 목적은 사람들을 웃기는 거잖아? 다들 웃어서 목적을 달성했으니 막을 내리면 그만 아니야?”

“피아도 참, 쉽게 말하지만 말이야…….”

돌리는 한층 뭐라고 말하려고 했지만, 나는 그 손을 붙잡고 성큼성큼 앞으로 걸어갔다.

걱정하기보다는 일단 해보라는 말이 있듯이, 행동해보면 어떻게든 되는 법이다.

나는 사람들을 의식하며 평소보다 크게 목소리를 냈다.

“어머나, 차치야! 놀라울 정도로 효과가 좋은 성수가 만들어졌다고 놀랐는데, 모든 상처와 병을 치료하는 차치가 힘을 빌려줬던 거구나!!"

내 목소리를 들은 사람들이 흠칫 대화를 멈추더니 한 마디도 놓치지 않겠다는 듯 열심히 귀를 기울였다.

퍼포먼스를 시작하기 전과 지금을 비교하니 사람들의 진지함이 전혀 다르구나. 역시 우리의 연기에 매료되었다는 뜻이 아닐까?

한편 사람들이 주목하는 걸 깨달은 돌리는 순식간에 대외용 표정을 지었다.

"흐흐흥, 당연하지! 아무튼 나는 세상에서 가장 아름다운 '환상의 새'인걸! 희귀한 치유의 힘 정도는 갖고 있지."

그렇게 대답하며 나에게 슬쩍 시선을 보냈다.

그 능숙한 모습을 보며 세룰리안보다 돌리가 더 광대 적성이 높은 것 같다고 감탄했다.

돌리를 향해 생글생글 고개를 끄덕인 다음 이번에는 반대쪽 손으로 세룰리안의 손을 잡았다.

"그렇다면 유니콘도 힘을 빌려주었으니까, 이 성수의 효과는 오래 가려나?"

그 말과 함께 세룰리안의 얼굴을 들여다보자 그는 생각에 잠기는 듯한 표정을 지었다.

"그건 사람들의 마음가짐에 달렸지. 나는 성스러운 동물이니까 마음이 깨끗한 사람을 좋아해. 다정하고 친절한 사람이라면 효과가 오래 가도록 신경 쓸지도 몰라."

"그렇구나~! 친절한 사람에게는 친절한 효과가 오래오래 간다는 거지? 우후후후~ 알았어. 나도 최대한 사람들에게 친절하게 대할게!”

나는 모여 있는 사람들을 스윽 둘러보았다.

그 후 세룰리안, 돌리와 잡은 손을 높이 들어 올렸다.

“여러분, 성수의 효과는 다정한 사람일수록 오래 간다고 하니까 주변 사람들에게 친절하게 대해주세요! 끝까지 즐겨주셔서 감사합니다! 오늘은 성스러운 동물 유니콘과 환상의 새 차치, 그리고 성녀가 보내드렸습니다. 기회가 된다면 또 만나요. 바이바이☆”

그렇게 마무리 인사를 한 다음 우리는 손을 잡고 크게 꾸벅 허리를 숙였다.

그러자 한순간의 정적이 흐른 뒤 주변 일대에 우렁찬 박수가 울려 퍼졌다.

고개를 들자 다들 흥분하며 손뼉을 치고 있었다.

“굉장해! 이런 공연은 처음 봤어!!”

“그래, 지금까지 본 것 중에 최고였어!!”

그리고 이런 칭찬도 들었다.

기뻐하며 손을 흔들자 아이들만이 아니라 그 자리에 있던 모두가 크게 손을 마주 흔들어주었다.

“성녀님, 고마워!!”

“성녀님~ 당신은 진짜야! 손가락이 움직이다니 진짜 기적이라고!! 착하게 살 테니까 최대한 오래 효과를 유지해줘!!”

“성녀님, 다음에 또 봐!!”

그리고 큰 목소리로 인사해주었는데, 다들 웃는 얼굴이었다.

나는 물론이고 돌리와 세룰리안의 얼굴에도 웃음이 번졌다.

"여러분 안녕~!!"

"……또 올게."

"그래, ……또 언젠가."

우리 세 사람은 크게 손을 흔든 뒤 사람들의 웃음과 박수가 쏟아지는 광장에서 퇴장했다.

그렇게 모두가 웃는 얼굴이 되어 나의 성녀 데뷔는 순탄히 막을 내렸다.

……우후후, 대성공 아닐까?

그리고 광장을 떠나 몇 분 뒤.

퍼포먼스를 보여준 사람들에게서 충분히 떨어진 장소에 오자 세룰리안과 돌리는 발을 멈췄다.

그 후 벽돌로 쌓은 벽에 휘청휘청 몸을 기대더니 녹초가 된 목소리로 말했다.

"……끄, 끝났어."

"지, 진짜, 피곤해!"

그곳은 대로에서 한 블록 들어간 곳에 있는, 인기척이 드문 구석진 곳이었기 때문인지 두 사람은 주변을 신경 쓰지 않고 벽에 등을 맡기며 거친 숨을 내쉬었다.

세상에, 관객들은 기운이 넘치게 만들어놓고 광대들이 기진맥

진이라니!

하지만 잠시 지켜보자 두 사람의 호흡이 안정되었으니 괜찮은 모양이다. 안심했다.

"두 사람 다 괜찮아? 무척 지친 것 같은데."

"누, 누구 때문인데!"

걱정해서 말을 건넨 나를 항의하며 노려보는 세룰리안. 저런, 기분이 안 좋은가 보구나.

세룰리안의 말에서 추측하건대 그가 본 내 연기는 아직 부족했고, 내 퍼포먼스 내내 조마조마해서 긴장하는 바람에 녹초가 된 걸까.

만약 그렇다고 해도 처음부터 합격할 수 있을 리가 없으니 넓은 마음으로 지켜봐달라고.

나는 두 사람에게 물었다.

"그건 내 성녀 연기가 별로였다는 거야? 이래 봬도 나는 최대한 노력한 거였는데. 후학을 위해서 가르쳐줘. 내 성녀 퍼포먼스의 점수는 몇 점이었어?"

그러자 두 사람은 얼굴을 찌푸리며 못 들을 말을 들었다는 듯한 표정을 지었다.

어? 그렇게 심각한 수준이었나? 나는 놀라서 대답을 기다리며 두 사람을 바라보았다.

두 사람은 잠시 그런 나를 말 없이 마주 바라보았는데, 침묵을 견디지 못한 건지 돌리가 입을 열었다.

"몇 점이냐니, 어딜 봐도 만."

"돌리! 그렇게 바로 합격시키면 피아는 우리에게서 떠날 거야!"

모처럼 돌리가 점수를 말하려고 했는데 세룰리안이 제지했다.

돌리는 퍼뜩 정신을 차렸다는 듯이 눈을 크게 뜨더니 부자연스럽게 입을 다물었다.

"어? 한번 말을 하기 시작했으면 끝까지 하지!"

나는 불만을 흘리며 돌리의 말을 곱씹었다.

"만…… 만만하다…… 이건 점수가 아니지. 그렇다면…… 아, '만만치 않다'?"

그렇게 말하며 힐끗 돌리를 보았지만, 그는 표정을 바꾸지 않았다. 이건 아닌가 보네. 다른 후보를 생각해보자.

"만…… '만끽했다'? '만족했다'? '만인에게 먹히는 내용이었다'?"

그럴싸한 말을 몇 개나 꼽았는데 돌리의 표정은 변하지 않았고, 마지막엔 정신을 차린 듯한 그에게서 힘찬 대답이 돌아왔다.

"다 틀렸어! 정답은 '만용을 부려서는 안 된다'야!"

"어어엇!"

칭찬해줄 줄 알았는데 경고하는 대답이 돌아오는 바람에 실망했더니 돌리가 다급히 두 손을 내저었다.

"앗! 내 표현이 안 좋았어! 피아의 성녀님은 아주 좋았어! 굉장히 좋았으니까 오히려 만용을 부려서 방심하지 말라는 거야."

"그런 거야?"

푹 내려갔던 고개를 들자 돌리가 크게 끄덕였다.

"그래~! 응? 세룰리안도 그렇게 생각하지?"

그러자 세룰리안은 복잡해하는 표정을 지었다.

“좋았다고 해야 하나……. 그걸 넘어서, 마지막에는 다들 피아밖에 안 보이는 상태 아니었어? 세 사람이 있었는데 다들 성녀님, 성녀님 하면서 성녀만 주목했으니까. 어쩌면 나를 보는 사람은 아무도 없었던 게 아닌지 걱정됐을 정도야.”

세룰리안의 감상을 들은 돌리가 고개를 주억거렸다.

“그래~ 세룰리안은 키가 작으니까 그럴 만도 해. 하지만 사람들에게 공기 취급을 받은 건 나도 마찬가지였어. 그리고 나는 어떻게 생각해야 할까? 키도 제일 크고 제일 요란한 복장이었는데, 역시 아무도 주목하지 않았으니까!!”

그렇게 받아치는 돌리의 말에 세룰리안은 난처한 듯 고개를 옆으로 크게 기울였다.

“으음.”

하지만 아무래도 돌리는 그 대답이 마음에 들지 않은 모양이었다.

왜냐하면 돌리는 세룰리안의 키가 작으니 사람들에게 보이지 않았던 거라고 달래주었는데, 반대로 세룰리안은 아무것도 떠오르는 게 없었던 건지 끙끙 고민만 할 뿐이었으니까.

돌리는 신경질이 난 듯 긴 머리카락을 뒤로 넘겼다.

“뭐야, 침묵이라는 형태로 소극적으로 긍정하지 말아 줄래? 아아, 나는 피아의 스승 노릇을 할 자신이 사라졌어!”

하지만 겨우 이런 일로 스승을 그만두는 건 내가 곤란했기에 돌리에게 위로를 건넸다.

“워워, 돌리 스승님. 기운 내! 내가 누구나 힘이 나는 비장의 춤을 보여줄 테니까."

문득 전생에서 호평받았던 춤을 떠올리고 춤을 추기 위해 뒤로 물러났는데, 운이 나쁘게도 그 자리에 나무통이 산처럼 쌓여있었기 때문에 등을 부딪쳤다.

"앗!"

그 반동으로 앞으로 넘어질 뻔했는데, 직전에 뒤에서 두 개의 팔이 다가와 그 팔의 주인이 지탱해주었다.

그래서 고맙다고 인사하려고 웃으며 뒤를 돌아보았다가 놀라서 얼굴이 굳어버렸다.

"어?"

왜냐하면 나를 두 팔로 지탱한 사람은 카티스 단장님이었기 때문이다.

깜짝 놀라 눈을 연신 깜빡였지만 몇 번을 확인해도 눈앞에 있는 사람은 카티스 단장님이었다.

"어? 어, 어째서 카티스가?"

카티스 단장님은 오늘 국왕을 경호하고 있을 텐데.

애초에 국왕 경호책임자였을 텐데, 그런데 왜 왕을 경호하지 않고 이런 곳에 있는 걸까.

놀라서 물어보자 카티스 단장님은 고지식한 표정으로 입을 열었다.

"피 님께서 세룰리안 호위 임무를 받으셨기에 시릴이 오늘의 기사 배치를 다시 살펴 재편성했습니다. 그 결과 제가 추가로 이쪽에 오게 되었습니다."

“어엇?!”

자, 잠깐. 잠깐만. 어떻게 된 거야?

내가 세룰리안을 호위하게 되었으니 세룰리안의 호위는 원래 예정된 인원에서 한 명 줄어드는 형태로 재편성될 줄 알았는데 왜 새 기사가 투입되는 건데? 그것도 일기당천의 기사단장이??

“어? 시릴 단장님은 나를 마이너스 인원으로 카운트하신 건가?!”

설마, 설마 그럴 리가. 카티스에게 질문했지만 어째서인지 침묵할 뿐 대답해주지 않았다.

그리고 내 바로 뒤에는 세룰리안과 돌리가 있었고, 그들에게도 내 목소리는 들렸을 테지만…… 두 사람도 카티스처럼 침묵만 돌려줄 뿐이었다.

49 위기와 조우 1

시릴 단장님이 나를 마이너스 인원으로 계산했다니 정말 너무 한다고 생각했는데, 가만히 따져보면 오늘의 나는 기사다운 일을 전혀 하지 않았다.

아니, 애초에 충분히 활약할 수 있는 복장이 아니었다.

왜냐하면 돌리가 의상에 안 어울린다고 해서 왕성에 검을 두고 왔기 때문이다.

그리고 허리에 검을 차지 않은 성녀 모습을 시릴 단장님이 봤으니까, ——무슨 일에든 빈틈이 없는 시릴 단장님이 나의 비무장 상태를 못 보고 놓칠 리도 없으니 오늘의 나로 한정한다면 마이너스로 카운트해도 어쩔 수 없다고 생각이 바뀌었다.

으으음, 즉 시릴 단장님에게는 카티스 단장님을 투입할 정당한 이유가 있었다는 거네.

그렇게 생각을 수정한 뒤 나는 후우 한숨을 쉬었다.

"피곤해."

시릴 단장님은 내가 세룰리안, 돌리와 외출하는 걸 찬성하지 않는 듯했으니 돌아가면 시시콜콜 질문할지도 모른다는 생각까지 들자 피로가 확 올라왔다.

아아, 시릴 단장님을 떠올리는 바람에 즐겁지 않은 미래까지 상상하고 말았어.

나는 푹 고개를 떨구며 목에 걸었던 성석 목걸이를 벗었다.

묵직한 목걸이를 걸고 있는 게 피로의 원인 중 하나라는 걸 눈치챘기 때문이다.

대충 벗어서 덜렁거리자 돌리가 손을 뻗어 목걸이를 받쳐주었다.

그러고는 목걸이를 만지작거리면서 절절한 목소리로 말했다.

"피아, 나는 오늘 너에게서 많은 걸 배웠어. 이 성석은 전장에서 기사들을 구할 수 있는 귀중한 것이니 이런 곳에서 덜컥 써 버리면 안 된다고 했지만…… 그건 내가 무의식중에 전장에 있는 기사가 여기 있는 사람들보다 더 가치가 크다고 생각했기 때문에 나온 말이었던 거야."

"어?"

갑자기 무슨 소릴 하는 건지 당황해하는 나에게 돌리는 한층 말을 이었다.

"하지만 나에게 그런 걸 정할 권리는 없었어. 오늘 사람들의 환한 웃음을 보고 그 사실을 깨달았지. 앞으로 몸에 아픈 곳이 없고 쾌적한 상태로 지낼 수 있다면 그건 아주 행복한 일이지. 그걸 다른 것과 비교해서 점수를 매길 수 없었던 거야."

돌리는 목걸이에 시선을 떨어트린 채 눈을 깜빡였다.

"그리고 아마 300년 전의 대성녀님이었다면 그런 식으로 구별하지 않으셨겠지. 어떤 사람이든 평등하게 치료하셨으니까. 그러니까…… 피아, 네 행동이 더 성녀님의 본질을 꿰뚫고 있었어."

“어어.”

전생의 나를 예시로 드는 바람에 뭐라고 대답해야 하는지 고민하고 있었는데, 아직 말하던 도중이었던 돌리가 놀란 듯 ‘어?!’ 하고 중얼거렸다.

조금 전부터 돌리는 고개를 들고 대화하는 게 부끄러운 건지 목걸이를 연신 만지작거리면서 이야기했는데, 지금은 그 목걸이에 눈이 못 박힌 상태였다.

왜 그런 거지? 의아해하며 지켜보자 돌리는 믿어지지 않는다는 듯 눈을 부릅떴다.

“피, 피아. 너 아까 터무니없는 회복약을 만들었잖아? 하지만…… 돌을 하나하나 다 확인했는데 이 목걸이에 쓰인 성석은 전부 무거워! 어? 그만한 회복마법을 발동했는데 돌에 여전히 마력이 담겨있다니, 그럴 수 있는 거야?!”

“앗!”

아니, 돌리도 참. 아무것도 아닌 척하면서 대화하는 김에 뭘 확인했던 거야.

듣고 보니 원래 작전을 잊어버리고 성석에 담긴 마석을 쓰는 걸 깜빡했다.

아아아, 확실히 돌리의 말대로 돌의 마력을 사용하면 돌이 가벼워져서 돌아갈 때 편했을 텐데!

그렇게 실망하면서도 나는 웃는 얼굴로 정형문이 된 멘트를 입에 담았다.

“후후후, 나는 트릭도 도구도 쓰는 성녀니까. 그리고 스승에게도 비법을 밝히지 않는 제자니까 말하지 않을 거야.”

“좀, 피아! 너 매번, 매번 그 말로 도망칠 수 있다고 생각하지 마!”

돌리가 그렇게 추궁하며 다가섰는데, 카티스 단장님이 사이에 슥 끼어들었다.

유능하기 그지없는 전생의 호위 기사는 아무래도 우리의 대화를 통해 어느 정도 상황을 파악한 모양이었다.

“피 님에게 트릭도 도구도 있다고 치고, 가까이서 보았음에도 불구하고 전혀 간파하지 못했다면 그건 광대 실격이다! 애초에 일시적이라고 해도 지엄하신 피 님의 스승이 되었다면 제자에게 비법을 밝히라고 추궁하는 것 자체가 부끄러워해야 하는 행위다!”

카티스 단장님의 단호한 태도를 앞에 두고 돌리는 놀라서 눈을 크게 떴다.

“어, 카티스? 너 그런 성격이었던가?”

아무래도 돌리와 카티스 단장님은 전부터 아는 사이였던 모양이다.

그렇다면 서덜랜드에 가기 전과 돌아온 뒤로 카티스 단장님의 성격이 완전히 달라졌으니, 다른 사람 같다고 놀라는 건 어쩔 수 없는 일이겠지.

어쨌거나 카티스 단장님은 왕국이 자랑하는 기사단장이니까 돌리가 올컷 공작이라는 걸 알고 있을 테니 예의 바르게 대했을 것이다.

하지만 내 예상을 안 좋게 배신하는 형태로 카티스 단장님은 돌리의 말을 칼같이 쳐냈다.

“내 성격을 파악할 만큼 광대와 가까이 지낸 기억은 없다!”

순간 험악해진 두 사람을 앞에 두고 나는 머리를 부여잡았다.

으으음, 이전의 친절한 문관 같았던 카티스 단장님과 비교하면 지금의 카티스 단장님은 극악무도한 사람으로 보이는 게 아닐까.

실제로 돌리는 그런 인상을 받은 건지 화가 치민다는 듯 반박했다.

“건방지기도 해라! 그렇다면 카티스는 피아의 트릭과 도구를 간파할 수 있는 거야?”

그 호전적인 도발에 카티스 단장님이 바보를 보는 듯한 표정을 짓는 바람에 돌리의 얼굴이 머쓱해졌다.

“뭐, 뭔데!”

하지만 카티스 단장님은 전혀 동요하는 기색 없이 담담하게 말을 이었다.

“나 따위가 피 님의 비법을 간파할 수 있을 리가 없지. 따라서 피 님께서 스스로 성녀님이라고 말씀하신다면 진짜 성녀님이라고 믿고 따를 뿐이다.”

“어? 잠깐 피아, 너는 언제 이 기사단장을 농락한 거야? 내가 아는 건 서덜랜드에 파견 가기 전의 카티스지만, 이런 성격이 아니었어! 그런데 어느새 널 맹신하고 있잖아!! 대체 어떻게 된 거야?!”

“아니, 그건.”

농락이나 그런 게 아니라, 전생의 호위 기사였던 여파란 말이지.

카노푸스는 내 전속 기사였다 보니 당시 행동 규범이었던 ‘이유는 일절 생각하지 말고 그저 나를 지키는 것’이 뼛속까지 뿌리박혀 있다.

하지만 전생의 그는 조금 더 평범했으니까, 300년 사이에 나사가 풀려서 훌륭하게 비상식적인 기사가 되어버린 모양이지만.

"어어어, 글쎄. 시간이 지나면 사람은 변하기 마련이라고 하니까?"

무난하게 대답했더니 가만히 있어 주길 바랐던 카티스 단장님이 입을 열었다.

"피 님, 적어도 저는 시간이 지난 것만으로는 변하지 않습니다. 피 님과의 만남이 저를 바꾼 겁니다."

"…………."

카티스, 상황이 꼬이니까 여기서는 정확하게 설명하지 않아도 돼.

그러는 사이에 카티스 단장님은 돌리에게서 목걸이를 강탈해 정중히 나에게 내밀었다.

……으음, 돌리에게 빼앗긴 게 아니라 맡겼던 것뿐인데.

하지만 성석에 마력이 여전히 남아있다는 걸 돌리가 간파했으니, 내가 가지고 있는 게 더 나을 것 같아 다시 목에 걸었다.

그러자 역시 묵직한 무게가 느껴졌다. 으음, 빨리 이 돌의 마력을 다 써버릴 만한 상황은 안 생기려나. 주위를 두리번두리번 둘러보자 '폐하다!'라는 목소리가 귀에 꽂혔다.

의아해하며 목소리가 들린 쪽으로 시선을 주자 어린아이들이 잔뜩 신이 나서 달리는 게 보였다.

아이들은 기뻐하며 주변 사람들에게 이야기해댔다.

"폐하가 바로 저기까지 와 계셔!"

"반짝반짝한 국왕 폐하가 기사를 많이 데리고 있어!"

그제야 '맞다!'하고 떠올렸다.

그러고 보면 오늘 나는 원래 국왕을 호위할 예정이었기에 왕의 스케줄을 공유받았는데, 시찰의 일환으로 왕도의 거리 일부를 돌아보는 게 있었다.

대로로 시선을 주자 길가에는 이미 사람이 우글우글 서 있었다.

우연히도 이 길을 방문할 예정이었던 거구나. 그렇게 놀랐다가, 다음 순간 문득 불길한 예감을 받았다.

어? 잠깐만.

국왕의 경호책임자는 카티스 단장님이었는데, 그런 카티스 단장님이 여기에 있다는 건 대체 누가 책임자를 맡은 거지?

상대는 (대역이라고 해도) 국왕이니까 책임자가 될 수 있는 사람은 한정적일 텐데…….

알고 싶지 않지만, 예상이 맞는다면 신속하게 도망쳐야만 했기에 조심조심 인파를 응시했다.

그러자 사람들 중심에 태양을 받아 머리카락이 빛나는 화려한 차림의 로렌스 국왕이 보였다.

왕이 정말 왔다는 걸 실감하며 살짝 시선을 옮기자── 불길한 예감대로 국왕 뒤에 하얀 기사복을 입은 장신의 기사가 서 있었다.

"여, 역시 시릴 단장님!"

낯익은 모습을 본 내 입에서 위험인물을 목격한 사람 특유의 경고가 새어 나왔다.

나의 날카로운 목소리에서도 알 수 있듯이 다 함께 도망쳐야 하는 상황인데 위기관리 능력이 부족한 돌리는 즐겁다는 듯 외쳤다.

"어머나, 밸푸어 공작도 있잖아!"

명백하게 재미있어하는 모습이었지만, 돌리 본인이 올컷 공작이다.

그리고 시릴 단장님은 서덜랜드 공작이고…….

국왕 폐하에 삼대공작이 다 모이다니, 카드가 너무 강력해서 불길한 예감밖에 안 들어!

이건 위험하다. 최강의 카드가 다 모이고 말았다. 한 걸음 뒤로 물러난 그때 세룰리안이 내 팔을 붙잡았다.

그러고는 해맑게 제안했다.

"왜 그래? 피아. 모처럼 봤는데 저쪽에 인사하러 가자."

"호호호, 세룰리안도 참 이상한 말을 하네. 우리는 그냥 광대야. 그렇게 쉽게 필두 기사단장님과 대화할 수 있을 리가."

"……이번에는 뭘 꾸미는 건데?"

세룰리안도 내 말은 예상하지 못한 내용이었던 건지 눈을 가늘게 뜨고 나를 응시했지만, 당연히 아무것도 꾸미는 게 없다.

오히려 전력으로 위험을 회피하려는 거니까 내 말대로 해줬으면 좋겠는데.

하지만 세룰리안은 '아무것도 꾸미는 게 없다면 갈 수 있지?'라며 내 손을 잡고 대로로 끌고 갔다.

돌리도 생글거리며 뒤를 따라오고 있다. 이 두 사람의 위기관리 능력에는 크나큰 문제가 있는 모양이다.

아니면 왕과 공작인 만큼 내가 위험하다고 느끼는 사안도 사소하다고 생각하는 걸까.

……뭐, 좋아. 어차피 이미 많은 사람이 모여 있으니까 인파 뒤에 있다고 해도 보이지 않을 테지.

그렇게 생각하며 인파의 가장 뒤쪽에 서자 내 앞에 있던 여성이 놀란 듯 외쳤다.

"어머나, 성녀님이시잖아요!"

'어?' 하고 고개를 돌리자 주변에 있던 사람들도 흥분하며 말을 이었다.

"정말이네, 성녀님이다! 당신 대단하더라! '성수'를 맞고 시간이 꽤 지났는데도 아직 손가락이 움직여!! 아, 자자. 모처럼 그렇게 예쁜 옷을 입었으니까 이렇게 뒤에 있지 말고 앞으로 가서 국왕 폐하에게 인사해!!"

"맞아! 다들, 성녀님이 오셨어! 자리 비워줘!!"

"아, 아니, 정말 괜찮은……."

온 힘을 다해 거부했지만, 사람들의 선의 덕분에 어느새 맨 앞자리어 서게 되었다.

"어? 어째서 이렇게 된 거야?!"

망연자실해서 중얼거리자 상황을 정확하게 파악하지 못했을 카티스 단장님이 내 옆에서 뿌듯해하며 가슴을 폈다.

“당연히 피 님의 위광에 모두가 감명받은 결과입니다!”

“………….”

실제 그 상황을 목격하지 않았는데도 조금 전 돌리와 한 대화에다 사람들이 나를 ‘성녀님’이라고 부르는 걸 보고 어느 정도 추측한 거겠지.

무시무시하게도 카티스 단장님은 진실에서 그리 멀지 않은 대답을 내놓았다.

크윽, 이런 유능함은 조금도 원하지 않았는데!

그리고 그 이상으로 내가 이 자리에 서는 걸 원하지 않았는데……. 그런 생각을 하고 있었더니 어느새 로렌스 왕이 눈앞에 와 있었다.

어쩔 수 없었기에 사람들 사이에 묻어서 넘기려고 조심스러운 표정을 짓고 있었는데, 왕은 내버려 두기를 바라는 내 마음을 무시하고는 흥미롭다는 듯 내 전신을 훑어보았다.

“흠, 참 귀여운 성녀구나.”

국왕의 대역으로 발탁되었을 정도이니 로렌스 왕이 유능하다는 건 틀림없다.

따라서 내가 지난번에 면담했던 기사라는 걸 간파했을 텐데, 알면서 일부러 말을 걸다니 좀 장난기가 과한 게 아닐까.

그렇게 생각하면서도 왕에게 불경이 되지 않도록 가식적으로 웃었다.

그 후 왕의 뒤로 힐끗 시선을 주자 밸푸어 공작님이 멍하니 입을 벌리고 서 있었다.

그렇겠지. 밸푸어 공작님은 계속 왕을 모시고 있었으니까 내가 세룰리안과 돌리의 제자로 들어간 걸 모르겠지.

그러니 갑자기 화려한 성녀 드레스를 입고 이 두 사람과 나타난 나를 본 공작님은 뭘 하는 거냐며 놀랐을 것이다.

이어서 무서운 걸 괜히 보고 싶어지는 호기심에 한 번 더, 이번에는 밸푸어 공작님의 뒤로 시선을 주자 시릴 단장님이 눈을 부릅뜨고 나를 응시하고 있었다.

"힉!"

무서운 나머지 뒷걸음질 치려고 했는데 사람들이 빽빽하게 모여 있는 바람에 물러날 장소가 없다.

진퇴양난이긴 했으나 시릴 단장님이 어디를 주목하는 건지 가늠하려고 그 시선을 따라가자 내 목에 걸린 목걸이에 고정되어 있었다.

"힉, 실수했다!"

사람들에게는 그냥 예쁜 목걸이지만, 시릴 단장님은 이 돌의 진가를 아는 몇 없는 사람 중 하나다.

망했다고 질겁하면서도 어떻게든 수습하고자 머리를 굴려 한 번 목걸이를 가리킨 뒤 손을 옆으로 붕붕 저었다.

『아니에요, 오해예요. 이 성석의 마력은 사용하지 않았어요.』

필사적으로 그렇게 호소했는데 어째서인지 내 주변에 있던 사람들이 나를 자랑하기 시작했다.

"폐하, 이 성녀님은 대단하십니다! 이 성녀님 덕분에 오랫동안 움직이지 않았던 제 손가락이 움직이게 되었습니다!!”

“저도 등이 계속 아파서 지팡이를 짚어야만 걸을 수 있었는데, 성녀님 덕분에 등을 똑바로 펼 수 있게 되었습니다!! 보세요, 스무 살은 젊어졌다니까요?”

“그, 그만…….”

이 이상 시릴 단장님을 자극하지 말아 달라고 빌면서 힘없이 제지해봤지만 아무도 들어주지 않았다.

오히려 나를 한층 더 칭찬하기 시작했다.

“들으셨습니까, 폐하! 이 성녀님은 이런 식으로 겸손하고 조금도 위업을 자랑하지 않으십니다! 지금도 맨 뒤에서 폐하의 모습을 보려고 하셨는걸요. 정말 겸허하시다니까요!!”

죄송합니다. 잘못했습니다. 진짜로 그만해주세요.

시릴 단장님은 한창 경호업무 중인데도 사람들의 대화에 열심히 집중하면서 점점 표정이 딱딱해지고 있거든요.

그리고 어째서인지 단장님의 한쪽 손이 검 손잡이에 올라가 있으니까 제 안전을 위해서 저를 칭찬하는 걸 지금 당장 멈춰주세요!

물론 시릴 단장님에게 검을 뽑을 마음은 없을 테지만, 검 자루로 내 머리를 찍어버리는 정도는 고려하고 있을지도 모른다.

이건 진짜로 큰일이다. 나는 세룰리안과 돌리에게 죄를 뒤집어씌우기로 했다.

따라서 눈앞에 선 로렌스 왕을 향해 평소보다 큰 목소리로 말했다.

“처음 뵙습니다, 폐하! 많은 분이 칭찬해주셔서 영광이지만, 저는 수습생에 불과합니다! 여기 있는 말 광대와 새 광대가 시키는 대로 퍼포먼스를 공연한 것뿐이죠!! 제 의사로 한 일이 아니니 성과도 책임도 이 두 사람에게 있습니다!!”

즉각 좌우에서 ‘그러니까 말이 아니라고!’, ‘나도 그냥 새가 아니라니까!’라는 항의가 터졌지만, 그 대답은 본질과 어긋난 내용이었기 때문에 가슴을 쓸어내렸다.

아, 이 두 사람이 생각보다 더 둔해서 살았다.

어떻게든 오늘을 살아서 넘길 수 있을 것 같다고 안도의 한숨을 쉰 그때, 어느새 가까이 다가와 있던 밸푸어 공작님이 입을 열었다.

“폐하, 이 두 광대는 왕성에서 본 적이 있지만 성녀님은 처음 뵙습니다. 수습생이라고 하는데, 이 두 사람과 팀을 맺었다니 어떤 일을 할 수 있을지 흥미롭군요. 왕성으로 초대해서 공연을 보여달라고 하는 건 어떻습니까?”

“네?”

무슨 생각인지 밸푸어 공작님이 터무니없는 소리를 했다.

‘아니, 그건, 아니, 저기’ 하며 고개를 크게 도리질하는 나에게 시릴 단장님이 소리 없이 다가와 밸푸어 공작님에게 반론했다.

“그건 좋은 생각이라고 볼 수 없군요. 성녀님이 새로 온 분이시라면 지금은 아직 시행착오를 겪는 단계일 겁니다. 역할조차 정해져 있지 않을 가능성이 있으니…… 이 성녀님은 오늘은 성녀님이지만 내일은 기사일지도 모르죠.”

"흐억."

시릴 단장님은 기사 업무를 볼 때는 항상 철저하게 배경이 되는데, 어째서인지 적극적으로 대화에 끼어들었다.

심지어 나를 비꼬는 표현을 신나게 선택했다.

못 버티겠어요. 살려주세요. 로렌스 왕을 쳐다보자 그는 '으음, 밸푸어 공작과 서덜랜드 공작, 누구의 의견을 들어야 할까'라며 즐겁다는 듯 웃고 있었다.

트, 틀렸어!

이 자리에 최강 카드가 모인 건 확실하지만, 다들 잘못된 방향으로 힘을 쓰고 있다고.

어째서인지 다들 사이비 성녀를 놀려먹는 데 전력을 다하고 있으니까.

아아, 힘과 시간의 낭비야!!

……그렇게 고개를 푹 숙였는데, 이쯤 되자 이 사람들의 의도를 대충 이해할 수 있었다.

즉 로렌스 왕은 세룰리안의 대역이니까 철저히 그의 의향을 따르려고 할 것이다.

따라서 관중 맨 앞줄에 서 있는 세룰리안을 발견한 왕은 그가 무언가를 알리고 싶어 하는 건지도 모른다는 생각에 그 일파인 나에게 말을 걸었던 것이겠지.

그리고 오늘 시찰의 목적 중 하나는 백성들이 왕에게 느끼는 호감도를 올리는 것이니, 사람들이 나를 호의적으로 본다는 걸 알아본 밸푸어 공작님은 나를 후하게 대우해서 왕의 호감도를 올리려는 거다.

문제는 그 모든 걸 알면서 밸푸어 공작의 발언에 반박한 시릴 단장님이지만, ……성녀 모습으로 사고를 친 나에게 화난 것처럼 보이지만, ……호호호, 내 착각이겠지.

그렇게 희망적으로 생각하며 시릴 단장님을 힐끗 쳐다보자 단장님은 눈을 가늘게 뜨고 이쪽을 보고 있었다.

"히이익!"

망했다. 망했다.

전혀 착각이 아니야. 저 표정은 틀림없이 화난 거야.

당분간 시릴 단장님에게 접근하지 말아야겠어! 그렇게 결심하는 사이에 로렌스 왕은 세룰리안에게 '항상 사람들을 즐겁게 해 주고 있는 모양이군'이라며 칭찬을 건넸다.

그 후 왕은 백성들과 한두 마디 대화를 나눈 다음 원래 예정대로 몇 채 앞에 있는 건물에 들어갔다.

아, 다행이다. 우선은 살았어! 안도하는 나에게 어째서인지 호위 대상과 딱 붙어있어야 하는 시릴 단장님이 다가왔다.

왜 그러는 건지 숨을 죽이고 있었더니 시릴 단장님은 웃는 얼굴로 입을 열었다.

"안녕하세요, 귀여운 성녀님. 무척 멋진 목걸이로군요. 운이 좋게도 한 번 더 만날 기회가 있다면 차분히 대화를 나누고 싶습니다."

"히이익!"

필두 기사단장님의 설교 타임 예고에 나의 전신은 공포에 휩싸였지만, 숨겨진 뜻을 읽어내지 못한 사람들은 기뻐했다.

“어머나! 하얀 기사복의 단장님이 성녀님에게 관심을 보이셨어!!”

“이해해~ 확실히 귀여운 성녀님이니까! 하하, 축하해 성녀님! 꼭 한 번 더 만나 뵙고 자기를 잘 홍보하라고!!”

“그, 그 홍보는, 전혀 좋은 결과가 나올 것 같지 않으니까, 사양하는 게 낫지 않을까…….”

시릴 단장님을 바라본 채 어색하게 웃으며 그렇게 중얼거렸지만, 단장님은 아름다운 미소를 유지하면서 발걸음을 돌려 왕이 들어간 가게로 뒤따라 들어갔다.

눈앞에서 시릴 단장님이 사라지긴 했지만, ……어째서인지 위기를 나중으로 미뤘을 뿐 조금도 살았다는 기분이 들지 않았다.

◇　◇　◇

“카, 카티스!”

시릴 단장님의 설교 예고에 등이 얼어붙은 나는 옛 호위 기사에게 도움을 청했다.

“시, 시릴 단장님이 나와 차분히 대화하고 싶대!!”

물론 카티스 단장님은 내 옆에서 모든 대화를 들었지만, 이후 나에게 얼마나 비참한 시간이 기다리고 있는지 정확하게 알아달라는 마음에 한 번 더 설명했다.

그러자 카티스 단장님은 이해했다는 듯 고개를 끄덕였다.

"시릴이 그렇게 바라는 건 당연합니다. 그가 성녀 모습의 피 님을 본 건 아주 짧은 시간이었지만, 그 짧은 시간에서조차 백성들이 피 님에게 얼마나 심취했는지 읽어낼 수 있었을 테니까요. 당신의 의대한 공적에 대하여 자세히 묻고 싶은 것이겠죠."

"뭐?!"

카티스 단장님과 내 인식은 일치한다.

시릴 단장님이 내가 성석을 사용해서 뭘 했는지 알고 싶어 하며, 그걸 자세히 물어볼 것이라는 예상은 같았다.

다른 부분은, 내가 그 미래에 절망을 느끼는 반면 카티스 단장님은 무척 멋진 미래라고 인식한다는 점이다.

시릴 단장님은 아주아주 유능하지만 이번에는 그 유능함이 집요한 심문이라는 형태로 나타날 것이다.

즉 전혀 환영할 수 없는 사태가 기다리고 있는데, 어째서 카티스 단장님은 미래를 희망적으로 보고 즐겁게 웃고 있는 걸까.

의아해하고 있었더니 카티스 단장님은 흐뭇해하며 말을 이었다.

"피 님의 위대한 힘이 전부 성석 덕분인 것으로 되는 건 불만이지만, 그래도 피 님께서 사람들에게 무엇을 해주었는지는 시릴에게 정확히 전해질 겁니다. 적어도 당신께서 모든 사람을 구하고 싶어 하셨다는 그 고귀한 마음을 시릴도 이해할 테죠."

"어……."

어렴풋하게 느꼈던 거지만, 카티스 단장님은 혼자 착실하게 내 호감도 상승 작전을 수행하고 있었던 거 아닐까.

내가 성녀라는 걸 숨기고 싶어 한다는 건 알고 협력도 해주고

있지만, 한편으로 내가 어떠한 형태로 칭송받는 걸 바라는 것 같
단 말이지.

하지만 나 자신은 칭송받고 싶지 않으니까 이건 한 번 제대로
말해두는 게 좋겠어!

"카티스, 나는 칭찬받을 만한 짓은 아무것도 하지 않았어!"

그러자 예상대로 즉시 답이 돌아왔다.

"그렇게 생각하시는 건 피 님뿐입니다."

"아니, 당연히 나만 그런 게 아니라."

"몇 번이나! 몇 번이나! 피 님께서 저를 구하셨습니다! 구원받
은 쪽의 마음은 구원받은 사람이 아니면 이해할 수 없습니다!"

"…………오늘은 여기까지 하자."

성녀 모습인 내가 사람들에게 뭘 했는지 정확하게 파악하지도
못했으면서, 그리고 과거 자기가 겪은 일을 끌어오면서까지 단언
하는 카티스 단장님의 모습을 보고 이건 글렀다고 바로 백기를
들었다.

나는 어지간한 건 치료할 수 있는 성녀지만 카티스 단장님은 치
료하지 못할 것 같다.

하지만 미래의 나는 더 위대한 성녀가 되어서 카티스 단장님을
치료할 수 있을지도 모르니까, 미래에 희망을 걸기로 하자.

그렇게 나는 지금 이 자리에서 설득하는 걸 포기했다.

그 후 국왕이 지나가자 흩어지는 사람들에 맞춰 세룰리안과 돌
리와 함께 그 자리에서 떠난 뒤, 돌리가 지친 목소리로 말했다.

"아아, 정말이지. 나는 지쳤어! 맛있는 음식과 술이 없으면 이

이상은 움직이지 못할 것 같으니까 식사하러 가자.”

그러자 세룰리안이 후드의 귀를 꾹 잡아당겼다.

“하지만 이 복장으로 들어갈 수 있는 가게는 얼마 없어. 사비스가 면담 때 일로 피아를 잘 대접하라고 했으니까, 어느 정도 좋은 곳에 데려가지 않으면 화낼걸.”

“어? 세룰리안이 대접해주는 거야? 그런 거라면 걱정하지 마! 나는 놀라울 만큼 많이 먹으니까 양으로 커버할게. 게다가 카티스도 많이 먹어!”

그런 식으로 시끌벅적 이야기하고 있을 때 갑자기 뒤에서 목소리가 날아왔다.

“실례합니다, 성녀 아가씨!”

“네?”

목소리가 들린 쪽을 돌아보자 번듯한 옷을 입은 남성이 모자를 들고 서 있었다.

그 뒤에는 수행원인 듯한 남성이 두 명.

“갑자기 말을 걸어서 죄송합니다! 대단히 무례한 부탁이긴 하지만, 부디 제 딸을 구해주실 수 없겠습니까?”

남성은 모자를 꽉 움켜쥐더니 깊이 허리를 숙였다.

“어…….”

갑작스러운 부탁에 당황하고 있었더니 돌리가 얼굴을 가까이 붙이고 작게 속삭였다.

“페이즈 백작이야. 그리고 백작의 딸은 성녀님이지. 그러니까…….”

“엇, 성녀님!”

그렇다면 내 동료잖아.

“알았어! 도와줄게.”

바로 그렇게 대답했더니 돌리에게서 즉각 반대가 돌아왔다.

“잠깐, 피아! 왜 그렇게 되는데!”

“맞아, 피아. 우리는 이제 식사하러 갈 거잖아.”

돌리만이 아니라 세룰리안까지 반대하다니.

다음 순간 두 사람이 각각 내 오른팔과 왼팔을 붙잡았다.

“어? 아니, 어디에.”

강제로 어디론가 끌고 가려고 하기에 당황해서 물어보자 두 사람이 입을 모아 대답했다.

““그러니까, 식사하러 간다고!!””

“어? 갑자기 왜 그래?”

왕과 공작답게 여태까지 두 사람은 온화한 태도였고, 이렇게 힘으로 무언가를 하려는 적이 한 번도 없었는데 지금은 나를 강제로 끌고 간다. 하지만 그런 행동도 오래가지 않았다.

왜냐하면 백작의 수행원 두 명이 재빨리 우리 앞으로 끼어들어서 가로막았기 때문이다.

그 행위는 세룰리안을 화나게 만든 건지 그는 두 사람을 노려보며 뾰족한 목소리로 따졌다.

“지금부터 우리는 식사하러 갈 거니까 방해하지 말아 줄래? 보다시피 평범한 광대 일행이야. 성녀도 트릭과 도구를 썼던 거니까 진짜 상처나 병은 못 고쳐!”

하지만 백작의 측근인 듯한 두 사람은 냉정한 목소리로 대답했다.

"뒤에 있는 기사님은 하얀 기사복에 어깨띠를 걸치고 있으니 기사단장이시죠. 기사단장님이 굳이 호위하신다는 건 진짜 성녀님이기 때문이 아닙니까?"

"오늘 국왕 폐하께서는 시찰의 일환으로 중앙 교회를 방문하셨습니다. 따라서 내일에라도 새 필두 성녀 선정을 공지하시는 게 아니냐는 소문이 퍼져있습니다. 그 여성분은 선정회 개최에 맞춰서 왕도로 오신 성녀님 아니십니까? 아마도 필두 성녀님 유력 후보이시죠?"

"어? 전혀 아닌데! 내가 성녀로 보인 건 트릭과 도구 덕분인걸."

그럴싸한 소리를 늘어놓는 바람에 세룰리안의 말을 그대로 따라 하는 셈이 된다고 생각하면서도 한 번 더 같은 설명을 반복했다.

그러자 처음 말을 걸었던 백작이 입을 열었다.

"이름을 밝히는 것이 늦어졌지만, 저는 백작위를 받은 페이즈라고 합니다. 외람되지만 저는 왕성에도 교회에도 어느 정도 인맥이 있으니 필두 성녀 선정에 도움이 될 것이라고 봅니다."

그건 명백한 협상이었다.

필두 성녀 선정에 편의를 봐 줄 테니까 딸을 고쳐 달라는 뜻이다.

"설마~ 우리가 누군지도 잘 몰라서야, 왕성에 있다는 인맥도 변변찮을 텐데 도움이 될 리가 있겠어?"

돌리는 조롱하듯이 던지고는 긴 머리카락을 뒤로 휙 넘겼다.

"게다가 고작 백작 주제에 우리에게 빚을 지우려고 하는 태도가 마음에 안 들어~. 도와달라고 하는 딸도 성녀님일 텐데 스스로 고치면 되잖아. 그럴 수 없다면 인맥이 있다고 했겠다, 광대에게 매달리지 말고 훌륭한 성녀님을 찾으러 가지 그래?"

돌리의 태도는 여태까지 본 적도 없을 만큼 신랄했다. 페이즈 백작과 앙금이라도 있는 걸까?

아니면 돌리는 성녀를 싫어하니까 성녀를 치료한다는 상황에 짜증이 치민 건지도 모른다.

어쨌거나 돌리의 태도는 너무 심하지만.

그렇게 생각한 건 나만이 아니었던 건지, 백작은 대답은 없어도 불쾌하다는 듯 얼굴을 일그러트렸고 측근 두 사람은 '광대 주제에 무례하다!', '입조심 해!'라며 경고했다.

하지만 돌리는 왕성에서 수많은 사람을 조롱해온 궁정 광대다.

상대를 깔아보는 듯한 무례한 태도는 특기 중의 특기일 것이다.

그것을 증명하듯 돌리는 불쾌해하는 세 사람을 아랑곳하지 않고 도발하는 표정을 지었다.

"부탁 좀 한다고 쉽게 구해줄 거라고 생각하지 마! 만능 성녀님 같은 건 어디에도 없으니까."

서로 노려보는 돌리와 백작 일행을 보고 어떻게 해야 할지 고

개를 기울였다.

돌리는 항상 유유자적하며 하늘 위에서 모든 것을 내다보는 듯한 태도였는데, 이번만큼은 지상으로 내려와 백작과 대치하고 있다.

돌리가 중요하게 여기는 부분을 백작이 건드린 걸까? 세룰리안을 브자 이쪽도 불쾌하다는 표정으로 백작을 노려보고 있었다.

그라. 돌리와 세룰리안 둘 다 불쾌해한다는 건 그만한 이유가 있는 거겠지.

그라 서 두 사람의 마음을 존중해주고 싶기는 하지만…….

"으음, 미안하지만 나는 성녀가 아니야. 그러니까 필두 성녀 선정회에도 나갈 일이 없어. 조금 전에도 말했다시피 트릭도 도구도 사용하는, 사람들을 웃게 해주기 위한 성녀지. 그런 거라도 괜찮다면 같이 가고."

그렇게 대답하자 누구보다 먼저 돌리가 반대했다.

"피아, 네가 따라갈 필요는 없어!"

나는 돌리를 향해 고개를 갸웃거렸다.

"돌리, 우리는 사람들을 웃게 해주기 위해 있는 거잖아. 그렇다면 우선은 이야기를 들어봐야지. 그럼 무언가 할 수 있는 일이 있을지도 몰라."

돌리는 순간 반론하려고 했으나 바로 마음을 바꾼 건지 벌레 씹은 듯한 표정이 되었다.

"……광대의 마음가짐을 묻다니, 너 정말 어딜 공략해야 하는지 잘 아는구나!"

“이래 봬도 유능한 제자인걸.”

득의양양하게 대꾸하자 바로 반론이 돌아왔다.

“아니, 지금 칭찬한 거 아니거든!”

돌리의 말은 평소와 같았지만, 말투가 평소보다 좀 세다. 역시 무언가 마음에 들지 않는 게 있는 모양이다.

백작의 안내로 잠시 걸어가자 백작가의 문장이 달린 마차가 대기소에 세워져 있었다.

백작가 세 사람과 세룰리안, 돌리, 카티스, 나라는 일곱 명 모두가 눈앞의 마차에 타는 건 크기상 어려울 것 같았기에 백작의 수행원 두 명은 합승 마차를 타고 뒤따라오기로 했다.

하지만 막상 백작가의 마차에 탔더니 생각보다 더 좁아서 세룰리안과 돌리는 카티스에게 합승 마차에 타라는 듯한 강렬한 눈빛을 보내기 시작했다.

어머나, 국왕 폐하와 공작님이 노골적으로 압박하잖아. 대체 어떻게 할 생각인지 카티스를 쳐다보자 예상대로 그는 깔끔하게 무시해서 나도 모르게 중얼거렸다.

“세룰리안이 누구인지 알면서 이런 태도라니, 카티스는 참 대단하구나!”

작은 목소리였지만 당사자인 세룰리안에게는 들렸던 건지 그가 황당하다는 얼굴로 대꾸했다.

“다른 사람이라면 모를까 피아가 할 말은 아니지!”

그러고는 홱 고개를 돌렸다. 저런, 돌리에 이어 세룰리안도 기분이 안 좋은가 보구나.

아무래도 둘 다 내가 백작의 요구를 단호하게 거절하지 않은 게
마음에 안 든 모양이다.

하지만 말은 그렇게 하면서도 나를 걱정해서 따라오는 게 이 두
사람의 장점인 거겠지.

그렇게 생각하며 웃고 있었더니 두 사람에게서 '얼굴이 너무 풀
어졌어', '피아는 평화롭구나~'라는 한마디가 돌아왔다.

……사람은 좋지만, 입이 거친 게 이 두 사람의 단점인 모양이다.

잠시 후 도착한 백작가의 타운하우스는 으리으리했다.

왕도에 세웠는데도 문에서 본관까지 거리가 있었고, 정원도 제
대로 손질되어 있다.

그래서 내가 '와, 멋진 저택이구나!'하고 감탄을 뱉자 돌리가 비
웃듯이 입을 열었다.

"왕성의 반의반의반의반의 반 이하잖아!"

그 말이 맞긴 하지만, 왕성과 비교하면 무슨 저택이든 초라해
보이지 않을까. 기가 막혀라.

한편으로는 올컷 공작가와 비교하지 않은 걸 보면 돌리에게 아
직 이성이 남아있는 모양이라며 가슴을 쓸어내렸다.

그 후 안으로 들어가자마자 우리 네 사람은 응접실로 안내받
았다.

조금 전 헤어진 수행원 두 사람은 이미 백작저에 도착했던 건
지 백작이 소파에 앉자마자 그 뒤에 섰다.

한편 나와 세룰리안과 돌리는 테이블을 사이에 두고 백작과 맞

은편 소파에 앉았고, 그 뒤에 카티스가 섰다.

먼저 입을 연 사람은 세룰리안이었다.

어린 광대의 모습으로 다리를 꼬고 팔짱을 낀 건방진 자세로 백작을 향해 무례한 말을 던졌다.

"조금 전에도 말했지만 우리는 식사하러 갈 예정이었어. 할 말이 있다면 짧게 해줘."

변함없이 불손한 태도를 무너트리지 않는 세룰리안. 아무래도 폐하 모드인 모양이다.

하지만 '무례한 광대'를 생각하면 그의 언동에 위화감이 전혀 없으니 왕과 광대는 비슷한 직업인 건지도 모른다.

물론 말했다간 100배로 돌아올 것 같으니까 생각만 하고 멈췄지만.

세룰리안의 말을 들은 백작과 수행원 두 사람은 불쾌하다는 표정을 지었지만, 나이에 맞는 침착함을 체득하고 있었던 건지 어린 광대의 버릇없는 행동은 건드리지 않고 나를 보았다.

"성녀님, 제게는 딸이 한 명 있으며 그 아이도 성녀입니다. 태어날 때부터 몸이 약했지만, 지난주부터 갑자기 몸 상태가 나빠지더니 최근 며칠 동안은 제대로 침대에서 일어나지 못하는 상태이죠."

그 말에 대답하려던 차에 나보다 먼저 돌리가 입을 열었다.

"어머나, 불쌍하게도! 하지만 생면부지인 우리는 힘이 되어줄 수 없는걸. 조금 전에도 말했지만 환자가 성녀님이라면 스스로 고치면 되고, 여기저기 인맥이 있다는 백작가라면 광대 일행이 아니라 더 제대로 된 성녀님을 찾으면 되지! 아니면 이런 집에 살면서 가난하기라도 해?”

돌리도 참 무슨 소릴 하는 거야. 나는 말리려고 했는데, 그보다 먼저 세룰리안이 동조했다.

“돌리, 귀족은 허세만으로 사는 생물이니까 가난해도 ‘네, 그렇습니다’라고는 못 하지. 하지만 이런 광대에게 부탁하는 걸 보면 가난한 데다 아무런 인맥도 없다는 건 명백해. 게다가 이런 부탁을 할 만큼 뻔뻔하고 수치를 모를 거야.”

어? 왜 이 두 사람은 일일이 시비조인 거지? 나는 놀라서 눈을 크게 떴다.

하지만 짜증을 억누르지 못하는 듯한 두 사람을 보니 무언가 이상해서 고개를 갸웃거렸다.

확실히 둘 다 자유분방한 성격이지만, 비아냥거린다고 해도 더 완곡하게 할 테고 직접적으로 상대에게 상처 주는 발언은 여태껏 한 적이 없었기 때문이다.

대체 뭐가 이 두 사람을 화나게 한 건지 고민하는 사이에 페이즈 백작이 인내의 한계가 온 듯 짜증 내는 목소리로 말했다.

“아무리 지능이 부족한 광대라고 해도 말이 조금 지나친 것 아닌가? 자신의 하는 말의 의미도, 그 영향도 이해하지 못했기에 하는 말이겠지만 그렇다고 해도 거슬리는군!”

어? 백작이 대놓고 항의하네.

물론 이 두 사람의 태도가 나쁜 건 맞지만, 백작은 부탁하는 처지니까 아무리 화가 나는 태도를 보인다고 해도 묵묵히 참을 것이라고 예상했는데 빗나가고 말았다.

이런. 세룰리안과 돌리는 항의한다고 참는 타입이 아닐 텐데. 어떻게든 수습해야…….

"아, 응! 그렇지! 광대들이 입이 좀 험해! 하지만 사람은 참 좋은데……."

이 상황을 중재하려고 큰 목소리로 말했는데, 돌리가 한층 더 큰 목소리로 내 말을 덮어버렸다.

"흥, 본성을 드러냈구나! 너 같은 인간은 자기만 중요하지! 아니면 가족도 가까스로 중요하게 여기려나? 어쨌거나 교섭은 결렬됐어! 우리는 돌아갈 거야!!"

돌리는 그렇게 외치고 일어나 조롱하듯 턱을 쑥 내밀었다.

그 반응을 보고 나는 이러지 말라며 그의 두 팔을 덥석 붙잡았다.

"도, 돌리! 애들 싸움도 아니니까 하지 마!"

아니, 누가 좀 말려줘.

보통 한 명이 열을 내면 다른 한 명은 침착해지는 법인데…… 라는 기대를 담아 세룰리안을 돌아봤지만, 그는 도발하는 표정을 짓고 있었다.

"하, 나는 지능이 부족한 광대일지도 모르지만 내가 한 말의 의미 정도는 알아! 그리고 아니까 당신의 행동이 아주 뻔뻔한 짓이라고 하는 거야! 아니면 10년 전 일을 잊어버렸어?!"

망했다. 이쪽도 침착함과는 거리가 멀어! 하지만 세룰리안의 말에서 걸리는 단어가 있었다.

"10년 전?"

세룰리안과 돌리는 그렇게 예전부터 페이즈 백작과 아는 사이였나?

물론 국왕과 공작으로서 안 것이겠지만.

그런 생각을 하는 사이에도 세룰리안은 백작을 한층 몰아세웠다.

"설다 잊어버렸다고 하지는 않겠지! 조금 전 돌리가 한 말과 똑같은 내용을 10년 전 올컷 공작이 들었던 상황을! 성녀라면 스스로 고치라고 말이야! 그럴 수 없었기 때문에 올컷 공작이 필사적으로 부탁한다는 게 명백했는데…… 나는 그 자리에 있었고, 마찬가지로 그 자리에 있던 당신의 얼굴도 기억해! 하지만 그때 당신은 한 마디도 끼어들지 않았잖아!!"

"어? 10년 전에?!"

어린아이의 모습인 세룰리안을 보고 10년 전이면 아기였던 시절 아니냐는 생각이 순간 들었지만, 곧바로 그 무렵의 세룰리안은 19살의 모습이었다는 걸 떠올렸다.

세룰리안이 말하는 건 10년 전에 죽었다는 올컷 공작님의 동생 이야기인 게 아닐까.

흠칫 돌리를 돌아보자 그는 험악한 표정을 짓고 있었다.

돌리도 세룰리안과 마찬가지로 10년 전 일을 떠올리고 있는 모양이다.

내 추측을 긍정하듯 돌리는 사나운 어조로 말을 뱉었다.

"그 말대로야! 즉 성녀라면 스스로 고치면 된다는 의견에 전면적으로 동의했었잖아?! 아니면 남 일이라 어떻게 되든 관심이 없

었거나. 어쨌거나 자기에게도 같은 일이 일어난 정도로 의견을
뒤집지나 말든가!!”

　성을 내며 소파에서 일어나 당장에라도 돌아가려고 하는 세룰
리안과 돌리를 보고 나는 무척 당혹스러웠다.
　왜냐하면 일부나마 이야기를 들은 바로도 두 사람의 분노는 정
당했고, 그 마음을 존중해야 한다고 생각했기 때문이다.
　하지만 그 이상으로 침대에서 벗어나지 못한다는 백작의 딸을
이대로 두고 갈 수는 없었다.
　그래서 진정하기 위해서도 두 사람은 백작 저택에서 돌려보내
고 나만 여기에 남는 건 어떨지 생각하며 두 사람을 힐끗 쳐다보
았다.
　……아니, 안 되겠네.
　두 사람은 몹시 화가 난 상태라서 이대로는 나도 같이 데려갈
것 같아.
　세룰리안과 돌리의 표정을 통해 그렇게 판단한 나는 도움을 요
청하며 카티스 단장님에게 시선을 주었다.
　조금 강압적이긴 하지만, 카티스 단장님의 힘을 빌려 두 사람
에게서 나를 떼어놓게 해달라고 할 생각이었다.
　그러자 카티스 단장님은 내 의도를 확인하려는 듯 나를 물끄러
미 응시했다.

나는 나를 누구보다 잘 알고 있을 옛 호위 기사를 향해 고개를 끄덕였다.

『그래, 카티스. 당신의 추측이 맞아! 이건 이미 대화로 해결할 수 없어! 하지만 백작의 딸을 이대로 둘 수는 없으니까 나에게서 세룰리안과 돌리를 억지로 떼어놔 줘!』

내 마음의 소리를 정확하게 수신한 듯한 카티스 단장님은 이해했다는 듯 고개를 끄덕인 후 한 걸음 앞으로 나섰다. ……하지만 예상과 달리 세룰리안과 돌리가 아니라 백작을 향해 입을 열었다.

"페이즈 백작, 당신이 원하는 건 여기에서 광대와 싸우는 것인가? 그런 것이라면 우리를 부른 일 자체가 실수였군. 무언가 도와줄 수 있는 일이 있을지도 모른다는 생각에 저택을 방문했지만 바로 돌아가야겠다."

카티스 단장님의 목소리는 평온했지만, 갑작스러운 최후통첩이라는 건 누가 봐도 명백했다.

어? 나는 돌아가고 싶지 않은데? 나는 놀라서 카티스 단장님을 올려다보았는데, 마찬가지로 페이즈 백작도 고개를 들어 다급하게 말했다.

"아, 아니, 그건 곤란합니다!"

백작은 그렇게 순간적으로 부정했지만, 그 이상 말을 잇지 못한다는 듯 입을 다물었다.

카티스 단장님의 말에 딸을 구하고 싶다는 본래의 목적은 떠올랐지만, 현재 상황을 파악하지 못했기 때문에 섣불리 말할 수 없는 모양이었다.

하지만 그것도 어쩔 수 없는 일이다.

백작 쪽 사정은 듣지 못했으니 정확하게는 알 수 없지만, 세룰리안과 돌리와 백작의 반응으로 보아 10년 전 올컷 공작님과 페이즈 백작 사이에 큰 갈등이 있었다는 건 확실해 보이니까.

눈앞에 있는 사람이 설마 공작 본인이라는 건 눈치채지 못했겠지만, 공작가를 상대하는 일이라면 신중하게 대응해야 한다는 건 이해하고 있을 것이다.

그런 백작에게 10년 전 일을 아는 두 사람은 조심해야 하는 존재가 틀림없다.

왜냐하면 당시 현장에 있었던 건 로렌스 국왕 폐하와 올컷 공작님일 테니까, 세룰리안과 돌리가 당시 일을 안다는 건 제삼자에게 이야기를 들었기 때문이라고 추측했을 것이다.

조금 전 세룰리안은 10년 전 현장에 있었다고 발언했지만, 지금 시점에서 10살 정도로 보이는 그의 말을 백작은 믿지 않았겠지.

따라서 대체 누가 말을 전했고 이 두 사람은 누구인지 의심하고 있을 것이다.

불확실한 점이 너무 많으니 백작은 신중해질 수밖에 없다. 그런 생각을 하는 내 눈앞에서 카티스 단장님이 말을 이었다.

"나는 기사단장이다. 그리고 오늘의 호위 대상은 이 두 광대이지. 그들은 궁정 광대이며, 나의 상사는 호위가 필요한 대상이라고 판단했다."

카티스 단장님의 말을 들은 페이즈 백작의 몸이 움찔 굳었다.

"기, 기사단장의 상사가?!"

왕국 기사단장의 상사에 해당하는 사람은 한정적이다.

백작이 누구를 상상했든 엄청 고위직인 사람이고, 따라서 그의 표정이 딱딱해졌다.

말없이 무언가 생각에 잠기는 듯했던 백작은 몇 초 후 세룰리안 과 돌리와 대립하는 건 상책이 아니라고 방침을 바꾼 모양이었다.

백작은 자신을 제어하듯 어금니를 꽉 깨물더니, 세룰리안과 돌 리를 향해 머리를 숙였다. 내가 봐도 알 수 있을 만큼 정중한 자 세였다.

"광대분들, 대단히 실례했습니다. 딸이 오랫동안 병상에 누워 있었기에 예민해져 있었던 모양입니다. 무례한 태도를 보인 것을 부디 용서해주십시오."

나는 그런 백작의 태도를 보고 감탄했다.

애초에 백작과 광대를 비교한다면 백작이 몇 배는 더 높은 신 분인 데다, 광대 자체가 사람들에게 웃음거리가 되는 존재다. 하 지만 기사단장이 호위하는 궁정 광대쯤 되면 사정이 달라진다.

왜냐하면 왕이 광대를 아낀다는 뚜렷한 증표이자, 광대가 나불 거리는 이야기를 왕이 들을 기회도 많다는 뜻이기 때문이다.

따라서 설령 상대가 평소 얕잡아보던 광대라고 해도 어느 정도 잘 대응하는 게 정답인데…… 아예 이렇게까지 저자세로 나오는 건 귀족의 반응치고는 놀라운 수준이었다.

아마 10년 전 사건과 어떻게 관련이 있는지 정확하게 파악하지 못했으니 저자세로 나오기로 한 모양이겠지만 그렇다고 해도 백작의 태도는 몹시 화끈한 변화였다.

나는 그렇게 놀랐는데, 돌리는 전혀 다른 인상을 받은 건지 흥이 깨진 표정을 지었다.

"하아, 꼴사나울 정도로 태도를 싹 바꾸는구나! 정말 귀족이란 이런 구석이 있단 말이지~. 자기보다 큰 권력의 그림자를 알아차리자마자 바로 굽신거린다니까. 시비를 걸면 끝까지 싸우지, 권력에 알랑거리며 바닥에 넙죽 기어버리다니 이보다 더 보기 흉할 수가 없어!!"

그런 돌리에게 은수저를 물고 태어난 국왕 폐하가 불에 한층 기름을 부어버렸다.

"돌리, 그것 자체는 넘어가 줘. 그게 귀족의 부끄러운 삶의 방식이니까. 그렇게 구걸이라도 하는 듯한 언동으로 지금까지 살아남았으니 그것 말고 다른 삶의 방식을 모르는 거야."

주먹을 거둔 백작을 집요하게 조롱하는 두 사람은 10년이나 되는 시간 동안 꺼지지 않는 분노의 불꽃을 안고 있었던 거라고 생각하니 뭐라 말할 수 없는 기분이 들었다.

돌리는 동생을 잃은 올컷 백작 본인이고, 세룰리안은 측근인 공작을 아끼기 때문에 마찬가지로 용서할 수 없는 분노를 느낀 거겠지.

아마 이 두 사람이 마음만 먹는다면 백작가 자체를 뒤흔드는 것도 간단할 텐데 말다툼으로만 응전하는 것 자체가 어마어마하게 자제한 결과일 게 틀림없다.

한편 페이즈 백작은 여러 방면으로 손익을 따지며 행동한다고 해도 그가 태도를 바꾼 원인 중 하나에는 아픈 딸의 존재가 있을 것이다.

분명 정말로 딸을 걱정하는 거겠지.

어쨌거나 모처럼 백작이 어른스럽게 나왔으니 기회다. 나는 여기서 대화에 끼어들기로 했다.

"으음, 날도 저물기 시작했잖아. 처음 온 집에 오래 있을 수도 없으니 슬슬 돌아가려고 하는데, 그 전에 백작가의 성녀님에게 인사할 수 있을까?"

그러자 페이즈 백작은 상황이 진전된 것에 안도한 모습을 보이더니 바로 딸의 침실로 안내하겠다며 일어났다.

"딸은 침대에서 일어나지 못하는 상태이니, 번거로우시겠지만 침실까지 같이 가 주실 수 있겠습니까."

조금 전 이야기로 백작의 딸은 지난주부터 갑자기 몸 상태가 나빠졌다고 했다.

지금은 어떤 상태일지 걱정하며 백작 딸의 침실로 향했다.

세룰리안과 돌리는 어떻게 할지 지켜보자, 두 사람은 잠시 생각에 잠긴 뒤 우리를 따라왔다.

이러니저러니 해도 사람이 좋은 성격들이니 이대로 내버려 두지 못하는 거겠지.

안내받은 방은 햇볕이 잘 들어오는 장소에 있었다. 시녀 한 명이 대기하고 있는 걸 보아도 백작이 딸을 소중히 여기는 게 보였다.

문 옆에서 걸음을 멈추자 백작은 주저 없이 침대 머리맡으로 걸어가 누워있는 딸에게 말을 걸었다.

“깨어있었구나. 오늘은 손님을 데려왔단다.”

백작의 부름에 그쪽으로 다가가자 갈색 머리카락을 지닌 20살 전후의 여성이 창백한 얼굴로 누워있었다.

그녀는 나를 보자 눈을 크게 뜨고는 힘없이 웃었다.

“어머, 빨간 머리카락의 성녀님이네. 만나서 반갑습니다, 페이즈 백작의 딸 에스텔입니다.”

가느다란 목소리에서도 에스텔이 약해진 상태라는 건 설명해주지 않아도 이해할 수 있었다.

“안녕하세요, 피아입니다. 오늘은 광대 두 명하고 기사단장님과 같이 왔어요.”

조금이라도 즐거운 기분이 들기를 바라는 마음에 광대 일행의 일원답게 밝은 목소리로 인사하자 에스텔은 흥미롭다는 듯 방 안을 둘러보았다.

그러고는 세룰리안과 돌리와 카티스 단장님을 보고 눈을 크게 떴다.

“와, 알록달록해서 보기만 해도 즐거워지는 의상이군요. 그리고 기사단장님의 하얀 기사복은 참 멋져요.”

작게 웃는 그녀를 보고 배려심 있는 사람이라는 걸 느꼈다.

나와 함께 그녀의 방을 방문한 세 사람에게 호기심이 있었던 것도 맞겠지만, 내가 세 사람을 소개했으니 일부러 그들에 대해 언급한 거겠지.

그리고 세 사람 다 머리맡으로 다가오지도 않고 인사도 하지 않는 너무한 태도였는데도 불쾌함을 드러내지 않고, 오히려 그들의 무례가 두드러지지 않도록 일부러 그녀도 자신을 소개하지 않았다.

으음, 좋은 사람인데.

그런 생각을 하며 세룰리안과 돌리에게 힐끗 시선을 주자 그들은 당장에라도 쓰러질 것처럼 얼굴이 새파랗게 질려 있었다.

“어? 왜, 왜 그래?”

순식간에 새파래진 두 사람을 보고 놀라서 묻자 세룰리안과 돌리는 고개를 느릿하게 저었다.

“……신경 쓰지 마.”

그렇게 대답한 세룰리안의 얼굴에서 핏기가 완전히 사라진 상태라 걱정이 되어 다가갔다.

“아니, 당연히 신경 쓰지! 세상에, 가까이서 보니 둘 다 안색이 엉망이잖아.”

하지만 세룰리안은 천천히 한쪽 손을 들어 올리고 작게 도리질했다.

“괜찮아, 원인은 알아. 나와 돌리는…… 환자 공포증이거든.”

“화, 환자 공포증?!”

처음 듣는 단어에 놀라 소리치며 돌리를 보자 그는 휘청거리며 뒤에 있는 벽에 등을 기대는 중이었다.

그 모습은 어딜 봐도 괜찮지 않았지만, 돌리는 꿋꿋하게 고개를 들고 미소 비슷한 표정을 지었다.

"그래, 보기 드문 공포증이니까 신경 쓰지 마. 이유도 원인도 없이 침대에 누워있는 환자를 보면 공포에 질리는 것뿐이야. 심지어 20살 정도인 여성을 보면 증상이 가장 심하게 나오니까 오늘은 운이 나빴던 모양이지. ……아아, 토할 것 같아."

그렇게 말하며 돌리는 주르륵 미끄러지더니 바닥에 털썩 주저앉았다.

그 모습을 보고 본인도 종잇장같이 파리해진 세룰리안이 힘을 불어넣듯 말을 걸었다.

"돌리, 버텨! 그리고 잘 봐. 그녀의 머리카락은 갈색이지 청은색이 아니야. 괜찮아, 우리가 그녀의 마지막을 직면하는 일은 두 번 다시 없어."

하지만 그런 세룰리안의 목소리는 점점 작아지더니, 세룰리안도 비틀비틀 힘없이 주저앉아 무릎을 끌어안은 자세가 되었다.

제대로 서 있지도 못하게 된 두 사람을 보고 무척 걱정되었지만, 세룰리안은 걱정하지 말라는 듯 한 번 더 힘없이 한 손을 흔들었다.

"우리는 정말 괜찮아. 아니, 걱정된다면 빨리 볼일을 끝내줘. 오늘 너를 데리고 나온 건 나니까 네 안전은 내 책임이야. 그러니 내 몸 상태가 아무리 나빠도 너를 두고 방에서 나갈 마음은 없거든."

세상에, 세룰리안은 어린아이지만 신사구나.

그렇게 감탄한 다음 서둘러 침대 옆으로 돌아가 에스텔을 내려다보았다.

……흠, 어떻게 할까.

보아하니 당장 목숨의 위험은 없어 보이니까 가볍게 회복시켜 놓고, 나중에 샬롯이나 프리실라에게 고쳐 달라고 보내는 건 어떨까.

그때 에스텔이 고통스러운 듯 콜록콜록 기침하기 시작했다.

대기하고 있던 시녀가 황급히 에스텔의 상반신을 일으킨 다음 그녀의 입 주변에 하얀 천을 가져갔다.

그러는 사이에도 에스텔은 힘겹게 기침을 이어가다가 피를 토했다.

하얀 천이 선혈로 물드는 광경을 보고 나는 조금 전의 생각을 집어던졌다.

에스텔은 이렇게 힘들어하는데 나는 왜 지금 할 수 있는 일을 나중으로 미루려고 한 걸까.

그렇게 반성하는 사이 기침이 멈춰서 헉헉 힘들게 숨을 몰아쉬는 에스텔에게 다가갔다.

그리고 그녀의 한쪽 손을 잡자 에스텔은 흠칫 놀란 듯 눈을 부릅떴다.

"피…… 피아 님, 제게서 떨어지세요. 이 병은 사람에게 옮습니다. 부디……."

힘겨운 호흡 사이로 나를 염려하는 에스텔을 향해 나는 온화하게 웃었다.

"괜찮아. 봐, 내 친구는 정화와 해독을 관장하는 유니콘과 모든 병을 고치는 차치거든. 저 두 사람이 같이 있는 한 나는 무적이야."

나는 몸을 숙여 그녀의 이마에 붙을 만큼 얼굴을 가져갔다.

그 후 붙잡은 손에 살짝 힘을 주었다.

"에스텔, 눈을 아주 조금 가늘게 떠 줘. 당신은 성녀니까 스스로 고치는 거야."

내 말을 들은 에스텔은 놀란 듯 눈을 크게 떴다.

"저기, 피아 님……. 저, 저는 성녀이긴 하지만 그리 힘이 강한 건 아니라……."

"그렇다고 해도 당신의 몸은 당신이 가장 잘 알잖아? 그러니까 당신이라면 가능할 거야."

조용한 목소리로 그렇게 타이르자 에스텔은 자신 없는 표정으로 나를 바라보았다.

그런 그녀에게 자신만만하게 고개를 끄덕여준 뒤 나는 한 번 더 같은 말을 반복했다.

"괜찮아, 당신이라면 할 수 있어. 게다가 지금은 유니콘과 차치가 같이 있으니까 무적이야."

요란한 의상을 입은, 한눈에 봐도 광대인 두 사람을 칭찬한 게 재미있었던 건지 에스텔이 작게 웃었다.

"그래요, 유니콘과 차치에게 무적의 힘이 있다면 성녀인 저에게도 힘이 있다고 믿어봐야겠죠."

에스텔은 순순히 눈을 가늘게 떴다.

나는 그녀의 두 손을 가슴께까지 끌어올린 뒤 꼭 붙잡았다.

"에스텔, 눈을 가늘게 떠서 시야가 좁아져도 어디에 몸이 있고 어디에 다리가 있는지는 알지? 그대로 자기 몸을 한 바퀴 둘러봐

봐. 뭔가 다른 곳은 없어?”

에스텔은 천천히 고개를 움직이더니 잠시 후 미안하다는 듯한 목소리로 대답했다.

“……저는 모르겠어요.”

으음, 자기 몸이라고 해도 처음 할 때는 어려운 건지도 모르겠네.

나는 그녀에게도 확실히 보이도록 가슴과 등 부분에 빛을 추가했다.

간단히 말하자면 그건 회복할 때 나타나는 이펙트를 까맣게 만든 듯한 빛이었다. 이거라면 에스텔도 낯익을 거라며 기다리자 그녀가 퍼뜩 숨을 삼켰다.

그리고 조심조심 대답했다.

“앗, ……어, 어쩌면 보이는 것 같아요! 가슴하고 배입니다.”

아쉬워라.

“으음, 몸은 입체잖아. 그건 배가 아니라 등이 아닐까.”

내가 그렇게 정정해줄 때 벽 앞에서는 광대 이인조가 유난히 큰 목소리로 잡담을 나누고 있었다.

“어라~ 컨디션이 너무 안 좋아서 몽롱해지기라도 했나? 나한테도 저 아가씨의 몸이 검게 빛나는 게 보이는데~.”

“신기하네. 나한테도 보여. 정말로 가슴과 등이야.”

……아무래도 힘 조절에 실수한 모양이다.

이상하네. 에스텔만 느낄 수 있는 빛으로 조절할 생각이었는데…… 내 정신 건강을 위해 저 두 사람의 시력이 너무 좋았다는 걸로 하자.

그렇게 내 안에서 정리해버린 뒤 나는 에스텔을 향해 말했다.

"그러면 그 부분에 회복마법을 걸어볼까. 다쳤을 때는 다친 부분에 마법을 걸잖아? 병일 때는 어느 부분이 안 좋은 건지 모르니까 몸 전체에 마법을 걸고. 그래서 본래 필요한 양의 몇 배나 되는 마력이 필요했던 거야."

내 말을 들은 에스텔은 눈을 크게 떴다가 이해했다며 고개를 끄덕였다.

"아, 듣고 보니 정말 그렇네요."

순순히 긍정하는 에스텔과는 다르게 벽 앞에서는 내 충직한 옛 호위 기사가 혼잣말을 중얼거렸다.

"물론 그렇지만, 몸에 품은 마력량이 파격적으로 많을 때는 그런 조절은 불필요해지지."

호호호, 카티스도 참 대체 누구를 떠올리고 저런 말을 하는 거람. 나는 당연하게도 그의 말을 모조리 무시했다.

"그러니까 안 좋은 부분이 어디인지 먼저 찾아내고, 그 부분에 집중해서 마법을 걸면 적은 마력으로도 대처할 수 있지 않을까."

그렇게 조언하자 에스텔은 작게 고개를 끄덕였다.

"해보겠습니다."

에스텔은 가슴을 향해 두 손을 벌린 뒤 천천히 주문을 외웠다.

"몸에 가득한 성스러운 힘이여. 부디 나의 병을 치료해주소서. '회복'."

그 말과 함께 에스텔의 손에서 마법이 발동되었는데……

“응?”

나는 무심코 작게 중얼거렸다.

운이 좋게도 에스텔은 회복마법 발동에 집중하느라 내 중얼거림은 들리지 않은 모양이었지만…… 어? 이거 어떻게 하지?

에스텔의 마법을 방출하는 출구가 너무 좁아서 놀라울 만큼 조금씩밖에 나오지 않는다.

아, 어쩌면 마력 방출구가 좁은 성녀도 일정 비율 있는 건지도 모르겠네.

그래서 전에 ‘별내림 숲’에 갔을 때 성녀들이 기사를 회복시킬 때 시간이 오래 걸렸던 거라고 늦게나마 깨달음을 얻었지만…… 그보다 먼저 눈앞의 일부터 해결해야 하니 에스텔을 향해 손을 뻗었다.

나는 그녀의 두 손 위에 내 두 손을 겹치고 마력 방출구를 확 벌렸다.

“어? 어어어어어……!”

그 순간 에스텔이 크게 소리쳤다.

“어머, 에스텔도 참 우렁차구나.”

처음 듣는 그녀의 큰 목소리에 감탄했는데, 에스텔은 울상이 되어 나를 바라보았다.

“어어어어떡하죠?! 갑자기 마력이 대량으로 몸에서 빠져나가기 시작했어요! 이대로는 바로 텅 비어버릴 거예요!!”

“어?”

내가 확장한 크기는 상식적인 범위니까 이 정도의 방출량으로 짧은 시간에 바로 텅 빌 리가…….

"있네. 정말이잖아."

아무래도 에스텔의 마력량은 내가 생각했던 것보다 몇 배는 더 적었던 모양이다.

어쩌면 오래 앓아누운 상태였기 때문에 그게 영향을 준 건지도 모른다.

"에스텔은 아팠어서 그런가. 그러면 기적의 존재인 유니콘과 차치의 친구인 내가 도와줄게."

진짜 성녀라는 게 들키지 않도록 집요할 정도로 유니콘과 차치의 친구라는 걸 강조했다.

그 후 나는 자연스럽게 에스텔의 손에 포갰던 손을 들어 그녀의 몸에서 조금 떼어놓고 읊조렸다.

"회복."

그러자 내 말에 호응하여 손에서 마법이 흘러나왔다.

그 결과…….

"어?"

눈 깜짝할 새에 병이 나은 걸 이해한 에스텔이 놀라서 눈을 크게 떴다.

에스텔에게 건 마법에서 칭찬할 부분이 있다면 그건 발광 이펙트를 억제했다는 점일 것이다.

마법을 발동할 때면 자연스럽게 빛이 나는데, 그 빛을 의도적으로 지웠으니 회복마법을 많이 본 사람…… 에스텔 같은 성녀는 내가 마법을 발동한 게 아니라고 판단하지 않을까.

‘회복’이라는 ‘핵심 단어’는 입에 담았지만 주문은 생략했으니까……. 그리고 보통 다른 성녀들은 생략하지 않으니까, 내 목소리는 미신 같은 중얼거림일 뿐이라고 여기고 에스텔이 본인의 힘으로 병을 고쳤다고 생각하기를 기대했다.

나는 웃는 얼굴을 만들어내며 눈이 휘둥그레진 에스텔을 바라보았다.

“왜 그래? 에스텔. 혹시 몸이 쪼오오끔 좋아지기라도 했어?”

나는 진짜 성녀가 아니니까 회복된 건지 아닌지 모르겠다는 자세로 시치미를 뗐다.

그러자 에스텔은 여우에 홀리기라도 한 표정이 되었다.

“어, 어어……. 네, 완전히 좋아졌어요. 저는 성녀라서 병이나 부상 정도를 어느 정도 짐작할 수 있는데, 병이 정말 흔적도 없이 싹 사라졌어요.”

얼떨떨한 표정으로 무슨 일이 일어난 건지 이해하지 못했다는 듯 에스텔이 그렇게 말했다.

나는 천진난만하게 손뼉을 쳤다.

“와, 대단해라! 유니콘과 차치가 같이 있으니까 굉장한 힘이 발동된 거야!! 나도 조금 응원해서 도와줬지만, 병 자체는 에스텔이 고친 거잖아.”

기뻐하며 박수를 계속 보내자 에스텔은 멍하니 나를 보더니…… 굵은 눈물을 뚝뚝 흘리기 시작했다.

"어?!"

나는 놀라서 그녀의 전신을 살펴보았다.

"어라? 어디 아픈 곳이라도 있어? 가슴도 등도 나은 것 같고 달리 나쁜 곳도 없어 보이는데."

쩔쩔매며 에스텔을 바라보자 그녀는 고개를 내저었다.

"피아 님, 아무 데도 아프지 않습니다."

그렇게 대답하는 사이에도 눈물은 계속 흐르고 있다.

"하, 하지만 눈물이……."

"네, 죄송합니다. 가슴이 미어지는 듯한 느낌이 들어서 눈물이 멈추지 않네요."

에스텔의 말에 깜짝 놀라 그녀의 가슴을 살폈다.

"어? 가슴? ……하지만 가슴은 나았을 텐데……."

"네, 병마는 전부 날아갔습니다. 대신 따뜻한 빛이 가슴속으로 흘러들어와서, 그 빛이 너무도 든든해서 눈물이 멈추지 않습니다."

"어어……."

즉 병은 나았다는 거 맞지? 나는 눈을 연신 깜빡였다.

에스텔은 그런 나를 바라보고 눈물을 뚝뚝 흘리며 웃었다.

"대단하네요. 성녀의 힘은 이 정도였군요. 그리고 이래야 하는 거였어요. 압도적인 힘과 포근함을 느끼고 감동해서 가슴이 아픕니다."

어쩌면 에스텔은 감응력이 높은 성녀인 건지도 모른다.

그래서 몸속에서 병마가 제거되었을 때의 쾌감을 몇 배나 크게 느끼는 걸지도 몰라.

에스텔의 병이 나은 건 기쁜 일이지만, 그녀의 감응력이 높다는 건 상정하지 않았던 만큼 조금 전 설명으로 수긍하고 받아들였을까. 걱정하는 내 뒤에서 경악한 목소리가 터졌다.

"피, 피아, 너 대체 뭘 한 거야?"

"마, 맞아! 뭐가 어떻게 된 거야? 너는 이런 무거운 병도 고칠 수 있어?!"

놀라서 돌아보자 조금 전까지 쓰러지기 직전이었던 세룰리안과 돌리가 어느새 바로 뒤에 서 있었다.

두 사람의 안색은 새하얗게 질렸던 적이 아예 없었던 것처럼 원래대로 돌아와 있었다.

"어머, 둘 다 안색이 돌아왔잖아! 회복한 거야?"

신기해서 물어보자 돌리가 평소보다 빠른 어조로 말을 쏟아냈다.

"우리는 환자 공포증이니까 건강한 사람만 있는 방에서는 증상이 안 나와! 아니, 그런 건 중요하지 않고!! 대체 어떻게 된 거야? 설마 또 그……."

돌리는 내가 목에 건 성석 목걸이를 가리키고 뭐라고 말을 하려고 했지만, 중간에 무언가를 깨달았다는 듯 입을 다물었다.

그 후 확인하듯 백작과 에스텔에게 고개를 돌렸다.

하지만 백작은 얼이 빠진 상태였고 에스텔은 계속 우는 중이라서 두 사람 다 성석의 중요성을 깨달은 것 같지는 않았다.

돌리는 안도한 얼굴로 다시 나를 돌아보았다.

다만 그대로 입을 다무는 건 참을 수 없었던 건지 '말도 안 돼, 위력이 뭐 그래!'라며 작게 소곤거렸다.

그러고는 이해했다는 듯 한 걸음 뒤로 물러났다.

세룰리안도 '너무 비상식적이야'라며 고개를 내젓고 뒤로 물러났다.

그런 반응을 보며 어떻게 할지 생각에 잠겼다.

왜냐하면 두 사람이 대놓고 내가 치료했다는 듯한 태도를 보이는 바람에 '나는 응원만 했고 병 자체는 에스텔이 고쳤습니다'라는 줄거리를 박살 냈기 때문이다.

내 생각에도 좀 억지스러운 설명이었단 자각은 있었기에 그것 자체는 뭐 괜찮다. 하지만 두 사람의 행동을 보고 역시 에스텔을 완치시킨 건 성석의 힘이었다고 설명해야 하는 건지도 모른다고 생각이 바뀌었다.

내가 아무 말 하지 않아도 이해한 돌리와 세룰리안처럼 성석의 가치를 아는 사람에게는 성석을 보여주기만 해도 설명이 끝나니까, 이 돌의 힘이라고 설명하는 게 원만할 것 같았다.

하지만 에스텔은 애초에 이 돌에 대해 모른단 말이지.

그리고 돌리와 세룰리안의 태도로 보아 이 돌에 대한 건 그리 대놓고 말하지 않는 게 좋을 것 같다.

끙끙 고민하며 나는 아슬아슬한 선까지 가보기로 했다.

그래서 아직도 눈물을 흘리는 에스텔의 두 손을 잡고 얼굴을 들여다보았다.

“에스텔, 당신은 실망할지도 모르지만 나는 진짜 성녀가 아니야!”

“……네?”

무슨 말을 한 건지 이해할 수 없다는 듯 당황하는 에스텔. 아무래도 에스텔은 그녀가 자기 힘으로 고쳤다는 설명을 받아들인 게 아니었던 모양이다. 작전을 바꾸길 잘했다.

나는 짐짓 진지한 표정을 꾸며내며 말을 이었다.

“사실 나는 광대 팀의 일원이야. 그래서 진짜 성녀가 아니라 트릭과 도구를 사용하는 성녀지.”

“……네? ……네.”

전혀 이해하지 못한 것 같지만 그래도 순순히 대답하는 에스텔에게 나는 비밀 이야기를 알려주듯 살짝 목소리를 낮추고 말했다.

“그리고 내 동료는 사실 궁정 광대지!”

후후후, 이렇게 말하면 세룰리안과 돌리만이 아니라 나도 궁정 광대라고 생각하지 않을까.

그렇게 기대하며 나는 눈을 깜빡거렸다.

“게다가 폐하는 나를 좋아하셔! 그래서 폐하에게 특별한 물건을 받았거든. 덕분에 성녀의 힘과 비슷한 일을 할 수 있는 거야.”

나는 성석 목걸이를 보란 듯이 쓰다듬으며 에스텔을 바라보았다.

뭐, 아슬아슬하게 거짓말은 아니지.

이 성석은 서덜랜드의 주민들에게 받은 거지만, 그 자리에 동석했던 사비스 총장님이 이해해 주셨기 때문에 성립된 선물이다.

　그건 즉 총장님의 상사인 국왕 폐하가 허락해주신 덕분이라고 할 수도 있을 것이다.

　그리고 오늘은 세룰리안과 계속 같이 행동했으니 그가 나를 좋아한다고 표현할 수도 있겠지.

　요약하면, 나는 왕의 눈에 들었고 이 성석은 왕이 선물해준 것입니다!

　그렇게 나에게 유리한 결론을 내린 뒤 에스텔에게 시선을 돌렸다.

　이렇게 집요하게 목걸이를 만져댔으니까 에스텔도 이 보석에 특별한 힘이 있고, 덕분에 그녀의 병을 고칠 수 있었다고 알아듣지 않을까 기대하면서.

　하지만 기대와 달리 그녀는 살짝 얼굴을 찌푸리며 고개를 크게 갸우뚱거렸다.

　……어라? 내가 암시한 걸 이해하지 못했나 본데?

　모처럼 진실과 거짓 사이에서 열심히 스토리를 짰는데, 아무런 성과도 없었던 거야?

　실망해서 고개를 푹 숙이자 세룰리안이 짜증 섞인 표정을 짓고 있는 게 보였다. 성과도 없었는데 혼나기만 하다니! 완전히 손해 본 기분이다.

　예상대로 세룰리안이 확인 사살이라도 하듯이 항의했다.

　“피아, 그런 식으로 오해를 부르는 표현은 자중해야지! 폐하는 어떤 여성에게도 관심이 없어! 즉 그런 의미로 너에게 관심이 있는 게 아니야!!”

아, 듣고 보니 국왕은 여성을 꺼린다는 소문이 퍼져있었지.

지금 왕은 대역이니까 여성 문제가 일어나 후계자가 어떻고 하는 일이 일어나지 않도록 원천 차단한 걸까?

그런 거라면 내가 계획을 망치는 셈이니 세룰리안에게 말을 맞추기로 했다.

"확실히 세룰리안 말대로야! 폐하는 나 같은 사람보다 말 흉내를 좋아하는 어린 소년이나 나긋나긋한 장신 남성을 좋아하시지!!"

"피아! 그건 그거대로 문제가 있잖아!!"

모처럼 세룰리안에게 맞춰서 수습하려고 했는데 곧바로 비명을 지르듯 반박이 돌아왔다. 요구가 많기도 하지.

점점 귀찮아진 나는 우선 에스텔을 설득하려고 지금까지 오간 이야기를 정리했다.

"으음, 에스텔. 즉 나는 폐하에게 유용한 도구를 이것저것 받았고, 그걸 사용해서 당신의 병을 고친 거야. 다만 이 도구는 어마어마한 비밀이니까 오늘 있었던 일은 아무에게도 말하지 말아줘. 부탁해도 될까?"

그러자 에스텔은 눈물 고인 눈을 몇 번 깜빡이더니 생긋 웃었다.

"물론입니다!!"

고개를 크게 끄덕인 에스텔. 대답 한번 시원하구나!

하지만 이어진 에스텔의 말에 나는 머리를 한 대 크게 얻어맞은 기분이 들었다.

"이건 제 혼잣말이지만, 피아 님은 이 나라의 특별한 존재이시군요! 그래서 왕가가 꼭꼭 숨겨놓는 바람에 교회에도 그 존재가 알려지지 않았던 거죠."

"어?"

에스텔에게서 나온 말이 너무 황당했던 나머지 깜짝 놀라 그녀를 쳐다보았다.

하지만 에스텔은 두 손을 모아 잡고 꿈을 꾸는 눈빛으로 허공을 바라보았다.

"성녀의 숫자는 그리 많지 않고, 정기적으로 만날 기회가 있으니 서로 얼굴은 알고 있습니다. 하지만 저는 피아 님을 한 번도 뵌 적이 없었죠. 멀리 떨어진 곳에 계시는 성녀님이라면 어쩌면 만나 뵌 적이 없을 수도 있겠지만, 왕성에 살고 계신다면 왕가에서 숨기고 있다고 생각하는 게 타당하겠죠."

"어? 아니."

에스텔의 입에서 놀라운 이야기가 튀어나오는 바람에 나는 눈을 부릅떴다.

어, 어쩌지. 아까 궁정 광대인 척 뉘앙스를 흘렸던 걸 오해하고 왕성에서 사는 사람으로 착각했잖아.

아니, 실제로 나는 왕성에 있는 기사 기숙사에서 살긴 하지만…… . 아마 에스텔이 말하는 건 그런 게 아니겠지.

난감하게도 에스텔이 그럴싸하게 창작한 이야기에 진실은 한 톨도 섞여 있지 않았다.

이건 꼭 정정해야겠다고 생각하는 사이에 에스텔은 두 손을 불끈 쥐더니 무언가를 결심한 표정이 되었다.

"왕가에서 숨기는 성녀님이신 피아 님에 대한 건 절대 발설하지 않겠습니다! 약속드립니다!”

반짝반짝 빛나는 눈동자를 보고 나는 설득에 실패했다는 걸 깨달았다.

아무래도 내 완벽한 설명이 완전한 오해로 왜곡되어 전해진 모양이었다.

그 사실을 이해하자마자 내 얼굴에서 표정이 싸악 날아갔다.

그 후 바로 우리는 백작저를 떠났다.

에스텔이 완전히 오해했다는 건 명백했지만, 어지간해서는 정정할 수 없을 것 같았고 나에 대해 아무에게도 말하지 않겠다고 약속했으니 그거면 됐다고 포기했기 때문이다.

더불어 백작도 아무에게도 말하지 않겠다고 약속했으니 우선 목적은 달성되었다.

마음속으로 생각하는 건 자유니까, 백작과 에스텔이 ‘나는 트릭과 도구를 쓰는 성녀라는 걸 이해하고 그 사실을 비밀로 한다’고 약속한 이상 속으로 무슨 생각을 하든 어떻게 할 수 없는 노릇이다.

에스텔은 혼잣말이라고 서두를 떼고 마음의 소리를 꺼내놓은 듯한 느낌도 들지만 못 들은 걸로 하자.

그렇게 생각하며 방아깨비처럼 꾸벅꾸벅 머리를 숙이는 백작과, 중요한 사명을 받은 듯한 표정인 에스텔에게 작별 인사를 한 뒤 나는 세룰리안, 돌리, 카티스 단장님과 함께 백작가의 마차에 탔다.

그토록 식사하러 가자고 주장하던 세룰리안과 돌리였지만 돌아갈 때가 되자 너무 지쳐서 음식이 안 넘어간다고 하는 바람에 곧장 성으로 돌아가기로 했다.

체력이 무한한 재커리 단장님이나 데즈먼드 단장님을 본받으라고!

배가 등에 붙은 나는 그렇게 생각했지만, 녹초가 되어 축 늘어진 두 사람을 보자 걱정이 되었다.

'환자 공포증'이라는 처음 듣는 병 증상도 있었으니, 아주아주 피곤한 건지도 모른다.

나는 마차 등받이에 등을 기대고 눈을 감은 두 사람에게 조심조심 말을 걸었다.

〈둘 다 괜찮아? 중간에 쓰러지면 안 되니까 방까지 따라갈까?〉

모처럼이니 사용할 기회가 없었던 루아 어를 써 봤다.

'긴급 상황 시 전달법'이라고 정해놨는데 한 번도 사용할 기회가 없어서 써 보고 싶어졌기 때문이다.

그러자 세룰리안과 돌리는 눈을 감은 채 지친 얼굴로 중얼거렸다.

〈왜애~ 여기써 루아 어가 나오는 거~ 야. 전부 다~ 끝났짢아.〉

〈피아는 자기가 나~ 서서 이미지를 부쑨단 말이지. 엔일로 멋있썼는~ 데.〉

으음, 대답은 하지만 목소리에 기운이 없고 눈도 계속 감고 있다.

괜찮은 건지 걱정하며 지켜보고 있었더니 두 사람은 가까스로 눈을 뜨고 말없이 시선을 주고받은 뒤 대답했다.

"그래…… 피아, 모처럼 그렇게 말해주니 방까지 따라와 주면 좋겠어. 생각했던 것보다 더 약해진 모양이니까, 네 말대로 중간에 쓰러질지도 몰라."

웬일로 약한 모습을 보이는 세룰리안을 보니 정말 많이 약해진 것 같아서 걱정이 커졌다.

하지만 잠시 후 두 사람 다 마차 등받이에서 몸을 떼고, 눈도 똑바로 뜨고서 무언가 생각에 잠겼다. 조금은 좋아진 것 같아서 안심이다.

그런 식으로 두 사람 모두 조용했고, 카티스 단장님은 필요하지 않다면 말도 안 하는 성격이니 마차 안은 정적에 휩싸였다.

조용하구나…….

그런 생각을 하는 사이에 어느새 잠들어버린 건지, 내가 눈을 떴을 때는 왕성에 도착한 뒤였다.

당연하다는 얼굴로 따라오는 카티스 단장님과 함께 약속한 대로 세룰리안과 돌리를 방으로 바래다주기 위해 평소에는 출입하지 않는 구역으로 들어갔다.

아무래도 왕성 안에는 광대 전용 개인실이 있고 그곳으로 향하는 모양이다.

역시 왕궁 광대답게 전용 개인실도 다 받는구나. 그렇게 감탄한 나는 화려하기 짝이 없는 벽지를 바른 방으로 안내받았다.

평소에는 볼 일이 없는 화려한 방이었기 때문에 흥미로워하며 둘러보고 있었더니 무언가 소품을 장식해둔 수납장이 옆으로 미끄러지더니 그 뒤에서 숨겨진 문이 나타났다.

"어?"

이 문은 뭐지? 놀랄 새도 없이 돌리가 주저 없이 문을 여는 바람에 뒤를 따라갔다.

그러자 그 앞은 캄캄한 암흑이었다.

"응?"

이 어두운 공간은 뭘까.

곧바로 한 번 더 문이 열리는 소리가 나더니 그 너머에는 넓은 방이 펼쳐져 있었다.

"올컷 공작의 개인실이야. 일단 왕성에서 요직에 앉아있으니까 집무실과는 별개로 취침할 수 있는 방을 받았지."

"어거, 그랬구나."

광대의 방과 공작의 방이 비밀 문으로 이어져 있다니 재미있는 구조다. 그렇게 생각하며 우리가 나온 문을 돌아보자 그곳엔 옷장이 있었다.

"아하, 광대의 방에 있는 비밀 문은 공작의 방 옷장으로 이어진 거구나. 그래서 그렇게 캄캄했던 거야."

보통 광대의 방과 공작의 방이 나란히 붙어있다는 건 말이 안 되지만, 왕이 광대를 아껴서 광대를 위해 '아주 좋은 방'을 마련해주자 우연히 옆방이 공작의 방이었다는 설정인 걸까.

그렇게 재미있어하고 있었더니 돌리가 소파에 앉으라고 권했다.

“피아, 우리는 광대 의상을 벗고 올 건데, 너도 갈아입을래? 세룰리안의 키가 너만 할 때 입었던 옷이 있어.”

친절한 제안이었지만, 저녁을 먹지 않아서 이따 바로 기사단 식당에 갈 생각이었던 나는 거절했다.

“아니, 딱히 더러워진 것도 아니니까 갈아입지 않아도 돼. 두 사람을 방으로 바래다주려고 한 것뿐이라 바로 돌아갈 거고. 아, 근데 이 성녀 의상 당장 돌려주는 게 낫나?”

지금 입은 의상은 돌리에게 빌린 거였으니 빨리 반납하는 게 나을지도 모른다는 생각에 물어보자, 그는 느릿하게 고개를 저었다.

“아니, 그 옷은 이제 네 거니까 마음대로 해. 그보다 식사를 못했으니까, 간단한 거라도 먹고 가지 않을래? 지금부터 이 방으로 옮기라고 할게. 그리고 괜찮다면 이야기를 하나 들어줘.”

“알았어!”

먹을 것을 준다니 고맙지! 카티스 단장님과 함께 소파에 앉자 세룰리안과 돌리가 옷을 갈아입기 위해 드레스룸으로 들어갔다.

심심해져서 방을 두리번두리번 둘러보자 화려한 인테리어와 가구가 시야에 들어왔다.

조금 전에 봤던, 용도를 알 수 없는 장난감이며 소품으로 가득했던 광대의 방과는 다르게 이 방에는 어려워 보이는 책이 잔뜩 꽂힌 책장이며 집무 책상이 놓여있었다.

둘 다 같은 사람이 쓰는 방이라니 재미있어서 웃자, 옆에 앉은 카티스 단장님이 이름을 불렀다.

"피 님, 주제넘은 행동이라는 건 익히 압니다만 말씀을 하나 드려도 괜찮겠습니까?"

"물론이지."

카티스 단장님이 이런 식으로 말을 꺼내는 건 드물다고 생각하며 그에게 고개를 돌렸다.

그러자 진지한 눈과 시선이 마주쳤다.

대체 뭐지? 가슴이 크게 뛰는 걸 느끼며 카티스 단장님의 말을 기다리자 그는 무거운 어조로 입을 열었다.

"세룰리안과 돌리에게는 이 이상 깊이 간섭하지 않으셨으면 합니다. 그들이 안고 있는 건 어둡고 무거운 것입니다. 어중간한 간섭으로는 도저히 그들의 바람을 이룰 수 없죠. 하지만 피 님이시라면 어떻게든 할 수 있으실 겁니다."

"어?"

갑자기 생각지도 못한 이야기가 나오는 바람에 놀라서 눈을 크게 뜨자 카티스 단장님은 진지한 표정으로 말을 이었다.

"만약 그들을 동정해서 힘을 빌려주신다면…… 대가로 당신께서 애써 숨기시는 비밀이 명명백백히 드러나게 됩니다."

"뭐?!"

핵심을 찌르는 이야기에 놀라 외치자, 카티스 단장님은 앉아있던 소파에서 몸을 움직여 바닥에 한쪽 무릎을 꿇고 나와 마주 보았다.

그리고는 가까운 거리에서 나를 응시했다.

“피 님, 부디 가장 중요한 것을 잊지 마십시오! 그리고 마음이 아프다고 한들 구하고 싶은 마음이 치밀어 오르든 중요한 것을 우선해주십시오! 오히려 마음이 아프기 전에 그들에게서 손을 떼셔야 합니다!!”

전에 서덜랜드에서도 비슷한 부탁을 들었기에 카티스 단장님이 무슨 말을 하고 싶은 건지 바로 알아차렸다.

분명 카티스 단장님이 말하는 ‘가장 중요한 것’이란 ‘내 목숨’이겠지.

더없이 충직한 옛 호위 기사는 항상 나를 걱정해준다.

“카티스, 당신은 항상 내 걱정만 하는구나. 하지만 괜찮아. 나도 무턱대고 위험에 몸을 던지거나 하지는 않으니까.”

그를 안심시키고 싶어서 진심에서 우러나온 말을 건넸는데도 카티스 단장님은 고개를 크게 젓기만 했다.

“그것은 피 님께서 세룰리안과 돌리가 어떤 것을 짊어졌는지 모르시기에 하실 수 있는 말씀입니다. 이대로 그들에게 깊게 관여하면 피 님께서는 언젠가 정령을 부르게 되실 겁니다. 반드시!”

딱 잘라 말하는 카티스 단장님의 단호함에 나는 말을 잇지 못하고 침묵했다.

그리고 평소의 그답지 않은 모습을 보았기에 카티스 단장님은 내가 모르는 무언가를 알고 있다는 걸 확신했다.

쿵, 쿵, 심장이 빠르게 뛰면서 불길한 예감이 밀려들었다. 대답하지 않는 나를 보고 초조해진 건지 카티스 단장님이 한층 말을 거듭했다.

"더 말씀드리자면 사비스 총장님과 시릴도 마찬가지입니다! 그 두 사람도 어둡고 무거운 것을 안고 있습니다! 부디 이 이상 깊게 관여하지 마시길 진심으로 부탁드립니다."

그렇게 말을 끊은 카티스 단장님의 표정은 무서우리만치 진지했다. 하지만 순순히 알겠다고 대답할 수도 없어서, ……나는 말 없이 그를 바라보기만 할 뿐이었다.

카티스 단장님도 나도 그 이상 아무 말도 하지 못하고 서로를 바라보고 있었더니 철컥하는 소리와 함께 드레스룸의 문이 열렸다.

"미안해, 기다렸어?"

그렇게 말하며 들어온 올컷 공작님은 가까운 거리에서 마주 보는 카티스 단장님과 나를 보고 놀라서 발을 멈췄다.

그러고는 당황한 듯 뒷걸음질 쳤다.

"이, 이런! 실례. 내가 실수했나 보네."

그렇게 말하며 공작님은 다시 드레스룸으로 돌아가려고 했다.

"만약 프러포즈하는 도중이었다면 원하는 만큼 계속해도 괜찮아. 나는 얼마든지 기다릴게."

"어?"

아무래도 진지한 표정으로 내 앞에 무릎을 꿇은 카티스 단장님을 보고 터무니없는 오해를 한 모양이었다.

"아, 아니거든! 오해야!"

깜짝 놀라 부정하자 카티스 단장님도 진지한 표정으로 부정했다.

"피 님의 말씀대로다! 내가 지엄하신 피 님에게 그런 불경한 행동을 할 리가 없지!"

우리의 말을 들은 올컷 공작님은 뭐라 말할 수 없는 표정을 짓고는 한 번 더 방으로 들어왔다.

"그래, 착각해서 미안해. 물어보지는 않겠지만 너희 관계는 참 흥미롭단 말이지. 상사인 카티스 쪽에서 피아를 공경하고 있으니까."

올컷 공작님에 이어 세룰리안도 방으로 들어왔는데, 둘 다 광대 의상을 벗고 깔끔한 셔츠 차림이었다.

돌리는 허리까지 내려갔던 가발을 벗고 화장을 지워서 완전히 '올컷 공작'으로 돌아왔다.

세룰리안도 심플한 셔츠 차림이었지만, 광대와는 인상이 전혀 달라서 좋은 집안의 도련님이라는 분위기를 풍겼다.

그들이 맞은편 소파에 앉자 동시에 시녀들이 접시를 가득 안고 들어왔다.

잇달아 테이블 위를 채우는 접시의 양에 놀라고 있었더니 어째서인지 올컷 공작님이 미안해하는 목소리로 말했다.

"간단한 것밖에 준비하지 못해서 미안해. 여기가 공작 저택이었다면 더 다양한 걸 마련했겠지만 왕성이라서 자유롭지 못하거든."

테이블 위에 빽빽이 놓인 요리를 앞에 두고 올컷 공작님은 진심으로 저런 말을 하는 걸까.

"아니, 충분히 풍성해. 오히려 다 먹을 수 있을지 걱정인데……."

그렇게 편하게 이야기하다가, 상대가 광대 돌리가 아니라 올컷 공작님이었다는 걸 떠올렸다.

"걱정인데요."

그래서 무심결에 정정하자 올컷 공작님의 얼굴이 확 구겨졌다.

"피아, 이만큼 친해져 놓고 이제 와서 나와 벽을 세우려는 거야? 이미 신분 같은 걸 따지기 전에 우리는 친구잖아. 아, '스승과 제자'라는 둥 영문을 알 수 없는 관계를 새로 꺼내는 건 너무 복잡해지니까 하지 마."

당연하다는 듯 친구 사이를 주장하는 올컷 공작님의 말을 듣고 무심코 카티스 단장님을 쳐다보았다.

이건 카티스 단장님이 말하는 '깊은 관여'에 해당하는 걸까.

단장님의 딱딱한 표정을 보고 그의 기준은 항상 엄격했었다는 걸 떠올린 나는 시킨 대로 따르고자 입을 열었다.

"으음, 말은 그렇게 해도 역시 신분과 입장이라는 게 있으니까요……."

"피아!"

말하던 도중에 올컷 공작님답지 않은 강한 어조로 가로막는 바람에 나는 화들짝 입을 다물었다.

그러자 공작님이 몸을 앞으로 쑥 내밀고 내 한쪽 손을 붙잡았다.

"정달로! 나는 네게 감동했어! 네가 서덜랜드에서 성석을 양도

받았다는 건 들었지. 하지만 그 돌은 파격적인 가치가 있으니까, 너무 대단해서 사용하는 일이 없을 줄 알았어. 예를 들어 죽어가는 기사가 있다거나, 그런 극한 상황이기라도 하지 않는 한 이 위대한 돌을 사용하는 건 지금이 아니라면서 사용하는 걸 미룰 줄 알았지.”

올컷 공작님의 어조는 전에 없이 열렬해서 그 기세에 압도당해 고개를 끄덕였다.

“그랬군요.”

“그런데 너는 바로 사람들을 구하니까! 당연하다는 얼굴로 모든 사람을 구하려고 하니까, 불경할지도 모르지만 나는 네 행동에서 300년 전의 대성녀님을 봤어!”

“………….”

터무니없는 이야기가 튀어나오는 바람에 섣불리 대답할 수 없어서 입을 다물었다.

공작님은 흥분한 상태로 말을 이었다.

“그래서 나는 네게 감동했고, 너를 존경해! 그런 네 곁에 있고 싶어서 친구가 되고 싶은 거야! 나에게 부족한 부분이 있다면 네 친구로서 걸맞은 사람이 되도록 노력할게. 그러니까 부디 나와 친구가 되어줘!!”

정면으로 친구가 되어달라는 신청을 받아버렸으니, 이건 받아들일 수밖에 없다는 생각에 얌전히 고개를 끄덕였다.

카티스 단장님은 싫어할 것 같지만 이렇게 열정적으로 부탁하는 걸 거절하는 건 마음이 아프고, 친구가 된 정도로 ‘깊게 관여’

했다고 볼 수는 없겠지.

내 대답을 본 올컷 공작님의 얼굴이 확 밝아졌다.

"고마워, 피아! 나는 나 자신이 때로는 비겁하고 때로는 틀린다는 걸 알아. 하지만 항상 이상을 실천하는 네 곁에 있다 보면 조금은 나아질지도 모르니까 무척 기뻐!"

"그, 그렇게 거창한 건 아니니까요."

나는 그렇게 대답하며 시선을 슥 내렸다.

올컷 공작님이 기뻐하는 모습을 보고 있으니 친구가 되길 잘했다고 생각하는 반면, 이렇게 기뻐할 만한 일을 해 버린 건가? 하며 카티스 단장님의 반응이 걱정되었기 때문이다.

하지간 그런 내 심정을 모르는 공작님은 만족스러워하면서도 비난하는 목소리로 지적했다.

"피아, 친구끼리는 그렇게 딱딱한 말투로 대화하지 않아. 나는 네 상사도 뭣도 아니니까 더 편한 말투를 써 주지 않을래? 어차피 돌리일 때는 편하게 부르니까 말투를 통일하는 게 너도 편해."

"어, 음, 확실히 그렇네."

그 말이 맞긴 하지.

내가 동의하자 올컷 공작님은 한층 더 파고들었다.

"그리고 나를 로이드라고 불러줘. 반말을 쓰면서 '올컷 공작님'이라고 부르는 건 너무 균형이 안 맞잖아."

"엇! 그, 그건 좀……."

거절하려고 했는데, 도중에 올컷 공작님이 끼어들었다.

"지난번에 우리 집에 왔을 때 너는 와이너 후작가의 적자를 이름으로 불렀잖아.”

“………….”

불렀다. 평소에도 부른다.

하지만 파비안은 기사단 동기인걸…….

망설이는 나를 공작님이 한층 더 몰아세웠다.

“게다가 천하의 기사단장인 카티스의 이름도 그냥 부르고 있잖아.”

“끄윽. 하, 하지만 공작님을 이름으로 부르는 건 건방지다거나 불경하다거나 하면서 주변 사람들이 반드시 뭐라고 할 거야!”

달리 생각나는 게 없어서 마지막 변명으로 그렇게 외치자, 올컷 공작님은 생긋 웃었다.

“그건 괜찮아! 나는 환경을 정리하는 게 특기거든. 그리고 썩어도 공작이니까 주변 인간을 뜻대로 움직이는 건 쉽지.”

“…………알았어.”

무슨 말을 해도 바로 반론이 돌아오니 이 이상 저항해봤자 시간 낭비다. 나는 공작님의 요청을 받아들이기로 했다.

으으으, 어쩐지 전부 내가 타협하는 느낌이 드는데.

그렇게 고개를 푹 숙이고 있었더니 올컷 공작님, 아니 로이드는 즐거워하며 잔을 들었다.

“좋아, 그러면 오늘은 나와 피아의 새로운 우정에 건배하자!”

그러자 그때까지 묵묵히 우리를 지켜보고 있던 세룰리안이 끼어들었다.

“나도 끼워줘. ‘반말을 쓰고 이름으로 부르기’가 친구의 증거라면 나와 피아도 이미 친구잖아.”

이래저래 귀찮아진 나는 전부 수용하기로 했다.

“알았어! 그러면 모두의 우정에 건배! 그리고 빨리 먹자!”

······눈앞에 놓인 진수성찬을 먹고 싶어져서 동의한 건 절대 아니다.

하지만 시작이 어쨌든 식사는 화기애애했다.

접시를 비우면서 적당히 대화도 오갔다.

대화하던 도중 성녀 모습인 나를 같이 데려간다고 선언했을 때 시릴 단장님이 화냈던 것이나, 그 후 우연히 시릴 단장님과 마주친 게 화제로 나왔다. 단장님이 사랑받고 있다는 느낌이라 뿌듯했다.

하지만 로이드는 식사하는 동안 내내 생글거리는 얼굴이었는데도 무리하는 것처럼 보였다.

그건 세룰리안도 마찬가지였다. 왜 그렇게 생각했냐면, 대화를 취사선택했기 때문이다.

페이즈 백작이나 환자 공포증 이야기는 일절 언급하지 않고 재미있는 이야기만 골랐다.

나도, 그리고 아마 카티스 단장님도 그 사실을 눈치채고 있었지만 모르는 척하며 두 사람이 고르는 화제에 맞춰가던 도중 로이드가 대성녀의 이야기를 하기 시작했다.

“나는 대성녀님과 관련된 온갖 책을 열심히 읽었어. 물론 여러 모로 과장되거나 잘못 전해지는 부분이 있다는 건 알지만, 그래도 항상 모든 사람을 동등하게 구하려고 하시는 마음가짐은 어떤 책에서도 공통적인 묘사였지.”

일반론으로서 흠흠 고개를 주억거리며 듣고 있었더니, 로이드는 거기서 말을 끊고 나를 바라보았다.

“한편으로는 너도 아무런 보답도 바라지 않고 사람들에게 선뜻 성석을 사용했지. 성녀님은 본래 이런 모습이어야 한다는 걸 배웠어.”

“어?”

로이드는 조금 전에도 내 행동에서 대성녀를 봤다고 했는데, 또 나와 대성녀를 묶으려고 하는 건가?

난감한 기분에 눈을 가늘게 뜨고 보자 로이드는 긴장한 듯 머리카락을 만지작거리다가 크게 한숨을 쉬었다.

“하아, 아니야. 이런 이야기를 하고 싶은 게 아니라…… 피아, 나는 네가 들어줬으면 하는 이야기가 있다고 했었지. 지금부터 그 이야기를 해도 괜찮을까? 식사가 다 끝나고 조금 더 차분한 분위기에서 꺼내려고 했는데, 조금 전부터 자꾸 대화가 그쪽으로 흘러가. 나에게 인내심과 수행이 부족한 것뿐이지만.”

로이드와 세룰리안의 어수선한 모습에서 무언가 마음에 걸리는 게 있다는 건 눈치채고 있었다.

따라서 괜찮다고 대답하자 로이드는 안심한 듯 숨을 내쉬었다.

그 후 깍지 낀 두 손으로 시선을 내린 뒤 조용한 목소리로 말했다.

“시작하기 전에 하나만. 피아, 내가 너와 친구가 되고 싶었던 건 네 행동에 감동했기 때문이야. 그건 순수한 존경심이고 다른 꿍꿍이는 없었어. ……네 곁에 있으면 내가 더 나은 사람이 될 수 있을지도 모른다고 생각한 것을 꿍꿍이라고 부르지 않는다면 말이지만. 그러니까…… 지금부터 하는 이야기에는 우리 관계는 일절 고려하지 말아줘."

"알았어."

그렇게 대답하면서 문득 시릴 단장님과 친구가 되었을 때를 떠올렸다.

그때는 친구가 되자마자 단장님의 영지인 서덜랜드에 동행하게 되었지.

이번에도 무언가 큰 것을 요구하는 건지도 모른다는 예감에 긴장하며 쳐다보자, 그 시선 끝에서 로이드가 입을 열었다.

"네 이야기로 돌아가지만…… 페이즈 백작저에서 백작의 딸을 구한 네 행동은 옳았어. 그대로 내버려 두고 돌아가려고 한 내가 틀린 거지. 나는 백작에게 분노를 느꼈지만, 그것과 백작의 딸은 상관없으니까. 머리로는 알면서도 도저히 감정을 제어할 수 없었고, 그런 나를 감당하지 못하고 있었어. 그래서 네가 백작의 딸을 구해주었을 때 나는 안심했지."

갑자기 예상치 못한 칭찬을 들은 바람에 당황한 나는 '어, 아니, 응' 하고 알맹이 없는 대답을 중얼거렸다.

그런 나에게 로이드는 감탄한 눈빛을 던졌다.

"피아, 너는 참 대단해. 항상 최선을 선택하니까 나는 정말로 감탄하지. 백작의 딸을 구했을 때 그 사실을 절절히 느꼈어. 네 말대로 병을 고치는 건 상처를 고치는 것보다 몇 배나 되는 마력이 필요해. 왜냐하면 병마가 잠식한 부위를 알 수 없어 몸 전체에 회복마법을 걸어야 하기 때문이지.”

로이드에게서 조금 전 에스텔에게 설명한 이야기가 나왔다.

“그래서 성녀님과 의사가 협력해서 의사가 미리 조사한 의심스러운 부위에 회복마법을 거는 방법을 권장하지만, 성녀님은 그 방법을 좋아하지 않아. 단순히 다른 사람의 조언을 따르는 게 싫다고 해. 그래서 현재는 대량의 회복마법을 사용해 환자를 고치는 방법밖에 없다고 포기하고 있었는데 너는 새로운 방법을 제시한 거야.”

“아, 아니, 그건.”

로이드는 감탄했지만, 잘 생각해보면 성녀가 아닌 내가 회복마법에 대해 이렇게 잘 아는 것 자체가 의심스러운 일이다.

그 사실을 깨닫고 변명하려고 입을 열었는데, 로이드는 안심시키듯 웃었다.

“괜찮아, 알고 있어. 애초에 너는 성녀님이 아니니까 새로운 방법을 스스로 찾아낼 수 있을 리가 없지. 아마 다른 사람…… 예를 들어 샬롯 성녀 같은 사람에게서 정보를 얻은 거지? 하지만 중요한 건 그게 아니라, 내가 놀란 건 성녀님이 아닌 너에게는 아무런 도움도 되지 않는 정보를 미리 입수했었다는 점이야.”

아, 그렇구나.

그렇지, 샬롯에게 들었다고 하면 확실히 앞뒤가 맞는다.

아니, 나보다 로이드가 더 변명을 잘 생각해내는데?

그렇게 감탄하는 사이 로이드는 깍지 낀 두 손에 힘을 주었다.

“백작의 딸을 치료하는 건 돌발적으로 발생해서 미리 추측할 수 없는 일이었어. 그런데도 너는 필요한 정보를 갖고 있었고, 처음 겪는 상황에서 올바르게 정보를 사용했지. 틀림없이 최선의 선택지를 고를 수 있는 건 네 재능이야. 그러니까…….”

로이드는 거기서 처음으로 말문이 막힌 듯 고통스럽게 얼굴을 찡그렸다.

그 후 몇 번 입을 열었다가 다물기를 반복한 뒤, 결심한 듯 나를 정면으로 바라보았다.

“피아, 나는 네게 부탁이 있어. 최선을 선택하는 너의 그 힘을 빌리고 싶어! 물론 너에게는 거절할 자유가 있지만…… 제발, 제발 받아들여 줘.”

로이드는 어색한 움직임으로 내 두 손을 붙잡고는 그 손에 이마가 닿을 만큼 머리를 푹 숙였다.

“제발, 내 동생에게 ‘대성녀의 장미’를 골라줘.”

“로이드의 동생? 하지만 동생이라면…….”

10년 전에 죽은 거 아니었냐는 말은 차마 미안해서 입을 다물었다.

그러자 로이드는 내가 삼킨 말을 알아차린 듯 대신 입을 열었다.

“피아, 나는 전에 동생 콜레트는 10년 전에 죽었다고 했지. 하지만 그 말은 정확한 게 아니었어. ……동생은 죽지 않았어.”

“뭐?!”

터무니없는 정보가 튀어나오는 바람에 놀라서 눈을 부릅떴다.

하지만 콜레트가 죽었다는 건 로이드만이 아니라 파비안에게서도 들은 이야기다.

즉 세간 사람들은 다 콜레트가 죽었다고 생각한다는 뜻이다.

그리고 이상한 소문도 없었으니 지난 10년 동안 누구 한 명 그녀의 죽음을 의심하지 않았을 게 틀림없다.

그런데…… 살아있다고?

어떻게 된 일인지 이해하지 못하고 눈을 깜빡이자 로이드의 얼굴이 일그러졌다.

“정확하게 말하면 죽지는 않았지만……… 살아있다고도 할 수 없는 상태야. 왜냐하면 10년 전부터 계속 그 아이는 그저 조용히 잠들어있으니까. 때때로 수분을 섭취할 뿐 눈을 뜨지도, 몸을 움직이지도 못하고 그저 잠들어있어.”

이야기를 듣는 사이에 콜레트의 현재 상태를 대충 추측할 수 있었다.

어쩌면 콜레트는 수면 상태 이상에 걸린 게 아닐까.

콜레트 본인을 확인하지 않으면 확정할 수 없지만, 레드 형제의 동생도 같은 저주에 걸렸었고……. 하지만 수분만 섭취한다는 건 잘 모르겠는데…….

그렇게 생각을 이어가고 있을 때 세룰리안이 끼어들었다.

“피아, 콜레트가 계속 잠들어있는 건 내가 이어받은 정령왕의 힘이 원인이야."

"어? 정령왕의 힘?"

갑자기 생각지도 못했던 이야기가 나오는 바람에 놀라서 되물었다.

세룰리안은 괴로운 듯 얼굴을 일그러트리고 말을 이었다.

"콜레트의 생명의 불이 사그라들려고 한 그때 나도 있었거든. 그녀의 목숨을 가져가지 말아 달라고 간절히 기도했어. 그 결과 내 안의 정령왕의 피가 내 바람에 반응해서 소원을 이뤄준 셈이지. 다만 나는 특수한 소원을 바랐으니까 그녀는 도저히 살아있다고 할 수 없는 상태로 계속 잠들어있는 거고."

"어떻게 된 거야?"

내용을 잘 이해하지 못해서 되묻자 세룰리안이 자세히 설명해 주었다.

"10년 전 그날, 콜레트는 심각한 상태였어. 그대로 두었다간 죽음을 기다릴 수밖에 없다는 건 불 보듯 뻔했지. 그래서 그녀의 시간을 멈추고 싶다고 빌었어. 시간을 멈춰서 계속 잠들어있다가 그녀를 치료할 수 있는 성녀가 나타났을 때 눈을 뜨면 된다고."

"……그건, 아주 어려운 일이야."

처음 상상했던 것보다 훨씬 심각한 상황이라는 걸 이해한 나는 그렇게 대답했다.

특정 인간의 시간만을 멈춘다는 초월적인 힘은 그야말로 정령왕이라도 되지 않는 한 불가능할 것이다.

본인이 설명한 대로 세룰리안은 왕가의 일원이니 정령왕의 피를 이어받은 건 틀림없다.

그렇기에 그의 바람을 이루기 위해 정령왕이 힘을 빌려준 건지도 모르지만…….

"콜레트의 '시간이 멈춘 상태'를 10년이나 유지하는 에너지는 어디에서 오는 거야? 아무런 에너지도 투입하지 않고 그만큼 큰 마법을 오랫동안 걸 수 있을 리가 없는데."

떠올린 의문을 던지자 세룰리안은 감탄했다는 듯 눈을 크게 떴다.

"피아는 정말 대단하네. 정령왕의 힘의 구조를 그렇게까지 이해하고 있다니."

그는 내가 예상했던 것 중 가장 나쁜 대답을 돌려주었다.

"에너지는 내 목숨이야. 죽지 않게 해달라고 기도한 순간, 콜레트와 내가 이어졌으니까. 그녀는 살아있다고도 할 수 없는 상태이니 소모량은 그리 많지 않지만, ……1년에 한 살 어려질 만큼 나를 잡아먹고 있지."

세룰리안은 담담하게 말했지만 그건 터무니없는 이야기였다.

콜레트를 계속 살리기 위해 세룰리안은 자신의 목숨을 깎아내고 있으니까.

통상적인 마법이라면 대가로 마력을 바치지만, 상대가 정령왕이기 때문에 특별한 대가를 요구한 거겠지.

그렇기에 콜레트와 이어진 세룰리안의 시간도 멈추고, 게다가 대가를 소모함으로써 매년 한 살씩 나이를 거꾸로 먹는 것이다. 하지만…….

"……세룰리안, 왜 당신이 그렇게까지 하는 거야?"

그의 행동은 '신뢰하는 로이드의 동생이니까'라는 설명으로는 부족한 느낌이었다.

의문을 그대로 질문하자 세룰리안은 그게 모든 설명이 된다는 양 한마디만 입에 담았다.

"그녀가 내 아내가 될 여성이었으니까."

"아!"

그 대답을 들은 순간 모든 것을 이해한 느낌이었다.

왜 세룰리안이 목숨을 소모하면서까지 로이드의 동생을 구하려 하는 건지.

나는 조금 전 로이드가 한 부탁을 확인했다.

"그래서…… 콜레트를 위해 '대성녀의 장미'를 골라 달라는 건 무슨 뜻이야?"

그러자 세룰리안이 진지한 표정으로 나를 바라보았다.

"그건…… 네게 미래를 걸고 싶다는 우리의 바람이야."

"……조금 더 자세히 가르쳐줄래?"

상황이 상황이니 알았다고 대답하고 싶지만, 세룰리안의 의도가 무엇인지 알 수 없었기에 되물었다.

세룰리안은 무언가를 떠올리려는 듯 허공을 바라보았다.

"피아, 너는 이전에 사비스에게서 성녀에게 바치는 꽃을 조달하라는 부탁을 받은 적이 있었지. 그때 의뢰인은 나였어. 그리고 꽃을 바칠 상대는 콜레트였지. 나는 나의 잠자는 공주를 위해 정기적으로 꽃을 바치고 있었어. 그때도 콜레트를 위한 꽃을 부탁했더니, ……너는 ‘대성녀의 장미’를 가져온 거야.”

세룰리안의 말대로 사비스 총장님에게서 국왕은 정기적으로 성녀의 무덤에 꽃을 바치니까, 그 꽃을 조달해오라고 부탁받은 적이 있었다.

그리고 나는 성녀라면 내 동료이니 최대한 적절한 꽃을 주고 싶어서, 왕성에서 자라는 장미를 이용해 ‘대성녀의 장미’를 만들었다.

그렇다면 돌고 돌아 콜레트에게 ‘대성녀의 장미’를 바쳤다는 게 되는 걸까.

“아직 인사하지 못했었지. 피아, 멋진 꽃을 찾아줘서 고마워. 콜레트는 대성녀님을 계속 동경했어. 그런 대성녀님에게서 유래한 꽃을 바치는 건 그녀에게 최고의 작별 선물이 된다고, 네가 찾아온 장미를 받았을 때 나는 그렇게 생각했어. ……이제 곧 죽어갈 콜레트에게 줄 수 있는 최고의 선물이라고. 그때는 몰랐으니까. 그 꽃에 특별한 효능이 있다는 것을.”

세룰리안은 거기서 말을 끊은 뒤 천장을 향했던 얼굴을 내려 나를 바라보았다.

“대성녀님은 정말 특별한 존재야. 그분밖에 사용할 수 없는 마법이 많이 있지. 그리고 그런 마법으로 많은 사람을 구하셨어. 하지만 그분밖에 사용할 수 없었으니 대성녀님의 죽음과 함께 그런 마법도 효능도 잃었다고…… 그렇게 생각했는데.”

“………….”

묵묵히 이야기를 듣자 세룰리안은 긴장한 모습으로 말을 이었다.

“기사단장들이 자주적으로 연 다과회에서 대단한 사실이 판명되었어. ‘대성녀의 장미’의 꽃잎을 띄운 홍차를 마시면 무언가 효능이 나타날지도 모른다는 정보는 이미 돌고 있었지만, 그건 어디까지나 성녀가 행사할 수 있는 마법의 범주라고 생각했지. 하지만…… 그 다과회에서 시릴에게는 공격력 증가 효과가 나타났고, 데즈먼드와 재커리는 마비 상태 이상에 걸렸어.”

응, 그랬었지……. 그 다과회에 참석했던 나는 당시 기억을 떠올리며 고개를 끄덕였다.

좀 이유가 있어서 홍차에 사용하는 꽃잎에 내 마력을 주입해 더 큰 효과가 나오도록 가공했었다.

덕분에 다과회에 참석한 기사단장님들에게 극적으로 강력한 효과가 나타났는데, 어째서 그 이야기가 나오는 거지?

세룰리안은 감격한 듯 눈물을 글썽였다.

“……믿어져? 300년 전에 잃어버린 대성녀님만의 마법이 장미 꽃잎에 담겨 되살아났다고.”

“그건, 그렇네.”

아하. 그런 식으로 볼 수도 있는 거구나.

“그 마법은 나와 로이드가 지난 10년 동안 간절히 바랐던 것이야. 이제 거의 포기하고 있었는데, 완벽한 타이밍에 그녀를 구할 가능성을 찾았어.”

가슴이 벅찬 듯 말을 멈춘 세룰리안 대신 로이드가 마저 이어갔다.

“내일 아침 필두 성녀 선정회를 실시한다는 바를 전국의 모든 교회에서 일제히 발표할 예정이야. 공지하고 2주 후에 선정회가 개최되고, 곧 필두 성녀가 선정되겠지. 그리고 필두 성녀라면 분명 눈을 뜬 콜레트를 치료할 수 있을 거야."

"…………."

내가 가진 성석으로도 빈사 상태인 사람을 치료할 수 있다는 건 알 텐데, 그 부분은 언급하지 않는 로이드와 세룰리안의 태도에 뭐라 말할 수 없는 기분이 들었다.

아마 두 사람은 대신할 수 있는 것이라면 대신할 것을 준비하고, 어떻게 할 수 없는 부분만 나에게 부탁하려는 거다.

속이 울렁거려 가슴께를 꽉 움켜쥐는 내 앞에서 세룰리안이 고개를 홱 들었다.

"그러니까 피아!"

격정적으로 외친 세룰리안의 한쪽 눈에서 눈물이 한줄기 흘렀다.

하지만 세룰리안은 흐르는 눈물을 닦는 대신 매달리는 듯한 눈으로 나를 바라보았다.

"'대성녀의 장미'는 꽃잎마다 효능이 다르니까, 부디…… 콜레트가 눈을 뜨게 해주는 꽃잎을 골라줘!"

【SIDE】올컷 공작 로이드
「너를 지키겠다고 맹세했기에」

"오라버니, 저 성녀였어요. 기뻐라! 앞으로는 오라버니가 검술 훈련으로 다칠 때마다 치료해드릴 수 있어요."

"콜레트, 성녀님의 힘은 그런 식으로 가볍게 사용하는 게 아니야. 더 신중하게."

"앗, 로렌스 님이 오셨어요! 어디 아픈 곳이 없는지 여쭙고 올게요."

"아니, 그러니까! 잠깐, 콜레트 달리지 마!! 듣고 있는 거야?!"

"잘 들립니다. 로렌스 님~!"

"듣기만 한다고 다가 아니잖아, 말을 들어야지!! ……앗, 넘어졌다! 콜레트, 네가 다치면 어떡해……."

──올컷 공작저에 떠들썩한 웃음소리가 울려 퍼진다.

그 목소리는…… 로이드도, 콜레트도, 로렌스도 전부 즐거움이 담겨있었다.

……아아, 그래. 그 시절의 나는 틀림없이 행복했다…….

"벌써 27살이라. 후후…… 나만 나이를 먹는구나."

거울에 비친 모습을 보며 나── 로이드 올컷은 쓰게 웃었다.

눈앞의 거울에는 20대 후반으로 보이는 모습이 비쳤는데, 그 사실에 강한 부채감을 느꼈다.

10년이 지나도 20년이 지나도 이 관계는 변하지 않는다고, 그렇게 믿던 세 사람 중 두 명은…… 나 말고 다른 두 사람은 나이를 먹지 못하기 때문이다.

죄책감이 분노로 바뀌며 거울 옆의 벽을 주먹으로 세게 때렸다.

"……하! 이 상황을 타파하는 데 필요한 건 이미 이 세상에 없는 기적이야! ……대체 어디를 어떻게 찾아서 어떤 것에 희망을 맡겨야 하지."

방에는 나밖에 없기 때문인지 평소에는 가둬두는 속마음이 흘러나왔다.

아무리 노력해도 결국은 수포로 끝날 가능성이 크다는 건 잘 알고 있다.

그래도…… 포기할 수는 없었다.

거칠게 숨을 내쉬며 잠시 그 자세로 굳어 있다가 마음을 다잡고 몸을 일으킨 뒤 세수했다.

어쨌거나 오늘도 또 다를 바 없는…… 하루의 끝에는 기적이 일어나지 않았음에 낙담하는, 익숙한 하루가 시작된다.

그렇게 생각하며 3할의 희망과 7할의 체념을 안고 여느 때처럼 방을 나섰다. 하지만…….

───그날 나는 경악하게 된다.

그것이 기적의 시작이었다.

그날, 내가 참석한 건 올해 마지막 국왕 면담이었다.

다만 그때 나는 누가 봐도 공작이라는 걸 알 수 없는 요란한 광대로 분장한 상태였으니 '올컷 공작'으로서 참석한 건 아니었다.

오늘의 타깃은 막 입단했다는 어린 여성 기사다.

국왕과 그 측근 사이에서 기가 죽었을지도 모른다며 살펴보자, 눈을 반짝반짝 빛내며 흥미진진하다는 듯 주위를 둘러보고 있었다.

무엇에든 호기심을 보이는 그 모습은 과거 동생의 모습을 떠올리게 했기에, 전에 없이 감상적인 기분에 잠겼는데—— 그 기사가 동생을 닮았다는 건 완전한 착각이었다.

왜냐하면 그 어린 기사는—— 피아 루드는 동생처럼 소소한 실수를 거듭하는 타입이 아니라 매서운 폭풍을 불러오는 타입이었기 때문이다.

——내가 그 면담에서 경악한 일들을 꼽으라면 끝이 없다.

예를 들어 우리의 말투가 루아 어 사용법을 흉내 냈다는 걸 간파당했고.

왕의 이름의 애너그램을 간파당했고.

세룰리안의 의상이 과거 국기와 수호성수에서 따온 것임을 맞혔고.

세룰리안의 팔에 걸린 저주를 간파당했고…… 그 모든 게 경악스러운 내용들이었으니까.

면담이 끝났을 때는 피아가 감이 아주 날카로운, 재능이 뛰어난 사람이라고 진심으로 놀랐는데—— 정말로 경악스러운 일은 며칠 뒤 밤에 일어났다.

왜냐하면 깊은 밤, 내 방을 찾아온 세룰리안이 이미 사라져버린 꽃을 가져왔기 때문이다.

"그…… 그건…………."

내 귀로도 무슨 말인지 잘 들리지 않을 만큼 목소리가 떨렸다.

하지만 어쩔 수 없었다.

세룰리안이 든 꽃이 빛을 받아 반짝반짝 보석처럼 빛나는 광경을 보고 긴장한 나머지 목이 막혀 목소리가 잘 나오지 않았기 때문이다.

그 꽃은 금서에서 보았던 '대성녀의 장미'와 몹시 흡사했다.

하지만 보석을 방불케 하는 아름다운 장미는 대성녀님의 존재와 함께 이 세상에 나타나 대성녀님이 돌아가셨을 때 사라졌을 터.

"세룰리안, 그거, 지…… 진짜야?"

세룰리안의 굳은 표정과 눈앞의 형언할 수 없이 아름다운 꽃의 존재에서 이미 답은 얻은 상태였지만, 확증이 필요해서 확인했다.

그러자 세룰리안은 딱딱한 목소리로 예상한 대답을 입에 담았다.

"그래, 아마 틀림없을 거야. 이 꽃을 보고한 사람은 사비스니까…… 동생이 직접 조사해서 진짜인 것 같다는 결과를 가져왔지."

"지…… 진짜…………."

나는 바로 여동생을 떠올렸다.

콜레트는 대성녀님을 동경했다.

그런 동생에게 '대성녀의 장미'를 바칠 수 있다면, 그것은 최고의 작별 선물이 될 것이다. ……그 아이에게 남은 시간은 이미 조금밖에 없으니까.

제한 시간이 가까워진 이 시기에 '대성녀의 장미'를 발견했다는 것이 기적 같아서 고개 숙인 얼굴을 두 손으로 덮은 나에게 세룰리안의 목소리가 내려왔다.

"로이드, 놀라는 건 지금부터야. 마지막 면담자였던 피아를 기억해?"

"……그래, 당연하지."

그토록 강렬한 사람은 잊고 싶어도 잊을 수 없다.

그렇게 생각하며 고개를 끄덕이자 세룰리안이 폭탄을 떨어트렸다. 그것도 두 개나.

"이 장미를 발견한 사람이 피아야. 그것도 왕성 정원에서 발견했다고 사비스가 보고했지."

"피아가…… 왕성 정원에서?"

그럴 수가 있나?

확실히 피아는 날카로운 관찰력을 지녔고, 같은 상황에서 누구보다 많은 정보를 입수하는 사람이라고 생각하기는 했지만 이미 사라진 꽃을 찾아올 수가 있는 건가?

게다가 발견한 장소가 매일 많은 사람이 오가는 왕성이다.

왕성 안의 모든 구역은 관리되어 있으니 '대성녀의 장미'같이 특수하게 아름다운 꽃이 피어있다면 바로 보고가 올라올 것이다.

그런데도 피아는 그 모든 사람보다 먼저 찾아냈다고?

"그럴 수가 있어? 확실히 피아는 천재형이라 머리가 아주 좋다고는 생각했지만, 이번만큼은 너무 황당무계해. 먼 옛날에 사라진 데다 우리가 그토록 원하던 대성녀님에 유래하는 꽃을 이런 타이밍에 발견하다니."

나는 마음속으로 나 자신에게 말했다.

──그래, 나는 계속 찾았어. 동생을 구할 방법을.

하지만 동생의 목숨 기한이 가까워졌는데도 불구하고 단서 하나 잡을 수 없는 상태에 조급해진 나는, 그렇다면 하다못해 동생을 하늘로 배웅하기에 걸맞은 마지막 선물을 찾고 싶었다.

그러자 완벽한 타이밍에 완벽한 꽃이 나타났다── 피아라는, 아주 초근에 알게 된 소녀 기사 덕분에.

"너에게 알리기 전에, 나는 너와 똑같은 말을 나 자신에게 100번이나 말했어. 진정하자고 달래면서. 하지만…… 우리가 무슨 생각을 하든 실제로 피아는 발견했잖아."

세룰리안의 말을 듣고 심장이 쿵쿵 빠르게 뛰었다.

"……그 말대로야."

나는 깊고 긴 한숨을 쉬었다.

이 꽃을 만난 것이 나에게 얼마나 감사한 일인지 생각하며 떨리는 두 손을 모아쥐었다.

"피아는…… 나의 구세주일지도 몰라. 모르는 사람이 본다면 이건 그냥 꽃이겠지. 그리고 이게 무엇인지 안다고 해도 많은 사람은 '옛날 위인에 유래한 유서 깊은 꽃'이라고 감탄하며 끝날 뿐

일 거야. 하지만 나는 간절히 바랐던 것이야. 결국은 그냥 꽃이고, 그 아이의 눈을 뜨게 해주지는 못하지만…… 그 아이는 누구보다 대성녀님을 동경했으니까.”

목이 메여 입을 다문 나 대신 세룰리안이 말을 이었다.

“그래. 대성녀님에게서 유래한 꽃을 바치는 건, 콜레트에게 최상의 경의를 표하는 행위지.”

목소리를 낼 자신이 없었기에 나는 말 없이 고개를 끄덕인 뒤 10년 전 일을 떠올렸다.

◇　◇　◇

──무시무시한 양의 피가 양탄자를 더럽히는 가운데 그 중앙에서 동생은 창백한 얼굴로 쓰러져 있었다.

이대로 두면 동생이 곧 죽는다는 건 불 보듯 뻔했다.

나는 떨리는 손을 뻗어 이 이상 동생의 피가 흐르지 않기를 기도하며 그 아이를 세게 끌어안았다.

하지만 그 정도로 동생이 어떻게 될 리가 없었다. 내 품 안에서 그 아이는 힘이 빠져 축 늘어졌다.

……아아, 일찍 돌아가신 부모님 대신 내가 동생을 지키겠다고 맹세했는데, 나는 아무것도 하지 못하는구나…….

제발 동생을 살려달라고 목이 터지도록 소리쳤다.

내가 가진 것을 전부 줄 테니까 제발 동생을 살려달라고 울면서 호소했다.

하지만 그 자리에 있는 성녀의 마음을 움직일 수는 없었다.

그 탓에—— 동생은 죽어야만 했다.

성녀 한 명 설득하지도 못하는 오빠를 둔 탓에…….

——그때 나의 무력함을 뼈저리게 깨달았다.

그리고 바닥에 엎드려 그저 절망에 고통스러워하기밖에 못 했던 나 대신 세룰리안이 목숨을 바쳤다.

그 결과 콜레트는 시간을 멈추고 잠들었고, 대신 세룰리안은 조금씩 어려졌다.

아니, 아니다. 세룰리안은 어려지는 게 아니라 목숨을 빼앗기고 있다.

보살펴야 하는 주군이자 절친한 친구인 상대에게 강요한 부담이 너무도 커서 고뇌하는 나에게 세룰리안은 시원스럽게 단언했다.

"문제없어. 어차피 콜레트가 없는 상태로 나는 오래 살 수 없으니."

물론 그건 알고 있다. 그렇기에…….

"반대잖아! 만약 당신의 목숨에 기한이 있다면 원하는 대로 못 다 한 일을 해야지!"

격정적으로 반박하는 나에게 세룰리안은 차분하게 고개를 끄덕였다.

"물론 그렇게 할 거야. 구조는 명확하게 알지 못했지만, 아무래도 콜레트의 시간을 멈춘 대가로 내 목숨이 조금씩 먹히고 있어. 하지만 이래 봬도 정령왕의 피를 이어받은 몸이니 그리 가벼운 목숨은 아닐 거야. 나를 다 잡아먹을 때까지 일정 시간이 걸릴 테니까 그동안 하고 싶은 걸 하려고.”

“미안해……. 고맙다.”

나는 세룰리안을 향해 깊이 머리를 숙였다.

그것 말고는 내가 그에게 할 수 있는 것이 아무것도 없었으니까.

동생의 목숨을 연명시켜주고, 대가로 자신은 죽어가는 세룰리안에게 아무것도.

……아마도 콜레트가 그대로 죽었다면 나는 견디지 못하고 망가졌을 것이다.

너무도 허무하게 동생을 잃었다면 나는 무력함에 시달렸을 테니까.

내가 더 잘 처신했다면 동생은 살 수 있었던 게 아니냐고 나 자신을 비난하다가 망가트렸을 게 틀림없다.

그러니 그때 세룰리안은 콜레트와 함께 나도 구해준 것이다.

세룰리안이 내 동생의 시간을 멈추고 유예를 만들었기에 나는 동생을 구하기 위해 모든 방법을 찾을 수 있었고, 동생을 위해 노력할 수 있었으니까.

그리고 ‘내일은 꼭’ 하며 미래에 희망을 품고 살 수 있게 되었다.

──그래, 나는 동생이 잠든 날부터 계속 콜레트의 눈을 뜨게 할 방법을 찾았다.

그녀에게 걸린 건 ‘정령왕의 축복’이다.

세룰리안의 강한 기도에 호응하며 내려온 축복으로 세룰리안 본인도 푸는 방법을 모른다.

따라서 나는 많은 책을 뒤지고 닥치는 대로 금서를 읽었지만, 동생을 구할 방법은 찾지 못했다.

수많은 사람과 대화하고 많은 장소를 찾아가 보았지만 아무런 단서도 얻을 수 없었다.

진퇴양난이 된 나는 예를 들어, 어쩌면—— 지금이 300년 전이었다면 대성녀님이 어떻게 해주셨을지도 모른다는 꿈 같은 상상에 잠겼다.

왜냐하면 대성녀님은 상태 이상을 해제할 수 있는 유일한 분이셨으니까.

"하하하, 대성녀님은 먼 옛날에 돌아가셨으니 완전히 망상이지. 나는 지금 있는 것 중에서 해결법을 찾아야만 하는데."

나는 내 방 의자에 깊이 몸을 파묻고 두 손으로 얼굴을 덮었다.

나의 무력함에 절망한다.

지난 10년 동안 계속, 매일매일 콜레트의 눈을 뜨게 할 방법을 찾았다.

하지만 무엇 하나 유효한 수단을 찾을 수 없었다.

그래도 희망을 버리지 못했다. 그렇기에 매년 1년씩 붙잡은 희망의 크기만큼 마모되었다.

마찬가지로 잠든 동생도 초췌해져 갔다.

조금씩, 조금씩 야위어가서 한눈에 봐도 몸이 작고 가벼워졌다는 걸 알 수 있었다.

몸의 무게는 목숨이 담겼다는 증거다.

이대로 동생의 무게가 조금씩 줄어들어 깃털처럼 가벼워졌을 때…… 동생의 목숨은 하늘로 소환되겠지.

그런 식으로 희망을 품으면서도 체념을 느끼게 되고 말았을 무렵——갑작스레 나에게 생각지도 못한 행운이 찾아왔다.

먼 옛날에 사라졌을 '대성녀의 장미'가 300년이라는 시간이 지나 발견된 것이다…….

◇ ◇ ◇

——회상에서 돌아온 뒤 나는 다시 한번 '대성녀의 장미'를 바라보았다.

"이 꽃을 바쳐 동생에게 최상의 경의를 표할 수 있어."

세룰리안과 함께 그렇게 기뻐한 뒤, 나는 그와 함께 '대성녀의 장미'를 들고 콜레트를 찾아갔다.

작고 야위어버린 콜레트에게 기운을 불어넣는 말을 건네며 꽃을 바치자 동생이 희미하게 웃은 것처럼 보였다.

빛의 각도로 그렇게 보인 것뿐인지도 모른다. 그러나 동생이 잠든 이후 처음 있었던 일이기에 가슴이 뜨거워졌다.

제멋대로지만, 동생이 이번 선물을 기뻐해 주었다는 기분이 들었다.

감동에 젖은 채 고마운 마음을 전하고 싶어서 나는 세룰리안과 함께 사비스 전하의 집무실을 방문했다.

하지만 우리가 들어갔을 때 그곳에는 제1기사단장 시릴이 있었다.

그는 우리의 사정을 아는 몇 없는 사람 중 하나였기에 전하는 시릴을 동석시킨 채로 우리를 만났다.

평상시였다면 시릴이 볼일도 없는 자리에 동석하는 일은 없으니 나는 의문을 느껴야 했지만, 흥분한 상태이기도 했기에 세룰리안과 함께 소파에 앉았다.

그리고 테이블을 사이에 두고 마주 본 사비스 전하에게 머리를 숙였다.

"사비스 전하께 진심으로 감사드립니다. 전하의 부하가 '대성녀의 장미'를 발견해준 덕분에 저희는 잠든 성녀에게 최상의 경의를 표할 수 있었습니다."

하지만 내 말을 들은 전하의 얼굴이 살짝 일그러졌다.

그런 식으로 사비스 전하의 표정이 무너지는 일은 드물었기 때문에 무언가 마음에 들지 않는 일이라도 있는 건지 머리를 굴렸다.

그리고 보면 콜레트를 만나고 그대로 왔으니 오늘은 나도 세룰리안도 광대 복장이 아니었다.

즉 내 모습은 누가 봐도 올컷 공작이라는 걸 알 수 있다.

국왕 일파가 왕제 일파를 찾아왔다는 걸 주변 사람들이 알게 되는 건 대립하는 두 파벌의 관계상 바람직하지 않다.

흥분해서 평소 하던 배려를 잊어버린 나의 경솔함이 사비스 전하의 기분을 언짢게 만든 모양이라며 사과하자, 전하는 터무니없는 정보를 입에 담았다.

"아니, 그게 아니다. 바로 지금 시릴과 '대성녀의 장미'에 대해 이야기하고 있던 차에 절묘한 타이밍으로 방문해서 놀란 것뿐이다. 시릴에게 막 보고받은 상태라 아무것도 정리하지 못했지만…… '대성녀의 장미'에서 상태 이상을 일으키는 효능이 발견되었다."

◇　◇　◇

"…………."
"…………."
나도 세룰리안도 순간 아무런 말도 할 수 없었다.
바라고 또 바라도 무엇 하나 얻을 수 없었던 나날이 너무 길었기에 갑자기 굴러들어온 행운을 믿을 수 없었기 때문이다.
믿고 싶은 마음과 믿을 수 없다는 마음 사이에서 휘둘리는 우리의 심정을 알아차린 건지 사비스 전하가 평소보다 부드러운 목소리로 말했다.
"보통은 검증을 전혀 거치지 않은 사안을 보고하지 않지만, 사안이 사안인 만큼 알고 있는 것만이라도 말씀드리겠습니다."
사비스 전하는 옆에 앉아있는 시릴을 힐끗 바라보았다.
갑작스러운 낭보에 동요해서 떨리는 몸을 주체하지 못하는 나와 세룰리안을 향해 사비스 전하와 시릴이 정중히 설명하기 시작했다.
──'대성녀의 장미'에 대한 의문은 기사단장 회의에서 발생했다고 한다.

회의 도중 '대성녀의 장미'가 발견되었다는 정보를 공유했는데, 그때 기사단장 중 한 명이 이렇게 발언했다고 한다.

"'대성녀의 장미'라고 할 정도니까 대성녀님의 기호에 맞추어져 있겠지. 대성녀님께서는 로즈힙 티를 좋아하셨다고 하니, 꽃이 지고 열매가 맺히면 그것으로 차를 우려보도록. 대성녀님의 마음을 알 수 있을 거다. 꽃잎을 띄우고 마시기만 해도 간단한 효능은 나올 테지만…… 변덕스러우니."

전부 처음 듣는 정보였다.

따라서 그 이야기를 들었을 때 사비스 전하도 시릴도 '대성녀의 장미'에 어떠한 효과가 나타난다고 해도 그건 회복 효과뿐이라고 생각했다고 한다.

그리고 '효능이 변덕스럽다'는 말도 '회복 효과가 나타날 때고, 나타나지 않을 때도 있다'고 해석했다. 아주 상식적인 생각이다.

하지만 그 후 기사단장들이 개최한 다과회에서 '대성녀의 장미'를 사용해보자 놀라운 효능이 밝혀졌다.

놀랍게도 그 장미의 꽃잎에는 회복 효과가 아닌 다른 효과…… 그것도 상태 이상을 일으키는 효과가 나타났다고 한다.

──상태 이상 효과 발생, 혹은 그 해제는 대성녀님만이 사용할 수 있는 마법이다.

그리고 대성녀님의 사망과 함께 먼 옛날에 사라진 마법이다.

그렇게 자신을 타이르며 사비스 전하와 시릴의 설명에 끼어들지 않고 끝까지 들었지만, 결국 참을 수 없어서 떨리는 목소리를 뱉었다.

“사, 사비스 전하…… 사, 상태 이상 발동이라니 어떻게 된 겁니까? 그건 대성녀님밖에 발동할 수 없는 마법이잖아요?!”

주술사가 마물과 마도구의 힘을 빌려 ‘저주’라는 형태로 상태 이상을 발생하는 건 드물게 있지만, 직접적인 마법이라는 형태로 행사할 수 있는 사람은 여태까지 대성녀님 말고는 기록이 없다.

그리고 대성녀님은 자신이 걸지 않은 상태 이상도 해제할 수 있었다.

“그래. 이 꽃은 300년 만에 이제 막 발견된 것이니 불확실한 점도 많지만, 당시 장미도 마찬가지로 대성녀님의 특별한 마법의 효능을 지녔던 것으로 추측된다.”

사비스 전하는 여느 때처럼 담담하고 차분한 목소리로 대답했다.

평소였다면 그런 전하의 영향으로 나도 침착해졌겠지만, 몸의 떨림이 도무지 진정되지 않았다.

마찬가지로 세룰리안도 떨면서 어떻게든 목소리를 쥐어 짜냈다.

“그, 그렇게 타이밍 좋은 행운이 존재하나?”

그 질문에 직접적인 대답을 하는 대신 사비스 전하는 설명을 이어갔다.

다과회에서 9잔의 홍차를 실험했는데, 그중 8잔의 홍차는 중복이 있으면서도 다양한 효능을 보였다.

그리고 홍차에 띄운 꽃잎에 따라 그 효능은 달라진다.

아쉽게도 상태 이상을 해제하는 효능은 불명이었지만——— 애초에 그 효능을 확인하기 위해서는 상태 이상에 걸린 사람이 마실 필요가 있으니 검증하는 건 어렵다.

모든 설명을 다 들은 뒤 나는 떨리는 한숨을 뱉었다.

"아아…… 어쩌면 정말로, 내가 원하던 효능을 가진 꽃잎이 존재할지도 몰라. 만약 그런 꽃잎이 있다면……."

하지만 그다음 말이 이어지지 않았기에 대신 세룰리안이 말을 이었다.

"어뜬 꽃잎을 고를지가 문제지. 그녀는 이미 한계니까 올바른 꽃잎을 고르지 않으면 몸이 견디지 못할 거야."

말할 것도 없는 사실이었다.

사비스 전하가 담담한 어조로 제안했다.

"마도기사단에 검증을 서두르라고 하겠습니다. 꽃잎에 깃든 효능의 종류와 그 효과의 강도를 조사하죠."

사비스 전하는 항상 믿음직하지만, 오늘 같은 때는 특히 그의 존재가 든든했다.

세룰리안은 계속 침착하지 못하고 두 손을 만지작거리다가 혼잣말처럼 중얼거렸다.

"희망이란 무섭구나. 나는 이미 그녀가 눈을 뜰지도 모른다는 희망을 품고 말았어. 설명을 듣고 만에 하나 정도의 가능성밖에 없다는 걸 이해했는데, 여태까지 제로였던 가능성이 제로가 아니게 된 것만으로도 어떻게 될지도 모른다는 생각이 들어."

나도 같은 마음이었기에 동의하는 마음을 담아 고개를 크게 끄덕였다.

——아아, 나도 꿈을 꾸고 말았다.

콜레트가 눈을 뜨고 즐겁게 웃는 꿈을.

내일도, 모레도—— 그녀가 즐겁게 웃으며 오래오래 사는 꿈을.

충격적인 보고에 휘청거리면서 일어나 집무실을 나가려던 나와 세룰리안은 문득 궁금해져서 문 앞에서 돌아보았다.

"사비스 전하, 조금 전 이야기로는 다과회에서 마셔본 9잔의 홍차 중 한 잔만 효과가 없었다고 했는데 그건 누구의 잔이었습니까?"

사비스 전하는 나를 정면으로 바라보더니 차분한 목소리로 대답했다.

"피아 루드다."

그 순간 나는 답을 얻은 기분이 들었다.

그녀 말고 다른 사람들은 다들 기사단장이었지만 특별히 피아를 참석시켰다고 시릴이 설명했었는데, 그것조차 하늘이 안배처럼 보였다.

……아마도 상태 이상을 해제하는 마법은 있다.

그리고 피아는 그 마법에 당첨되었다—— 다만 그녀가 어떤 상태 이상에도 걸리지 않았기 때문에 아무런 증상도 나타나지 않았을 뿐.

"……그녀에게 걸어보고 싶어."

복도를 걸으며 나는 툭 중얼거렸다.

이 타이밍에 피아와 알게 된 것도, 그녀가 특별한 효능이 있는 아이템을 발견하고 직접 상태 이상 해제 효능이 있는 꽃잎에 걸린 것도 무언가 인도해주는 것처럼 보였다.

모든 것이 '피아에게 맡기면 잘 된다'고 알려주는 것 같은 느낌
이었다.

다음 날, 바로 사비스 전하에게서 '대성녀의 장미' 조사 결과가
왔다.

조사한 바에 의하면 다과회 때 이상할 정도로 강한 효능이 나왔
을 뿐, 조사했을 때는 희미한 효능밖에 나타나지 않았다고 했다.

"……아아, 이게 현실이지. 하지만 어째서일까. 어째서인지 피
아가 엮이면 올바른 길이 열리고 가장 좋은 선택지를 고를 수 있
다는 기분이 들어."

아무런 근거도 없이 헛소리 같은 말을 중얼거린 나였지만, 세
룰리안은 이해해 준 건지 동의하듯 고개를 끄덕였다.

"그래. 이렇게 절묘한 기적이 제한 시간을 앞둔 이 타이밍에 나
타난다는 건 무언가 계시인 것 같다고 느껴."

──그리고 얼마 후, 나와 세룰리안은 피아의 한층 대단한 유
능함과 곧은 사고방식, 최선의 선택지를 택하는 모습을 목격했고
그녀밖에 없다며 피아에게 매달렸다.

소중하디소중한 동생의 목숨이 걸린 일이다.

다른 사람의 손에 맡기게 되리라는 건 생각지도 못했지만, 나
는 진심으로 그녀에게 매달렸다.

그리고 그건 세룰리안도 마찬가지였다.

"부디…… 콜레트가 눈을 뜨게 해주는 꽃잎을 골라줘!"

──이 결론이 나와 세룰리안이 도출한 '가장 좋은 선택'이었다.

【SIDE】국왕 로렌스
「세상과 너를 두고 선택하라면 너를 선택한다」

왕은 절대적인 권력을 받는 대신에 많은 인내와 제약을 강요받는다.

그래도 괜찮았다.

너만 곁에 있어 준다면.

콜레트, 다른 모든 것과 맞바꾼다고 해도 나는 네가 좋다.

너만 있어 준다면 정말로 다른 건 아무것도 필요 없다.

──이것은 내가 광대가 되기 전, 로렌스라고 불리던 시절의 이야기다.

"로렌스 님~ 요깃거리를 가져왔습니다! 남자들이 좋아하는 고기 가득 수프예요."

"고마워, 콜레트. 지금 바로 먹어도 괜찮을까? ……굉장한 냄새가 나네. 그리고 이게 수프라고? 고깃덩어리로 보이는데."

"수프 맞아요. 고기가 수프를 다 빨아들여서 고깃덩어리만 남았답니다!"

"잘 보니 고기 색이 참신하네. 녹색과 보라색 고기라니…… 이건 대체 뭘 사용한 거야?"

“기사들이 잡아 온 바질리스크와 헬 바이퍼입니다.”

“그래, 도마뱀과 뱀이구나. 고기는 고기지만 사족류 고기였다면 좋았을걸. 아니, 미안해. 모처럼 요리해준 건데 트집을 잡는 건 큰 무례이지. 그냥 조금, 흉흉한 색을 보고 겁이 난 모양이야. ……그거 알아? 헬 바이퍼엔 독이 있어. 콜레트, 만약을 위해 복통에 좋은 약을 준비해줘.”

음식을 먹은 나는 이틀 동안 앓아누웠지만, 덕분에 소소한 독 내성이 생겼다.

“역시 콜레트야. 왕족은 항상 독살당할 위험이 있지. 그런 나에게 독 내성을 만들어주다니. 아니, 이제 괜찮아. 사실 헬 바이퍼의 독이 어느 정도인지는 파악하고 있었으니 네가 깜빡 독을 덜 제거했을 가능성을 고려해서 치사량이 되지 않는 정도로 계산하며 먹었거든. 그러니 이미 회복했지.”

콜레트에게 걱정 끼치지 않도록 내 몸 상태에 문제가 없다고 주장했지만, 그녀는 내 머리맡에서 계속 울기만 하고 그칠 기색을 보이지 않았다.

그런 콜레트의 손가락에는 수많은 상처가 있었다.

이틀 전에 음식을 가져다주었을 때 두꺼운 장갑을 끼고 있던 게 마음에 걸렸는데, 역시 요리하면서 많이 다치는 바람에 그 상처를 가렸던 모양이다.

“후후후, 콜레트. 그렇다면 다음부터는 혼자가 아니라 요리사들과 함께 만들어줘. 그렇게 하면 안 좋은 것이 들어갈 것 같을 때 그들이 막아줄 테니까.”

그보다는 콜레트를 위해서도 그렇게 해야 한다.

내가 앓아누운 동안 콜레트는 오빠인 로이드에게서 호된 설교를 들은 모양이니까.

그리고 이 이틀 동안 그녀는 식사도 하지 않고 내내 내 곁에 있었던 모양이니까.

"하, 하지만 로렌스 님. 저는 이제 요리하지 않는 게……."

고작 이틀 만에 홀쭉해진 콜레트의 두 손을 잡고 그녀의 눈동자를 들여다보았다.

"콜레트, 내가 정말 먹고 싶었던 음식을 네가 만들어준 것뿐이야. 마지막에는 독 때문에 쓰러졌지만, 그 고기 요리도 맛있었으니까 먹었던 거지. 내 즐거움을 빼앗아 가지 말아줘."

콜레트는 눈물로 엉망이 된 얼굴을 들고 나를 바라보았다.

나는 그녀에게 미소를 돌려준 뒤 부드럽게 머리를 쓰다듬었다.

──그녀뿐이다.

내가 진심으로 애틋함을 느끼고 사랑스러워하는 존재는.

콜레트 올컷은 내 소꿉친구인 로이드 올컷의 동생이다.

따라서 그녀가 태어났을 때부터 알고 지냈다.

당시 왕성을 빠져나와 올컷 공작저에 드나들었기 때문에, 아직 어렸던 콜레트의 울음소리가 들릴 때마다 올컷 가의 어린이 방으로 튀어갔다.

그럴 때마다 유모조차 버거워할 정도로 울어대던 콜레트가 울음을 뚝 그치고 나를 향해 두 손을 뻗으며 천진난만하게 웃었다.

거기에는 왕성에 창궐하는 음흉한 속셈도, 미소 뒤에 가려진

음침한 계산도 아무것도 없었다.

항상 '로렝 님'이라며 어설픈 발음으로 내 이름을 부르며 열심히 쫓아오는, 작고 부드럽고 달콤한 향내가 나는 여자아이.

어릴 때부터 계속 콜레트를 보았기에 그녀가 무엇을 느끼고 무슨 생각을 하는지 금방 이해할 수 있었다.

애초에 콜레트는 언제나 감정을 숨기지 않고 온몸으로 호감을 드러낸다.

그래서—— 그녀만은 무슨 일이 있어도 나를 배신하지 않는다고 믿을 수 있는, 세상에 단 하나뿐인 존재였다.

그런 콜레트가 10살이 되었을 때, 성녀로 판명되었다.

3살 때 받은 검사에서는 성녀가 아니었으니 힘이 강한 성녀는 아닐 테지만, 그런 건 중요하지 않았다.

'콜레트는 성녀다'—— 그게 전부였다.

왕족의 결혼에는 제약이 있다.

결혼 상대는 반드시 성녀여야 한다. 바꿔말하면 '성녀일 것'이 왕족의 결혼 상대에 필요한 유일한 조건이었다.

"로렌스 님~! 어디 다친 곳은 없으세요? 어? 왜 그런 걸 물어보냐고요? 저는 성녀였거든요! 그러니까 앞으로는 언제든 로렌스 님의 상처를 낫게 해드릴 수 있어요."

성녀라고 판명된 걸 그런 식으로 보고하는 성녀는 또 없을 것이다.

모두에게 존경받는 성녀가 된 것보다 내 건강에 관심을 가지고 내가 다치면 치료할 수 있으니 성녀가 되어서 기쁘다고 웃는 사람은 온 세상을 뒤져도 달리 있을 리가 없다.

그래서 나는 어디 다친 곳은 없냐며 내 몸을 둘러보던 콜레트의 두 손을 붙잡고 그 자리에서 무릎 꿇었다.

"콜레트 올컷 공작 영애, 부디 이 로렌스 나브와 결혼해주십시오."

"네?"

콜레트는 깜짝 놀란 듯 눈이 휘둥그레졌지만, 다음 순간에는 큰 목소리로 대답했다.

"네! 할게요, 하고 싶어요, 하게 해주세요!! 저는 반드시 로렌스님을 행복하게 해드릴 테니까요!!"

콜레트는 멋진 사람이다.

"가련한 공작 영애로부터 행복하게 해주겠다는 말을 듣고 말았지만, 그 말이 맞아. 네가 곁에 있겠다고 약속해주었으니 나는 앞으로 영원히 행복할 수 있어. 콜레트, 나도 반드시 너를 행복하게 해줄게. 널 위해서 용감해지고 네가 행복하도록 항상 노력하겠다고 약속할게."

무릎을 꿇은 채로 올려다보자 콜레트는 꽃이 피어나듯 환하게 웃었다.

그때 바람이 불어와 공작가의 정원에 피어있던 색색의 꽃이 바람을 타고 흩날렸다.

그리고 콜레트를 축복하듯 그녀 주변을 꽃잎이 하늘하늘 휘감았다.

──나는 반드시 이 행복한 순간을 기억하리라.

그리고 빛바래는 일 없이 매 순간 새로운 마음으로 이 감동을 기억하겠다.

그렇게 나의 행복은 그녀 옆에만 존재한다는 것을 스스로 각인하는 것이다.

"콜레트, 반드시 널 행복하게 할 테니까."

나는 한 번 더 같은 말을 반복한 뒤 몸을 일으켜 그녀를 끌어안았다.

──6년 뒤, 하루하루 나를 매료하고 푹 빠지게 했던 나의 성녀는 잠들었다.

내가 누렸던 즐겁고, 웃음으로 가득하고, 눈이 부시던 나날은 끝을 맞이했다.

결단을 강요받은 나는 콜레트를 선택했다.

세상과 너를 두고 선택하라면 주저 없이 너를 선택한다.

이미 왕의 자리는 원하지 않는다. 그저 콜레트가 눈을 뜨는 것에만 온 힘을 다하는 나날을 보냈다.

종류는 달라도 역시나 고통을 겪은 사비스에게 무거운 짐을 짊어지게 한 것만이 마음이 아팠지만, 동생은 도망치지 않았다.

"형님, 이 나라를 맡겠습니다."

그렇게 대답한 사비스는 똑바로 앞을 바라보고 있었다.

그런 사비스는 더없이 고결했지만, 나는 동생에게 일말의 연민을 느꼈다.

──동생은 사랑을 모르고, ‘유일한 한 명’이 되는 기쁨도 행복
도 모른다.

사비스 본인이 그것에 가치를 느끼지 않고 원하지도 않을 테지
만── 이토록 나라를 위해, 기사를 위해 힘을 쏟을 수 있는 사람
이 애정이 메말랐을 리가 없다.

그리고 옥좌는 터무니없이 고독하니 홀로 계속 앉아있을 수 있
을 리가 없다.

“언젠가 나에게 콜레트 같은 사람이 네 앞에 나타나기를 바
랄게.”

왕인 내가 왕이 될 사비스에게 진심을 담아 건넨 말이었는데,
동생은 관심이 없다는 듯 어깨를 으쓱했다.

“물론 나타나겠죠. 교회가 제게 맞는 성녀를 선정해줄 겁니다.”

“사비스, 그게 아니야! 내가 하고 싶었던 말은 ‘결혼 상대’가 아
니라 ‘마음을 맡길 수 있는 상대’라는 뜻이야.”

“……저에게는 필요하지 않습니다.”

그렇게 단언한 사비스는 모든 것을 거절하는 듯한 표정을 짓고
있었다.

그 이상 할 말을 찾을 수 없어 나는 입을 다물었다.

사비스가 왕족인 이상 성녀 말고는 결혼할 수 없지만, 동생이
성녀에게 마음을 여는 일은 없을 것이다.

──그리고 왕의 의무를 포기하고 동생에게 모든 것을 떠넘긴
나는 이 이상 그에게 할 말이 없었다.

“네 미래에 행복이 가득하기를 기도할게.”

그래도 커다란 것을 짊어진 동생이 행복해지기를 바라는 마음
에 나는 그렇게 입에 담았다.

그로부터 10년.

콜레트가 눈을 뜰 방법을 계속 찾았지만, 성과가 없는 나날을
이어간 내 앞에 한 소녀 기사가 나타났다.

그 만남으로 나의 미래는 새로운 국면을 맞이하지만——그리
고 그때 나는 콜레트가 눈을 떠주기만을 기도할 뿐 다른 여유는
없었지만——마음속 어딘가에서 사비스에게도 나처럼 운명을 바
꾸는 만남이 찾아와주기를 바랐던 것 같다.

『부디 왕이 될 사비스에게도 언젠가 ‘마음을 맡길 수 있는 상대’
가 나타나기를.』

——그것은 고독한 옥좌에 앉아야 하는 사람을 위한 진심 어린
기도였다.

자빌리아, '숙청 리스트'를 갱신하다

"으음. 고민이네."

기숙사 창가 자리에 앉은 자빌리아가 발치에 널린 몇 장의 종이를 바라보며 고뇌에 찬 목소리로 중얼거렸다.

나는 뭘 하는 건지 궁금해하며 말을 걸었다.

"자빌리아, 뭘 보는 거야?"

"응…… '숙청 리스트'야. 오랫동안 그대로 두었으니까 슬슬 갱신하려고."

자빌리아는 종이를 바라보면서 검은 꼬리를 좌우로 흔들며 대답했다.

딱 봐도 집중하고 있다는 태도와 흉흉한 단어에 내 입에서 신음 같은 목소리가 새어 나갔다.

"숙청 리스트!"

그러고 보면 자빌리아는 그런 뒤숭숭한 목록을 만들었었지.

나는 즉시 자빌리아에게 다가가 귀여운 흑룡이 적어놓은 귀엽지 않은 리스트를 읽었다.

거기에는 내가 아는 이름이 빼곡하게 적혀 있었다.

숙청 리스트

1위 데즈먼드 제2기사단장

2위 광대 세룰리안

3위 성녀 프리실라

……

"히익! 자, 자빌리아! 이, 이미 리스트가 갱신된 상태잖아!!"

지난번에 봤을 때와는 다른 이름이 나열되어 있었기에 놀라서 펄쩍 뛰어올랐다.

하지만 자빌리아는 어지간히 리스트가 신경 쓰이는지 고개도 들지 않고 종이를 계속 바라보고 있다.

"아직 15위까지밖에 안 적었어. 16위는……."

"아, 아니, 이미 충분한 것 같은데! 그보다 이런 흉흉한 리스트를 작성할 필요가 있을까? 요, 요즘 자빌리아는 자유롭게 왕성 안을 날아다닐 수 있게 되었으니까 날 완벽하게 호위하고 있잖아? 일일이 숙청할 필요는 없지 않을까."

자빌리아의 양 어깨를 붙잡고 탈탈 흔들자 그제야 자빌리아는 고개를 들고 이쪽을 바라보았다.

"그런가? 무슨 일이 일어난 뒤에는 늦으니까 미리 배제해놓아야 하는 거 아니야?"

"배, 배제?! 아, 아이참, 자빌리아도 무시무시한 단어를 쓴다니까. 으으음, 걱정해주는 건 고맙지만 나는 괜찮아. 게다가 내 주변에 배제해야 할 만큼 위험한 사람은 아무도 없는걸. 3위인 프리실라 성녀는 애초에 한 번밖에 안 만났잖아!"

어떻게든 자빌리아의 마음을 돌리려고 생각나는 걸 마구 입에 담자 자빌리아가 콧등을 찡그렸다.

그러더니 당시―― 내가 공작저를 방문해 프리실라와 대화했을 때를 떠올리는 듯한 표정으로 입을 열었다.

"한 번으로 충분할 만큼 그녀의 태도는 거슬렸어. 사전에 피아와 약속했으니까 얌전히 있었지만, 그 무례함은 혼쭐을 내줬어도 되었던 거 아닐까. 피아와 약속한 건 '무슨 일이 일어나도 공간을 가르고 공작저에 나타나지 않는다' 뿐이었으니까 공간을 가르지 않고 날아갈까 고민했을 정도야."

"히익! 난센스 퀴즈도 아니고 그런 표현의 차이를 이용하지 마!! 지난번에도 말했지만, 프리실라는 성녀 동료이지 적이 아니야! 그렇지 않아도 성녀는 수가 적어서 다들 난처해하니까 프리실라를 다치게 하면 안 됩니다!!"

불만이라는 표정을 보이는 자빌리아의 생각을 다른 곳으로 돌리기 위해 리스트를 보며 대화를 이어갔다.

"게다가 여기 2위에 있는 세룰리안은 어린애잖아! 위대하신 흑룡님은 어린아이를 다치게 하지 않는 법이야!!"

"생긴 건 그렇지만 알맹이는 29살 먹은 국왕이잖아. 책임의 일부를 동생에게 분산시켜놓고 특권은 놓지 않는다니 골치 아픈 타입이야. 자기가 원하는 것을 위해서는 무엇이든 희생시키겠지."

자빌리아는 날카롭기도 하지!

확실히 세룰리안은 콜레트를 구하기 위해 본인의 목숨까지 희생시키고 있으니까.

"손에 쥔 권력이 커질수록 원하는 것도 커지기 마련이야. 그리고 피아밖에 할 수 없는 일이 많이 있으니까 휘말려서 크게 고생

할 미래밖에 안 보여. 이대로 방치하면 피아에게 매달리는 거목이 될 테니까 새싹일 때 뽑고 찢어발겨서 짓이겨 놔야지.”

“뽀, 뽑고, 찢고, 짓이긴다고?! 지, 지나쳐!! 세룰리안의 동생인 사비스 총장님은 키가 아주 크지만, 세룰리안은 그렇게 커지지 않을 거야. 오히려 매년 키가 줄어드는 것 같으니까 안심해. 거목으로 자랄 일은 없어. 아무리 시간이 지나도 자빌리아가 눈치채지도 못할 만큼 작은 관목일 거야!!”

“그런 소리를 하는 게 아닌데…….”

자빌리아가 중얼거리는 말은 들리지 않는 척하며 나는 리스트 1위에 적힌 이름을 읽었다.

“그리고 1위…… 데즈먼드 단장님! 뭐 타당한 인선이네! 아, 아니, 그, 나쁜 사람은 아니지만 재미있는 걸 좋아하고 수시로 장난을 치는 짓궂은 성격이니까.”

그리고 호들갑스럽게 과장하거나 놀리거나 한다.

그런 데즈먼드 단장님이니까 만약 그의 언동의 절반이라도 진짜로 받아들였다면 자빌리아가 위험인물이라고 간주해도 이상하지 않다.

하지만 데즈먼드 단장님은 계속 그런 성격으로 살았으니 이제 와서 바꾸는 건 불가능할 텐데…… 하며 고뇌하는 나를 향해 자빌리아가 꼬리를 바닥에 탁 치며 말했다.

“피아에게 보이는 무례함은 의문의 여지가 없어. 내가 배후에 있다는 걸 알면서 그런 태도니까 나를 도발하는 것이라는 생각밖에 안 들어. 그래서 정면으로 대치할 생각인데, 후환을 없애기 위

해는 이목이 많은 곳에서 그를 숯덩어리로 만들어버리는 게 좋을
것 같거든. 딱 좋은 기회를 찾는 중이야.”

“힉━━!!! 자, 자빌리아. 안 돼, 기각!! 데즈먼드 단장님은 매
일 장시간 노동으로 너무 피곤해서 자기가 무슨 말을 하는지 모
르는 거야!! 자빌리아가 들은 건 전부 데즈먼드 단장님의 헛소리
니까!! 그런 언동을 일일이 진지하게 상대하면 안 돼.”

자빌리아의 태도에서 진심으로 데즈먼드 단장님을 혼내줄 생
각이라고 느낀 나는 허둥지둥 제지했다.

그러자 자빌리아가 생각하는 기색을 보였다.

“……그래?”

지금이 기회다!

“그래, 그렇고말고!! 우리 귀엽고 똑똑한 자빌리아가 시간을 쓸
만한 문제가 아니야.”

그 후 나는 억지로 화제를 바꾸기로 했다.

“그런데 자빌리아! 최근에 기자 협곡에서 데려온 기자라가 알
을 낳았대!! 보러 가지 않을래?”

화제 선정이 괜찮았던 건지 자빌리아가 흥미를 보였다.

“아, 그 이상한 기사의 이상한 행동을 보러 가고 싶다고?”

“이상한 기사?”

전에 자빌리아가 같은 표현을 썼을 때는 퀜틴 단장님을 가리키
는 말이었다.

“어머, 퀜틴 단장님이 또 뭔가 저지르신 거야?”

원래도 퀜틴 단장님은 엉뚱한 일을 저지르곤 하는데, 마물이

엮이면 그 경향이 더 심해진다.

그리고 기자라는 퀜틴 단장님의 사역마니까 무언가를 저질렀다고 해도 이상하지 않다.

분명 자빌리아는 성안을 돌아다닐 때 퀜틴 단장님의 어떠한 행동을 본 거겠지.

"으음, 설명해줄 수도 있지만 백문이 불여일견이라고 하니까. 보러 갈래?"

"와, 궁금해! 지금 가자!!"

솔직히 말해 자빌리아가 '이상한 기사'라고 말할 정도인 퀜틴 단장님에게 가까이 가고 싶은 마음은 조금도 없었지만, 자빌리아가 '숙청 리스트'를 잊어버리게 만드는 것이 제일 중요한 목적이었으니 수단을 가리지 않겠다는 마음에 신이 난 목소리로 대답했다.

그 후 나는 자빌리아가 내려놓은 리스트를 은근슬쩍 창가 구석으로 밀어놓았다.

"자, 가자!"

"그 그리폰은 우리가 데려왔으니 문제가 일어나기 전에 상황을 보러 가는 건 중요하지. ……그러면 리스트는 다음에."

크헉. 역시 자빌리아, 리스트를 잊어주지 않는구나.

아무래도 그냥 나중으로 미루기만 한 모양이다.

그 사실을 깨달은 나는 고개를 푹 떨궜다.

하, 하지만 기자라나 퀜틴 단장님을 만나고 기분이 즐거워진 자빌리아가 숙청 리스트에 관심을 잃어버릴지도 모르니까!

그렇게 희망을 품으며 나는 자빌리아의 변덕에 기대하며 함께 사역마 우리로 향했다.

【SIDE】 카티스
「휴가를 올바르게 사용하는 법」

"여자 기숙사로 가는 길이 훼손되었군."

성안을 둘러보던 도중, 피 님이 사용하는 기사단 전용 여자 기숙사로 이어지는 길 중간에 움푹 파인 곳을 발견하고 걸음을 멈췄다.

"이래서야 피 님께서 발이 걸려 넘어지실지도 몰라."

깊이 파인 건 아니었지만 피 님은 집중력이 대단하니 무언가 생각에 잠기며 걸어가다 보면 발이 걸릴 가능성은 컸다.

그날은 마침 일이 쉬는 날이었기에 나는 작업하기 위해 소매를 걷었다.

비품 창고에서 모래포대를 날라와 패인 부분을 모래로 메우고, 울퉁불퉁한 곳이 없어지도록 흙을 다졌다.

잠시 후 평탄해지자 만족스러워하며 바라보고 있었더니 우연히 지나가던 데즈먼드가 기묘한 것을 보는 눈으로 쳐다보았다.

"카티스, 사복을 입은 걸 보면 너 휴일이지? 그런 날에 굳이 뭘 하는 거야?"

"보다시피 여자 기숙사로 향하는 길이 평평해지도록 땅을 다졌다. 이제 만에 하나라도 피 님께서 발이 걸려 넘어지시는 일은 없겠지."

뿌듯해하며 오전 시간을 투자한 작업의 성과를 보고하자 데즈먼드의 눈꼬리가 올라갔다.

"그게 천하의 기사단장이 굳이 쉬는 날을 들여서 할 일이 맞아?!"

"맞다!!"

어리석은 질문이라고 생각하며 당당하게 대꾸하자 데즈먼드가 목을 푹 떨궜다.

"……그러냐. 나는 연속 초과근무라는 내 불운을 저주했는데, 네가 후가를 쓰는 법을 보면 그래도 내 하루가 더 유용한 느낌이 들어."

데즈먼드는 대화하는 사이에 기운이 난 건지 마지막에는 쾌활한 표정을 지었다.

나는 '잘 됐군' 하고 대답해준 뒤 데즈먼드와 헤어졌다.

식당 옆을 지나가자 요리사들의 외침이 들렸다.

"뭐? 둥둥새 고기가 안 들어왔다니, 어떡할 거야! 저녁용 재료인데! 몸의 99%가 고기로 구성된 기사들의 식사인데!! 야채만 내놓았다간 반란이 일어날 게 틀림없다고!!"

"하지만 오지 않은 건 어떻게 할 수 없잖아요!! 아아아, 하필 이런 때 햄과 소시지도 다 떨어졌다니!!"

"뭐야, 정말 풀떼기밖에 없어?! 망했다, 망했어, 완전히 망해버렸어!! 이런 재료에 기사들이 화를 안 낼 리가 없지!!"

멈춰서서 이야기를 듣다가, 요리사들의 한탄이 일단락된 타이밍에 말을 걸었다.

“여기서부터 ‘별내림 숲’까지 편도 1시간 정도지. 왕복 시간을 고려하면 3시간 정도 걸리지만, 그래도 괜찮다면 마물을 사냥해 오겠다.”

내 말을 들은 요리사들은 놀란 듯 눈을 크게 떴다.

대답을 기다리는 나에게 요리사 중 한 명이 조심조심 입을 열었다.

“어, 아니…… 기사단장님은 숫자가 적어서 전원의 얼굴을 기억하는데, 당신은 기사단장님이시잖아요? 복장을 보니 오늘은 휴일이신 것 같은데 이런 걸 부탁드려도 되는 겁니까?”

“문제없다. 오늘 저녁 메뉴에서 고기가 빠지는 게 더 문제니까.”

“그, 그렇죠!! 굶주린 기사 전원을 상대해야만 하니까요!!”

내 말을 오해한 듯한 요리사가 강렬하게 동의했다.

흠, 나는 ‘피 님의 저녁 메뉴에서’ 고기가 빠지는 게 문제라고 발언한 것이었는데, ‘기사들의 저녁 메뉴에서’로 잘못 받아들인 모양이다.

별로 문제는 아니지만.

나는 발걸음을 돌려 말을 빌리기 위해 마구간으로 향했다.

“피 님께서는 고기 요리를 좋아하시는 모양이니 저녁 메뉴에 고기가 빠질 수는 없지.”

게다가 피 님께서는 조금 더 키가 커지는 걸 바라시는 듯했다.

그렇다면 역시 뼈와 근육의 근본인 고기 요리는 꼭 필요하다.

딱 3시간 뒤, 나는 사슴형 마물을 한 마리 식당에 가져갔다.

그러자 요리사들은 호들갑스러울 정도로 감사 인사를 쏟아냈다.

"가, 감사합니다!"

"덕분에 오늘 저녁에 기사들이 폭동을 일으키는 미래에서 해방되었습니다!!"

"기사단장님은 다른 식당을 이용하시니 음식을 만들어서 보답할 수는 없지만, 무언가 할 수 있는 일은 없을까요?"

필요하지 않다고 대답했는데, 뭐든 보답하게 해달라고 매달리는 바람에 요구사항을 하나 꺼냈다.

"그렇다면 선명한 붉은 머리카락의 여성 기사가 식당을 이용할 때는 그녀가 원하는 만큼 고기 요리를 제공해줘."

""""약속하겠습니다!!""""

멋진 약속을 받아낸 나는 만족스러워하며 일반기사용 식당을 뒤로했다.

저녁 식사까지 시간이 있었기에 '별내림 숲'에서 가지고 돌아온 자루를 들고 성안의 동쪽 구역으로 향했다.

그 장소에는 '녹색 회복약 샘'이 있어 종종 피 님이 찾아가는 걸 알고 있기 때문이다.

샘에 도착한 뒤 나는 들고 있던 자루에서 약초를 조금씩 꺼내 그 장스에 심었다.

그 약초는 왕성에 없는 종류들이니, 피 님이 관심을 보이실 것 같아 '별내림 숲'에서 캐 왔다.

그리고 피 님이 찾아오시는 이 장소에 심어놓기로 했다.

집중하며 작업하고 있었더니 문득 그림자가 져서 고개를 들었다.

그곳에는 의심스러워하는 얼굴의 재커리가 서 있었다.

"카티스, 너 대체 뭐 하는 거야? 왜 왕성 정원에 잡초를 심는 건데?"

당연하게도 내가 심고 있는 건 전부 약초였지만, 현재는 약초였다는 게 잊히고 잡초로 인식된 종류도 섞여 있었기 때문에 무난한 대답을 돌려주었다.

"피 님께서는 이런 소박한 식물을 좋아하신다. 어쩌면 관심을 보이실지도 모르니 피 님께서 찾아오실 법한 장소에 심고 있었지."

"……너도 참 헌신적이구나. 그야 피아는 나쁜 녀석이 아니지만, 너도 그렇고 퀜틴도 그렇고 피아와 엮이면 이상해진다는 게 문제란 말이지."

내 대답을 들은 재커리는 생각한 바를 솔직하게 입에 담은 모양이었지만, 마음에 걸리는 표현이 있었기에 지적했다.

"나와 퀜틴이 닮았다는 건가?"

"어, 아니, 네가 훨씬 멀쩡하지. 아까 퀜틴과 대화했는데……나는 앞으로 그 녀석에겐 일절 접근하지 않겠다고 결심했어!"

커다란 몸을 부르르 떠는 재커리. 이 털털한 남자가 피하려 하다니, 퀜틴은 대체 무슨 짓을 저지른 건지 의심스러워졌다.

하지만 바로 마물과 관련된 일이라고 결론을 내린 뒤 할 말을 다 했다는 듯한 재커리와 헤어졌다.

약초를 다 심고 난 타이밍에 마침 주변이 어두워져서 식당에 가기로 했다.

기사단장 전용 식당에 도착하자 데즈먼드와 재커리가 함께 식사하는 중이었다.

데즈먼드가 손짓으로 부르기에 그쪽으로 다가가자 그는 나를 머리부터 발끝까지 빤히 뜯어보며 확인했다.

"카티스, 너 아침에 봤을 때와 옷이 같은데? 왜 상처 하나 없는 거야?"

데즈먼드의 질문 의도를 알 수 없어 그의 얼굴을 마주 바라보았다.

"무슨 의미지? 다칠 이유가 없으니 다치지 않은 것뿐이다."

그렇게 대답하며 두 사람과 같은 테이블에 앉자 요리사가 쟁반에 저녁 식사를 담아 가져다주었다.

시선을 내리니 플라워 혼 디어를 사용한 요리가 보였다.

마찬가지로 접시에 담긴 플라워 혼 디어 고기를 포크로 찍은 재커리가 입을 열었다.

"아까 요리사에게 들었는데, 이 고기는 일반기사용 식당에서 나눠준 거라더라. '숭고하신 카티스 기사단장님이 순식간에 마물을 사냥해오더니 아무런 보답도 요구하지 않고 제공해주었다며 일반기사 식당 요리사들이 감격했습니다!!'라는 설명도 들었지."

확인하는 듯한 재커리의 말에 '그래.' 하고 대답했다.

"저녁 메뉴에 써야 하는 고기를 입수하지 못했다고 요리사들이 한탄하는 목소리가 들렸으니까. 피 님께서는 성장기이시니 한 끼라도 고기 요리를 뺄 수는 없다고 생각한 것뿐이다.”

나는 지극히 당연한 발언을 했지만, 데즈먼드는 내 대답이 마음에 들지 않은 건지 테이블을 쾅 두드렸다.

“카티스, 너 또 피아냐! 아니, 이 고기는 플라워 혼 디어잖아!! 너 그 마물을 혼자 잡았어? 그리고 ‘별내림 숲’에 혼자 들어간 거야?! 무슨 마물이 나올지 알 수 없는데 혼자 숲에 들어가는 멍청이가 어디 있냐!!”

“문제없다. 본래 입구에서 30분 내로 도착할 수 있는 거리까지만 들어갈 예정이었으니까. 그 범위라면 대단한 마물은 나오지 않지. 상정하지 못한 마물이 출몰한다 해도, 쓰러트리진 못해도 도망칠 수는 있다.”

차분하게 설명했지만, 데즈먼드는 격양하며 말을 이었다.

“너의 그 자신감은 어디서 나오는 거야! 그 숲에 서식하는 모든 마물을 파악하고 있는 것도 아니니까 무슨 마물이 나올지 알 수 없잖아! 전에는 청룡에 흑룡까지 나타났다고!!”

아무래도 데즈먼드는 나를 걱정한 모양이다. 고마운 일이다.

나는 위험한 건 아무것도 없었다고 설명해서 안심시켜주기 위해 같은 말을 반복했다.

“나는 그런 흉악한 마물을 쓰러트릴 수 있다고 한 게 아니다. 도망칠 수 있다고 했을 뿐이지.”

“그 발언이 이미 자신감이 과하다고!! 용에게서 도망칠 수 있다는 건 엄청난 일이란 말이야!”

전생에 상처 하나 없이 거의 혼자서 네 마리의 청룡을 쓰러트렸던 옛 상사를 떠올리고, 그것과 비교하면 용에게서 도망치는 것쯤은 별것 아니라고 마음속으로 혼잣말을 중얼거렸다.

하지만 입 밖에 낼 수는 없었기에 '그래, 조심하지.'라고 대답하는 선에서 멈췄다.

잠시 식사를 이어가자 데즈먼드와 재커리의 입에 가벼워진 건지 생각나는 대로 이런저런 이야기를 떠들어대기 시작했다.

그러다 대화가 일단락된 차에 데즈먼드가 나에게 고개를 돌리더니 항의를 늘어놓았다.

"카티스, 애초에 너는 휴일을 뭐라고 생각하는 거야?! 오전에는 피아가 넘어지지 않도록 여자 기숙사 앞길을 정비하고, 오후에는 피아에게 고기를 먹이려고 흉악한 마물을 잡아 오고! 종일 피아투성이잖아!!"

그거 뭐가 문제인지 알 수 없어 가만히 있었더니 재커리가 데즈먼드의 말을 받았다.

"데즈먼드 말대로야. 하지만 여기에는 뒷이야기가 있는데, 카티스는 마물을 요리사에게 넘긴 뒤 성 동쪽에서 풀을 심고 있더라. 전혀 이해할 수 없는 행동이었지만 피아가 기뻐할지도 모른다고 하더라고. 역시 피아를 위한 행동이었지."

"어? 풀을 심어? 카티스, 너 쉬는 날은 좀 더 유익하게 써! 하하, 하지만 새삼 생각해봐도 카티스의 하루보다 초과근무 삼매경인 내 하루가 더 알찬 느낌이네!! 그래, 카티스의 무의미한 휴가도 내 기분을 좋게 해주기 위해서는 도움이 되는구나!!"

데즈먼드는 마음대로 떠들어댄 뒤 생각에 잠기듯 팔짱을 꼈다.

“하지만 풀을 심는 건 뭔데? 확실히 피아는 자주 풀을 뜯곤 하지만, 설마 그 풀은 전부 네가 마련해놓은 거였어?”

“전부는 아니다. 오늘은 우연히 ‘별내림 숲’에 갔으니 눈에 띈 풀을 채집해온 것뿐이지.”

내 대답을 들은 재커리와 데즈먼드는 기가 막힌다는 듯 고개를 저었다.

“너…… 성 서쪽에 있는 풀을 동쪽으로 옮긴 정도로 생각했는데, 굳이 숲에서 뜯어온 풀을 심은 거였어?”

“완전히 휴가 낭비잖아!”

피 님을 위한 행동을 낭비라고 표현해서 발끈한 나는 두 사람에게 물었다.

“그렇다면 묻겠는데, 휴가라는 건 자기가 원하는 대로 보내도 되는 것 아닌가?”

““……당연히 그렇지.””

내 질문의 의도를 못 알아들은 모양이다.

데즈먼드와 재커리는 당혹스러워하는 기색을 보인 뒤 내 말을 긍정했다.

그것만이 아니라 재커리가 곧바로 말을 던졌다.

“네 말대로 원하는 걸 하면서 보내도 되니까 자기를 위해 시간을 *써야지*!!”

아무래도 여태까지 한 발언은 나를 염려해서 한 말이었던 모양이다. 나는 뒤늦게 두 사람의 마음을 이해했다.

완전히 헛짚은 것이지만.

"당연히 그렇게 하고 있다. 나는 내가 하고 싶은 일을 하는 거니까."

따라서 이해해 주기를 바라는 마음에 거짓 없이 솔직하게 대답하자, 이번에는 데즈먼드가 타이르듯 말했다.

"냉정해져! 일부 잘 알 수 없는 행동이 섞이긴 했지만 네가 하는 건 전부 피아를 위해 하는 일이라고!! 그게 아니라 네가 만족할 수 있게, 너 자신을 위해 시간을 쓰라는 거야!!"

"그러니까 조금 전부터 그렇게 하고 있다고 했다! 나는 내가 입을 옷을 사거나 생활용품을 손질하기도 하지만, 그런 건 필요에 따라 하는 일이지 실제로는 시간 낭비라고 느끼지. 내가 만족하는 건 피 님을 위해 시간을 쓸 때뿐이다!!!"

거듭 반복한 덕분에 간신히 내 진심이 전해진 모양이었다.

두 사람은 눈을 크게 뜨고는 말없이 나를 바라보았다.

"…………."

"…………."

나는 당부하듯 내 말을 한층 보강했다.

"나는 최고로 만족스럽게 시간을 쓰고 있다! 이게 휴가를 올바르게 사용하는 법이다!!"

──두 사람은 잠시 아무 말 없이 나를 바라본 뒤 작게 고개를 끄덕였다.

나는 큰일을 하나 마친 듯한 기분이 들었다.

이렇게 나는 드디어 휴가를 올바르게 사용하는 방법을 동료에게 이해시키는 데 성공했다.

【SIDE】 퀜틴
「퀜틴 아거터(29살 독신), 어머니가 되다」

"퀘, 퀜틴 단장님. 그, 그 배는 어떻게 된 겁니까?!"

조사하고 싶은 것이 있어 책장에서 책을 꺼내려고 의자에서 일어나자 기디온 부단장의 경악에 찬 목소리가 울렸다.

아무래도 여태까지는 책상이 방해해서 내 배가 보이지 않았던 모양이`다.

그래서 내 배를 처음 본 기디온이 놀라는 건 이해하지만, 목소리가 너무 크다.

나는 기디온을 노려보며 작은 목소리로 질타했다.

"큰 소리 내지 마! 배 속의 아이가 눈을 뜨겠다!!"

"배, 배 속의 아이?!"

요란하리만치 등을 젖히고 내 배를 응시하는 기디온 앞에서 나는 자랑스럽게 가슴을 폈다.

아아, 세상의 어머니들은 임신했을 때 이렇게 자랑스러운 기분이 드는 것이구나.

"그래. 나는 앞으로 당분간 어머니 역할을 우선한다. 먼저 배 속의 아이가 무사히 태어나도록 가장 좋은 환경을 갖추고 싶으니 내 앞에서는 절대 큰 소리를 내지 말도록! 날 흔들지 말고, 달리게 하지 말고, 조용히 지낼 수 있도록 노력해줘."

"……그, 어, 넵."

이해하지 못한 얼굴이면서도 고분고분하게 대답하는 부관을 보고 만족한 나는 고개를 끄덕인 뒤 책을 들고 집무 책상으로 돌아갔다── 그리폰의 알 크기만큼 부푼 배를 쓰다듬으며.

새로 사역마가 된 그리폰의 왕 기자라가 알을 낳은 것이 어젯밤 늦은 시각.

최근 나는 기자라가 언제 산란해도 도와줄 수 있도록 사역마 우리에서 숙박했다.

그러자 얼마 후 기자라는 두 팔로 안아야 할 만큼 커다란 알을 낳았다── 그것도 두 개나.

하늘에 별이 가득 빛나는 가운데 새 생명이 태어난 순간의 감동을 나는 평생 잊지 못할 것이다.

"기자라, 잘 견뎠어!!! 너는 세상에서 가장 멋진 어머니다!!"

감동해서 흐느끼는 나를 뒤로 기자라는 갓 낳은 두 개의 알을 침착하게 비교하고 있었다.

그 후 하나를 발로 뻥 차버리더니 남은 하나 위에 천천히 쪼그려 앉았다.

"기자라! 아무리 알의 껍데기가 단단하다고 해도 발로 차는 건 좋지 않아!! 깨지면 어떡할 거야! 아니, 그보다 몸을 들어! 두 개 동시에 품으면 되잖아."

나는 허둥지둥 멀리 굴러간 알을 주워 소중히 안아 들고 기자라에게 가져갔다.

하지만 기자라는 고개를 휙 돌리더니 내가 가져온 알을 배 아래에 품으려고 하지 않았다.

"기자라, 이 알을 품을 생각이 없는 건가?"

평소에는 정이 많은 모습을 보이는 기자라답지 않은 행동에 의아해서 물어보자, 그녀는 번잡스럽다는 듯 입을 열었다.

"그리폰은 기본적으로 알을 하나만 낳고, 한 마리의 새끼만 키운다. 드물게 알을 두 개 낳을 때가 있지만 그때도 더 큰 알 하나만을 품지."

"뭐라고?! 그렇다면 이 작은 쪽의 알은 어떻게 되는 거지?"

경악하며 물어보았더니 기자라는 아무렇지도 않게 대답했다.

"내가 관여할 일은 아니다. 나는 이미 알을 택했으니."

단호한 말과 이미 작은 알에는 관심이 없는 기자라의 태도를 보고 야성 그리폰의 혹독함을 본 느낌에 깜짝 놀랐다.

"……그런가. 그렇다면 이 알은 내가 데려가도 상관없지? 내가 품어서 이 새끼를 부화시키겠다! 오늘부터 내가 이 알의 어머니다!!"

열의가 넘치는 나와는 대조적으로 기자라는 차갑게 식은 목소리였다.

"…………사서 고생하는군."

"전혀 고생이 아니다!!"

나는 그렇게 대답한 뒤 그리폰의 훌륭한 어머니가 되겠다고 결심했다.

다음 날인 오늘.

나는 기사복 안쪽에 알을 넣고 두 손으로 소중히 안았다.

종일 방에 틀어박혀서 알을 따뜻하게 해주는 생활을 보내고 싶었지만, 일을 안 할 수도 없으니 알을 품에 넣고 지내기로 했다.

기자라의 알은 사람 머리만 한 크기였기 때문에 누가 봐도 알 수 있을 만큼 배가 부풀었다.

그래서 지나가는 사람들이 깜짝 놀라 내 배를 쳐다보았지만, 나는 이러다 적응할 거라며 당당한 얼굴로 지나갔다.

그러자 많은 사람이 나를 그냥 내버려 두었는데, 골치 아프게도 웬일로 큰 목소리로 나를 불러세우는 사람들이 나타났다.

"퀜틴, 그 배는 뭐야?! 너무 많이 먹었잖아!! 훈련장으로 와! 내가 그 배를 꺼트려 줄 테니까!!"

그건 익숙한 기사단장들로── 이번에 나를 불러세운 사람은 재커리였다.

"이건 지방이 아니라 내 아이다! 그리고 나는 곧 어머니가 되니 내버려 둬! 아니, 애가 놀라니까 큰 소리 내지 마!!"

최대한 작은 목소리로 항의하자 재커리는 눈을 부릅떴다.

"……너 무슨 소릴 하는 거야? 네 발언은 항상 이해하기 어렵지만 지금 너는 제정신인지 의심스러운 수준이라고."

아무래도 내 심플하고 명료한 설명을 이해하지 못한 모양이다.

여태까지 재커리를 유능한 기사단장이라고 생각했는데 머리가 안 좋았나 보다. 나는 아쉬워하며 자세히 설명했다.

"나는 곧 아이를 낳을 거다. 처음 겪는 일이니 언제 아이가 태어날지는 알 수 없지. 앞으로 나는 배 속의 아이가 무사히 태어나는 것에 전력을 기울이고 싶으니까 나에게 격렬한 운동을 시키거나 무리하게 만들지 마. 훈련장에서 훈련이라니, 가장 피해야 하는 일이지.”

“…………그러냐. 내가 미안해. 앞으로 일절 너에게 접근하지 않을 테니까 무사히 낳고.”

열심히 설명하자 재커리도 이해한 모양이다.

하지만 어째서인지 재커리답지 않은, 한발 물러나는 듯한 태도로 나에게서 거리를 벌리더니 부리나케 어디론가 가 버렸다.

그 후 클라리사며 데즈먼드와도 마주쳤는데 이 두 사람도 아주 요란한 반응을 보여서 참으로 소란스러웠다.

결국 대응하기 힘들어진 나는 재빨리 집무실로 도망쳤다.

그리고 기디온이 경악했고, 지금에 이르렀는데…….

“하아, 큼직하게 만든 기사복이 있었던 덕분에 그걸 입고 온 건데 그래도 배가 불편하군. 세상 어머니는 이렇게 힘들었겠구나.”

평소에는 아무것도 들어있지 않은 공간에 아기가 한 명 들어갔으니 임신한 여성은 분명 힘들 것이라고 생각하며 옷 위로 알을 문지르고 있었더니 노크 소리가 들렸다.

“들어와.”

입실을 허락하자 천천히 문이 열리며 어깨 위에 흑룡왕님을 올린 피아 님이 나타났다.

“흑룡왕님! 피아 님! 두 분이 함께 오시다니 어쩐 일이십니까?”

허둥지둥 의자에서 일어나 문 앞으로 걸어가자 내 모습을 본 피아 님이 놀란 듯 눈을 크게 떴다.

"와, 기자라 말대로 퀜틴 단장님도 알을 품고 계셨군요!"

아무래도 피아 님은 먼저 기자라를 만나고 온 모양이다.

"네, 그리폰은 알을 하나만 품는 특성이 있는 모양이었기에 제가 이 알의 어머니가 되기로 했습니다!"

가슴을 펴고 선언하자 피아 님이 기뻐하며 웃었다.

"좋은 생각이에요! 새는 부화하고 처음 본 상대를 부모라고 여긴다고 하니까, 새형 마물인 그리폰에게도 같은 습성이 있을지도 모르죠. 퀜틴 단장님처럼 한시도 떼어놓지 않고 알을 품고 있으면 가장 먼저 얼굴을 볼 확률이 올라가겠네요!"

피아 님에게 설명한 내용과 같은 이야기를 재커리에게도, 기디온에게도, 클라리사에게도, 데즈먼드에게도 했지만 아무도 피아 님처럼 찬성해주지 않았고 도움이 되는 조언도 해주지 않았다.

역시 피아 님은 대단한 분이시라고 감탄하고 있을 때 그녀의 어깨에 앉아있던 흑룡왕님이 고개를 끄덕이며 입을 열었다.

"알의 아버지는 모르지만 조합에 따라서는 기자라보다 뛰어난 개체가 태어날 가능성이 있지. 실제로 우수한 개체가 태어날 경우, 보통은 새끼가 어느 정도 성장한 시점에서 퀜틴을 잡아먹을 테니까 그걸 예방하기 위해 임프린팅이 필요할 거야."

기자라와 나를 비교하면 기자라가 몇 배는 더 많은 에너지를 지니고 있다.

즉 일대일로 대결하면 내가 확실하게 질 테니까, 기자라보다

더 뛰어난 그리폰이 태어난다면 나는 순식간에 죽을 것이다. 그러니 흑룡왕님의 조언은 옳다.

"아이가 태어나면 가장 먼저 제 얼굴을 보여주는 것을 명심하겠습니다!"

그래서 진지한 표정으로 약속하자 흑룡왕님은 재미있다는 듯 웃었다.

"목숨을 걸고 알을 부화시키려고 하다니 정말 이상한 기사라니까."

한편 피아 님은 놀란 듯 눈을 크게 떴다.

"어어? 퀜틴 단장님은 그런 각오로 알을 품고 계신 거였어요?! 열심히 품어서 부화시키고 키운 새끼에게 잡아먹힌다면 너무 슬픈 이야기잖아요! 그런데 퀜틴 단장님은 그런 큰 위험을 짊어지면서까지 그리폰의 어머니가 되려고 하시는 거였군요!!"

"인간이 자식을 낳을 때도 어머니는 가끔 출산할 때 목숨을 잃기도 합니다. 어머니가 된다는 건 그만큼 각오가 필요한 것이죠!!"

부푼 배에 손을 대고 역설하자 피아 님은 감탄한 듯 고개를 끄덕였다.

구석에서는 기디온이 '나는 무슨 이야기를 듣고 있는 거지.'라며 머리를 부여잡았지만, 나는 마음속으로 너 들으라고 하는 말이 아니라고 반박했다.

한편 피아 님은 반짝반짝 빛나는 눈으로 나를 올려다보았다.

"퀜틴 단장님은 대단하세요! 독신 남성이면서 이토록 어머니에 대해 이야기할 수 있는 사람은 처음 봤어요!! 단장님은 틀림없이 훌륭한 어머니가 되실 거예요!!"

그 말을 들은 나는 정말 멋진 말씀을 해주셨다고 감동하며 대답했다.

"감사합니다, 피아 님!! 기대에 부끄럽지 않도록 훌륭한 어머니가 되겠습니다!!"

드물게도 나와 피아 님의 마음이 하나가 된 순간이었다.

그런 우리를 보며 피아 님의 어깨에서는 흑룡왕님이 **'과보호하는 어머니가 될 것 같은데'**라며 재미있다는 듯 웃고 있었다.

미래는 환하다. 나는 곧 새끼 그리폰을 만날 수 있다는 예감을 받았다…….

세라피나와 기사단장 회식(300년 전)

"오늘은 마물이 많이 나왔나?"

햇볕이 잘 드는 테라스에서 점심을 먹고 있을 때, 익숙한 목소리가 들렸다.

고개를 들자 어느새 바로 옆에 와 있었던 시리우스가 흥미진진해하며 테이블 위의 요리를 내려다보고 있었다.

"샐러드 세 그릇, 고기 요리 두 종류, 생선 요리 세 종류, 수프, 디저트가 수북하게. ……굉장한 식욕이군."

"건강하니까요."

새침한 얼굴로 대답하자 시리우스는 웃음이 터지려는 듯 입꼬리를 부들거린 뒤 옆 의자에 앉았다.

"오전에 있던 마물 토벌은 아직 보고받지 않았는데, 네 식욕을 보는 한 마물이 많이 나온 모양이야."

"……내 식욕을 본다고 토벌한 마물 수를 어떻게 안다는 거야."

냅킨으로 입가를 닦으며 대답하자 시리우스가 웃었다.

"하하하, 그야 알지! 어떤 신비한 구조인지, 네 마력과 위는 이어진 모양이니까. 너는 항상 마력을 많이 사용할수록 식욕이 늘어나서 많이 먹거든. 그리고 식사 후 잠시 지나면 사라진 마력이 완전히 원래대로 돌아와 있지."

"호호호, 시리우스도 참. 요즘 성녀들에게 배웠는데 사용한 마력을 식사로 보충하려는 성녀는 별로 없다고 해. 그렇다면 내가 그 수상한 특수 타입이라는 게 사실이라고 해도 인정할 리가 없지."

바로 어제 성녀들에게 배운 정보를 활용하자 시리우스는 손을 뻗어 너 머리카락을 마구 헤집어놓았다. 완전히 어린아이를 대하는 태도다.

"드디어 그 정보를 입수했냐. 10년이나 늦었지만 세라피나니까 어쩔 수 없지. 네 발언을 일부 정정하자면, 사용한 마력을 식사로 보충하는 성녀는 '별로 없는' 게 아니라 '너밖에 없는' 거야."

"뭐?"

그런 이야기는 못 들었다. 못 들었지만…… 성녀들은 대답하기 무척 어려워하는 것 같았으니, 나를 배려한 표현이었던 건지도 모른다.

"네 마력량은 특출나게 많지. 너 다음으로 우수한 성녀의 마력량이 네 반의반도 안 되니까. 즉 너처럼 대량의 마력을 지닌 성녀는 달리 없고, 너처럼 한 번에 대량의 마력을 다 써버려서 텅 비는 성녀도 또 없다는 소리야."

"그렇구나."

몰랐다. 새로운 지식이 늘어난 나에게 그가 다정한 표정을 지었다.

"물론 마력 회복약을 먹고 강제로 마력을 만드는 방법도 있지만, 식사를 통해 자동으로 회복한다면 그게 제일 좋지. 매번 네가 지닌 대량의 마력을 강제로 만들어냈다간 몸에 부담이 클 테니까. 아마 네 몸에 적합한 방법을 몸이 스스로 만들어낸 거겠지. 그런데 식사하니 말인데.”

시리우스는 말하던 도중 무언가를 떠올린 건지 화제를 바꿨다.

“얼마 전 너는 기사단장에게 회복약을 제공했지?”

“그래.”

그런 일도 있었지. 나는 며칠 전 일을 떠올렸다.

너무 많이 만들었다고 반성하며 회복약 병을 가득 담은 나무상자를 들고 복도를 걷던 도중 알나이르 제5기사단장과 마주쳤다.

그때 회복약을 받아주지 않겠냐고 상담하자 내 말을 가로막을 기세로 우렁차게 ‘받겠습니다!!’를 외쳤다.

그래서 상자째로 넘겨주었다.

“회복약 자체는 흔히 있는 거지만, 기사라는 직업상 회복약이 대량으로 필요할 테니까 많을수록 좋다고 생각했거든. 조금이라도 도움이 되었다면 좋겠는데.”

당시 일을 떠올리며 말하자 시리우스는 기가 막힌다는 듯 한쪽 눈썹을 까딱였다.

“네 회복약은 왕족으로 사용자가 한정된 물건이야. ‘조금이라도 도움이 되었다면’ 같은 수준이 아니지.”

“어?”

확실히 내가 만든 회복약은 오라버니들이 먼저 사용하지만, 왕족 전용일 리가 없는데.

오라버니들이 쓰고 남은 양은 근위 기사단의 기사들에게 나눠주거나 거리에서 나누어 주기도 하니까.

시리우스는 내 생각을 읽은 듯 머릿속의 의문에 대답해주었다.

"대외적으로는 그렇게 정해져 있다고. 하지만 누구도 지엄하신 대성녀의 행동을 막을 수 없지. 네가 직접 뿌리는 회복약은 다들 눈을 감고 못 본 척하는 것뿐이야."

"그, 그래? 몰랐어!"

생각지도 못한 이야기에 눈이 휘둥그레졌다.

하지만 곧바로, 그만큼 융통성을 발휘해주고 있다면 못 들은 척하고 앞으로도 사람들에게 나눠줘야겠다고 결심했다.

번뜩인 아이디어에 내심 히죽거리고 있었더니, 내 생각을 읽었을 시리우스가 어이없다는 듯이 한숨을 쉬었다.

하지만 시리우스는 그 이상 뭐라고 하는 대신 말을 이었다.

"그래서, 기사단장들은 네게서 회복약을 받았다는 사실에 대단히 감동해서 보답으로 만찬회에 초대하고 싶다더라. 대성녀인 너와 저녁을 함께 먹는다는 것 자체가 더없는 영광이니까 그 녀석들의 제안 자체가 목적에서 빗나갔지만……. 내 교육이 부족해서 그런 거라고 눈감아줘."

기사들을 두둔하는 말에서 시리우스의 사랑을 적나라하게 본 기분이 들었다.

항상 그렇지만 시리우스는 기사들을 정말 좋아한다니까.

"알았어! 그 초대를 감사히 받아들이겠습니다."

그렇게 일주일 뒤 기사단장들과 저녁을 같이 먹기로 정해졌다.

그리고 만찬회 당일.

나는 비교적 간편한 드레스를 입고 시리우스와 함께 기사단장 전용 식당으로 향했다.

모처럼이니 기사들의 영역에 초대받고 싶어서 식당을 이용하고 싶다고 요청했다.

문 앞에 도착하자 안쪽에서 문이 열렸다.

안을 들여다보니 익숙한 기사단장들이 우르르 모여 있었다.

하다르 제2기사단장, 츠이 제3마도기사단장, 알나이르 제5기사단장, 엘나스 제6기사단장, 총 네 명이다.

다들 문 앞에 서서 기사복 가슴께에는 훈장을 가득 달고 있었다.

와, 환영해주는 거구나. 기뻐라. 하지만 넷 다 긴장한 건지 얼굴이 굳어 있는 걸 보면 무리하는 것 같은데.

기사단장의 본분은 검을 들고 싸우는 것이니, 형식을 갖춰야 하는 만찬석에는 익숙하지 않은 모양이다.

그런데도 나를 환대하려고 자리를 마련해주다니 정말 고마운 일이지.

그렇게 생각하며 나는 문 옆에 있던 츠이 단장에게 분홍색 꾸러미를 내밀었다.

"초대해줘서 고마워. 선물로 쿠키를 구워왔으니 괜찮다면 다 같이 나눠 먹어."

"쿠, 쿠키? 를, 구, 구우셨?? 제게 주기 위해서요?!"

츠이 단장이 그렇게 말한 순간, 옆에 있던 알나이르 단장이 츠이 단장의 배에 주먹을 꽂은…… 것처럼 보였는데, 츠이 단장은 눈을 부릅떴을 뿐 태연했으니 잘못 본 게 틀림없다.

‘츠이, 너 그 이상 망상을 늘어놓았다간 진짜 죽여버린다.’라고 위협하는 듯한 속삭임이 들린 느낌도 들지만, 이것도 환청이 틀림없다.

눈을 깜빡이는 사이에 알나이르 단장은 츠이 단장을 뒤로 밀어 놓고 나에게 말을 걸었다.

"혹시 세라피나 님께서 직접 구우신 겁니까?"

아, 이건 쿠키의 맛을 걱정하는 거구나.

"그래. 하지만 안심해. 왕녀답지 않다고 지적을 받곤 하지만, 나는 과자를 자주 굽거든. 몇 번이나 만들어봤으니 먹을 수 없는 맛은 아닐 거야. 물론 가게에서 파는 쿠키와 비견할 수 있는 정도는 아니니까 억지로 먹을 필요는 없어."

"알겠습니다! 냄새만 맡고 영원히 보관하겠습니다!!"

"가보로 삼고 후손에게 물려주겠습니다!!"

"……역시 먹어줄래?"

우렁차게 돌아온 하다르 단장과 엘나스 단장의 개성적인 대답을 듣고 나는 그렇게 정정했다.

그 후 기사단장들의 안내를 받아 시리우스와 함께 중앙 테이블까지 걸어갔다. 테이블 위를 보자마자 나는 깜짝 놀랐다.

"와, 굉장한 진수성찬이잖아!"

테이블 위에는 많은 요리가 빼곡하게 올라가 있었기 때문이다.

"지난 사흘 동안 숲에 틀어박혀 맛있다는 마물을 닥치는 대로 사냥했습니다!"

하다르 단장이 큰 목소리로 대답하자 다른 단장들도 잇달아 대답했다.

"고기만이 아니라 맛있다고 소문 난 과일과 꿀도 숲에서 채집해왔습니다!"

"그 재료를 써서 요리사에게 철야로 요리해달라고 했습니다!"

"더불어 오늘은 제대로 목욕해서 마물 사냥으로 묵은 때를 벗기고 기사복을 갈아입었습니다!"

친절하게 설명해주는 기사단장들에게서 환대해주는 마음이 전해졌다. 덕분에 내 얼굴이 웃음이 퍼졌다.

"어머나, 기뻐라! 정말 기대돼."

그렇게 대답하며 시리우스와 함께 자리에 앉자 기사단장들이 즉시 접시에 요리를 덜어주었다.

가득 놓인 접시를 앞에 두고 나이프와 포크를 들었는데, 그 순간 퍼뜩 움직임이 멈췄다.

그리고 어떻게 할지 생각에 잠겼다.

왜냐하면 오늘의 나는 아침부터 마물을 토벌하러 가서 대량의 마력을 사용했기 때문에 배가 몹시 고팠기 때문이다.

원래 예정으로는 만찬회 때 너무 많이 먹지 않도록 사전에 가볍게 먹고 올 생각이었는데, 생각했던 것보다 성에 돌아오는 시각이 늦어지는 바람에 목욕하고 옷을 갈아입을 시간밖에 없었다.

……어떡하지. 우선 보는 눈이 있으니 소식하는 왕녀를 연기하자.

그렇게 결심한 나는 작게 입술을 벌리고 소량의 야채를 입에 넣었다.

　하지만 배가 몹시 고픈 상태인데 눈앞에 있는 진수성찬을 먹을 수 없다는 상황은 아주 고통스러웠다.
　먹고 싶다. 하지만 평소처럼 먹었다간 다들 깜짝 놀랄 테니 참아야 한다고 스스로를 타이르며 조금이라도 배고픈 걸 얼버무리고자 꼭꼭 오래 씹고 있었더니 눈앞에 앉은 알나이르 단장이 흥분한 모습으로 입을 열었다.
　"세라피나 님, 이전에는 왕족 전용 특제 회복약을 나눠주셔서 감사합니다! 세라피나 님께서 만든 회복약답게 효과가 대단했습니다!! 저는 이 인사를 위해 오늘까지 살았으니 이제 죽어도 여한이 없습니다!!"
　그 호들갑스러운 표현에 당황했지만, 전에 기사단장들은 시리우스를 '괴물'이라는 둥 '영원히 움직일 수 있다'는 둥 말했던 걸 보면 무슨 일이든 과장되게 표현하는 경향이 있는 건지도 모른다.
　하지만 누가 만든 회복약이든 효과는 똑같을 텐데 이렇게까지 크게 기뻐해 주는 모습을 보면 나도 기뻤다.
　"어디에나 있는 회복약인데 그렇게 말해주다니 기뻐."
　웃으면서 대답하자 하다르 단장이 필사적으로 부정했다.
　"어, 어디에나 있을 리가요! 당연히 아무 데도 없습니다!! 저는 직업상 여태까지 많은 회복약을 사용했지만 그렇게 강력한 효과를 발휘하는 회복약은 처음 겪었습니다!!"
　"하다르의 말이 맞습니다! 저는 내장을 당해서 숨을 쉴 때마다 타는 듯한 열이 느껴져 고통스러웠는데 세라피나 님의 회복약을 마신 뒤에는 공기가 굉장히 맛있었습니다!! 천상의 공기를 마시는 줄 알았습니다!!”

알나이르 단장도 두 손을 불끈 쥐고 열심히 감상을 늘어놓았다.

그 표현은 역시 거창했지만, 기뻐하는 마음이 전해졌기에 나는 아주 기뻤다.

그렇게 잇달아 날아오는 기사단장들의 이런저런 이야기를 웃으며 듣고 있었는데, 내 옆에서는 시리우스가 ‘다들 말이 많군’ 하며 얼굴을 찌푸렸다.

아마 기사단장들이 자꾸 시리우스가 나에게 무르다는 이야기를 꺼내는 바람에 귀를 틀어막고 싶어진 거겠지.

한편 나는 전부 처음 듣는 이야기라 재미있었기 때문에 시리우스의 중얼거림을 못 들은 척하고 기사단장들의 이야기에 귀를 기울였다.

하지만── 갑자기 내 배에서 꼬르륵 소리가 났다.

“흐억!”

맞은편에 앉은 기사단장들에게는 들리지 않았어도 옆에 앉은 시리우스에게는 똑똑히 들린 모양이었다.

왜냐하면 그가 대놓고 내 접시를 쳐다보더니 들으란 듯 큰 목소리로 ‘식사가 내키지 않는 모양이군’이라고 말했기 때문이다.

“어? 아, 아니, 많이 먹고 있어!”

사실은 먹고 싶은 양의 반의반의 반도 먹지 못했지만, 기사단장들이 칭송하는 멋진 대성녀는 우악스럽게 식사하면 안 된다고 내심 타이르면서 시리우스에게 대꾸했다.

그러자 시리우스는 생글거리는 표정으로 말을 이었다.

"세라피나, 만찬 자리에서 중요한 건 편식하지 않는 것과 음식을 남기지 않는 것이야. 훌륭한 숙녀가 되기 위해 남기지 말고 먹도록 노력해봐."

"""""헉?!"""""

하지만 내가 대답하기 전에 시리우스의 말을 들은 네 명의 기사단장이 경악했다.

그러고는 당황한 듯 자리에서 일어나더니 입을 모가 반대를 늘어놓기 시작했다.

"아, 아니, 시리우스 단장님, 이만한 양을 다 먹는 건 불가능합니다!"

"그렇지 않아도 세라피나 님은 정령처럼 날씬하시니까 위도 작으실 것 아닙니까!!"

"세라피나 님 앞에서는 어떤 요리도 맛있게 느껴지지만 그런 저라도 이만큼을 다 먹는 건 무리니까요!!"

"어라? 이상하네. 시리우스 단장님은 세라피나 님에게 어마어마하게 다정하시다고 들었는데 지금은 완전히 악랄하잖아!"

시리우스는 네 사람의 항의를 묵묵히 다 들은 뒤 냉정하게 대답했다.

"나는 세라피나가 어릴 때부터 교육도 담당하고 있지. 세라피나를 올바른 숙녀로 이끌어줄 의무가 있으니 그 의무를 다하려고 노력하는 것뿐이다. 게다가 너희가 사흘이나 들여서 모은 재료를 낭비하는 건 가슴이 아프니까.”

네 명의 기사단장이 마음속으로 ‘저희 일로 시리우스 단장님의 가슴이 아플 일은 절대로 없습니다!!’라고 소리치는 게 명백했지만 현명하게도 누구 한 명 입 밖에 내는 사람이 없었다.

대신 데 사람은 조용히 포크를 들더니 묵묵히 음식을 먹기 시작했다.

분명 테이블 위의 요리를 남기지 말라는 말을 들은 날 도와주는 거겠지.

몸이 자본인 기사단장들답게 접시가 차례차례 비어갔다.

그 모습을 본 나는 깜짝 놀라 눈이 휘둥그레졌는데, 내 옆에서는 시리우스가 ‘드디어 조용해졌군’ 하고 만족스럽게 중얼거렸다.

시리우스는 기사단장들의 이야기를 멈추게 하려고 조금 전 같은 말을 한 걸까. 하지만 내가 좋아하는 요리만 담은 접시를 내미는 걸 보고 생각을 바꾸었다.

그래, 시리우스의 목적 중 절반은 기사단장들을 조용히 하게 만드는 것이었을지도 모르지만 나머지 반은 배가 등에 붙은 나를 먹이려고 한 거였겠지.

식사에 집중하는 기사단장들은 나에게 일절 주목하지 않았기에 그 후로 나는 원하는 만큼 요리를 실컷 즐길 수 있게 되었으니까.

“역시 기사단장이 엄선한 재료를 쓴 요리구나! 하나같이 아주 맛있어.”

우물우물 먹으면서 시리우스에게 말하자 그는 ‘잘 됐구나’라는 듯 눈을 휘었다.

그토부터 한동안 나는 묵묵히 식사를 이어가다가 갑자기 동작을 뚝 멈췄다.

왜냐하면 내가 안 좋아하는 녹색 리리코 열매를 포크로 찍어버렸다는 걸 눈치챘기 때문이다.

리리코 열매는 녹색에서 빨간색으로 변한다.

그리고 보통 녹색 상태일 때 요리에 사용하는데, 나는 빨간색으로 색이 바뀌기 전에는 너무 셔서 먹지 못한다.

어떻게 해야 하나 굳어 있었더니, 내 상태를 지켜보던 시리우스가 얼굴을 바짝 들이댔다.

그러고는 입을 벌려 내 포크에 꽂힌 리리코 열매를 날름 먹었다.

"어?!"

나도 모르게 깜짝 놀라 소리쳤는데, 동시에 터진 네 개의 우렁찬 소리가 덮어버렸다.

"헉?! 머, 먹었어?"

"시티우스 단장님이 세라피나 님의 포크로?!"

""이래도 되는 거야?!!""

그때까지 묵묵히 음식을 먹고 있던 기사단장들이었지만 다들 손을 덤추고 이쪽을 응시하고 있다.

아무래도 보여주고 싶지 않았던 장면을 똑똑히 목격당한 모양이다.

나는 부끄러워서 얼굴이 새빨개졌는데, 시리우스는 아랑곳하지 않고 기사단장들에게 고개를 돌렸다.

"너희가 엄선한 재료답게 나쁘지 않은 맛이군. 그리고 세라피나가 먹지 못하고 난처해하고 있길래 너희가 말하는 악랄한 대응을 거두고 다정하게 대해 봤는데, 무언가 문제라도?”

“““““……………없습니다.”””””

기사단장들은 무언가 강렬하게 하고 싶은 말이 있다는 표정이었지만, 용기를 내지 못한 건지 결국 시리우스의 말을 긍정했다.

그런 기사단장들을 향해 고개를 끄덕인 시리우스는 뺨이 빨개진 채 상황을 지켜보던 나에게 얼굴을 돌렸다.

그러더니 손을 뻗어 내 얼굴을 덮고 있던 머리카락을 치우고 부드럽게 웃었다.

“녀석들의 시선이 네게 돌아왔으니 이 이상 먹는 건 어렵겠군. ……세라피나, 만족했어?”

그 다정한 동작과 조금 전 내 포크에서 요리를 먹은 시리우스의 행동에 불쑥 가슴이 꽉 차는 듯한 기분이 들었다.

이 감각은 뭘까. 의아하긴 했지만, 배불리 먹었을 때의 감각과 비슷했기 때문에 배가 불러서 그런 건지도 모른다고 생각하며 고개를 끄덕였다.

그러자 시리우스는 ‘그래’ 하고 대답하며 자상하게 머리를 쓰다듬어주었다.

한편 내가 고개를 끄덕인 걸 보고 기사단장들은 내 옆에 쌓인 빈 접시를 알아차린 모양이었다.

마력이 텅 비었을 때의 식사량치고는 적은 편이지만, 일반적인 영애와 비교하면 훨씬 많은 양을 비운 것을 보고 기사단장들은 감격했다.

“세, 세라피나 님께서 이렇게 많이 드셔주시다니 감개무량합
니다!!”

“사흘 동안 숲에 틀어박힌 보람이 있었습니다!!”

기사단장들의 기뻐하는 표정을 보고 나도 기뻐졌다.

그래서 웃으며 그들에게 감사 인사를 했다.

“오늘은 초대해줘서 고마워. 아주 맛있는 요리였어.”

“““““저희야말로 드셔주셔서 감사합니다!!”””””

그런 식으로 다들 웃는 얼굴로 만찬회는 막을 내렸다.

——하지만 그날 밤.

내 방에서 혼자 남았을 때, 나는 어째서인지 출출함을 느꼈다.

그래서 시녀에게 간곡히 부탁해 몰래 야식을 가져다 달라고
했다.

요리를 냠냠 먹으며 역시 오늘 저녁은 평소에 비해 식사량이 부
족했었다는 걸 새삼 깨닫고 배가 고픈 것도 이해했다.

……그런데 왜 아까 시리우스가 물어봤을 때는 배부르다고 생
각한 거지?

나는 식사하던 손을 멈추고 고개를 갸웃거렸다.

답을 내지 못한 채 창문 너머 하늘을 올려다보자 캄캄한 어둠
속에 달이 빛나고 있었다.

잠시 그 장엄한 아름다움에 넋을 놓고 있다가 말이 툭 굴러 나
왔다.

“……달이 아름답구나.”

그건 본 그대로의 광경을 입에 담은 거였지만—— 어째서인지
나는 달빛 같은 은색 머리카락을 지닌 근위 기사단장을 떠올렸다.

전생한 대성녀는

성녀임을 숨긴다

성녀임을 숨긴다

1

토야
llustration chibi

279

【SIDE 시리우스】 세라피나라는 사촌 동

죽는 순간에는 태어났을 때부터 죽을 때까지 일어난 온갖 일들을 떠올린다고 한다. 하지만…….

"……하하, 주마등이라기보다는 환상이군. 내가 계속 꿈꾸었던, 이렇기를 바랐던 이상적인 광경이야. ……설마 고작 6살인 세라피나가 실현시켜 주다니…….”

나는 몇 번이고 눈을 깜빡였으나 눈에 비치는 광경은 변하지 않았다.

왜인지. 어째서인지.

그때 눈앞에서 펼쳐진 건 내가 오랫동안 꿈꾸었던—— 아니, 아니다. 그 이상으로…… 내 이상을 아득하게 뛰어넘은 광경이었다.

전신을 다쳐 쓰러지려는 기사들의 상처를 순식간에 치유하고 공격력과 속도를 향상시켜 무시무시한 집단을 만들어내는 세라피나의 '성녀'의 힘.

그리고 기사들을 앞에 세우고 저 멀리 뒤에 숨어있는 것이 아니라 같은 장소에 서서 함께 싸우는 고고한 '성녀'의 모습…….

"이러한 성녀가 있다니 믿어지지 않아. 애초에 세라피나의 힘은 성녀의 힘인 건가?”

그녀가 구사하는 것은 여태까지 본 적도 없는 마법으로, 그렇기에 과연 그것이 성녀의 마법인지조차 판단할 수 없었다.

눈앞의 작은 성녀는 그런 전대미문의 힘을 보란 듯이 펑펑 사용해댔다.

너무나도 비상식적인 힘을 보는 바람에 전투 중인데도 메마른 웃음이 흘러나왔다.

“하하하, 뭐지 이 말도 안 되는 힘은? 세상의 섭리가 망가지겠어!!”

마물에게 포위당하긴 했으나 작은 성녀가 압도적인 마법을 연달아 사용하는 덕분에 전혀 질 것 같지 않다.

“하하하하하!”

나는 한 번 더 크게 웃은 뒤 검을 고쳐 쥐고 적을 향해 한 걸음 내디뎠다.

◇　◇　◇

그날 나는 나브 왕국 국왕의 방에서 프로키온 왕과 테이블을 사이에 두고 마주 앉아있었다.

“세라피나?”

왕의 입에서 낯선 이름이 나오자 그 이름의 주인을 떠올리려고 입으로 중얼거렸다.

그러자 기억에 무언가가 희미하게 걸렸다.

나, 시리우스 유리시즈는 나브 왕국 국왕의 친동생인 아케르나

르 유리시즈 공작의 외동아들이다.

왕국에서는 드문 은발과 은백색 눈동자를 지녔고 장신에다 근육질로 체격이 좋다.

아버지는 귀적에 들었기에 19살이지만 공작위를 이어받았으며, 더불어 나브 왕국 각수(角獸) 기사단 부총장직에 앉아있다.

그 때문에 저마다 입장, 혹은 왕의 조카라는 신분으로 인해 알현실보다도 훨씬 더 입장하기 어렵다는 왕의 방으로 부름을 받는 일이 종종 있었다.

이번에도 여태까지와 비슷한 용건일 것이라며 별다른 생각 없이 왕의 방을 방문했는데 아무래도 조금 다른 모양이었다.

전에 없이 왕은 나 말고 다른 모두를 방에서 내보냈으니까.

시종조차 없어진 방을 둘러보며 의아해하고 있었더니 왕은 멋들어진 모양새의 병을 직접 들고 잔에 따른 뒤 그중 하나를 나에게 건넸다.

소파에 앉아 잔에 입을 대면서 힐끗 쳐다보자 왕은 옆에서 봐도 알 수 있을 만큼 긴장한 모습이었다.

이건 보통 일이 아니라고 조심하고 있었더니 왕은 노골적으로 억지웃음을 지었다.

“아니, 바쁜 외중에 미안하다. 그리고 오랜만에 얼굴을 보았지만, 변함없이 대단한 미형이야. 역시 ‘각수 기사단 넘버 원 미형 기사’에 3년 연속으로 선발될 만해.”

“…………”

왕이 내 외모를 칭찬하는 건 무언가 골치 아픈 일을 떠넘기려고 할 때다.

그걸 익히 알고 있기 때문에 말없이 황당해하고 있었더니 왕은 긴장한 얼굴로 손에 맺힌 땀을 가슴팍에 문질렀다.

그리고는 망설이면서 입을 열었다.

"세라피나를 알고 있나?"

"세라피나?"

순간 누굴 말하는 건지 이해하지 못했기에 이름의 주인을 떠올리려고 입으로 중얼거렸다.

그러자 왕은 추욱 고개를 떨궜다.

"……그래. 이 나라 중요 인물의 이름을 모두 외우고 있는 네가 세라피나의 이름을 들어도 바로 떠올리지 못하는구나. 그건, ……상당히 충격적이야. 세라피나는 내 막내딸이자 올해로 6살이 되는 나브 왕국의 제2왕녀다."

왕의 입에서 나온 설명에 그제야 기억 한구석에 걸렸던 것이 형상을 만들었다.

……그래, 그런 게 있었지.

확실히 약 6년 전에 새 왕족의 탄생을 축하하는 피로연이 열리고 왕비가 하얀 레이스 드레스에 파묻힌 작은 아기를 안고 있었다.

그 왕녀는 그 후로 어떻게 되었더라?

3명의 왕자와 제1왕녀는 종종 볼 기회가 있었으나 세라피나 왕녀는 피로연 이후 본 기억이 일절 없었다.

어지간히 성 안쪽 깊은 곳에서 키우고 있는 모양이다. 잔을 입으로 가져가며 그런 생각을 하고 있을 때 왕이 큰 한숨을 쉬었다.

“……아니, 네가 세라피나를 모르는 건 지극히 당연한 일이다. 왜냐하면 그 아이는 왕성에 없으니까 볼 일도 없었지. 세라피나는 렌트 숲에서 살고 있어.”

“렌트 숲?”

그곳은 변경지라고도 할 수 있는, 왕국 동쪽 끝에 위치하는 깊은 숲이었다.

도저히 한 나라의 왕녀가 살 장소가 아니다.

“왜 세라피나는 그런 장소에서 사는 겁니까?”

의문을 느끼는 대로 국왕에게 물었다.

그러자 국왕은 문이 굳게 닫혀있는 걸 확인한 다음 말하기 어렵다는 듯 입을 열었다.

“극히 한정된 자밖에 모르는 사실이지만, ……세라피나는 태어났을 때부터 눈이 안 보였다. 원인 불명의 눈병을 안고 있지. 태어난 직후부터 여태까지 많은 의사와 성녀에게 보여주었지만, 누구 한 명 치유할 수 없었다.”

그것은 처음 듣는 이야기였기 때문에 나는 놀라서 눈을 크게 떴다.

……그래. 여태까지 정보가 전혀 새어 나간 적이 없었던 걸 돌아보면 왕은 어지간히 이 일을 비밀로 하고 싶은 모양이다. 즉 그만큼 왕녀를 아끼는 것이다.

보통 신체적 결함은 왕족에게 커다란 단점이 된다.

그 때문에 왕은 아버지로서 어린 왕녀를 지키려고 한 것 같다고 고찰하고 있을 때 프로키온 국왕은 깍지 낀 두 손에 시선을 떨어트린 채 고통스러운 듯 말을 이었다.

"아마도 세라피나의 눈은 평생 낫지 않을 거야. 그 아이는 빛이 없는 서상과 평생 함께할 수밖에 없는 거다."

그것은 어린 왕녀에게 무척이나 괴로운 일일 것이다.

하지만 왕국의 최고 권력자가 쓸 수 있는 모든 수단을 쓴 끝에 나온 결론이라면 어떻게도 할 수 없는 상황이겠지.

속이 답답해져서 작게 한숨을 쉰 뒤 나는 잔을 쭉 비웠다.

왕은 말을 이었다.

"알다시피 왕성은 음모가 횡행하고 사소한 실수가 발목을 잡는 방심할 수 없는 곳이지. 이런 장소에서 맹인인 세라피나는 절호의 먹이가 될 거다. 따라서 그 아이의 눈이 보이지 않는 동안에는 멀리 격리해두고 눈이 완치했을 때 왕성으로 불러들이려고 했는데, ……오늘까지 온갖 방법을 시도해 보았지만 세라피나의 눈에는 하나도 효과가 없었다."

거기서 일단 말을 끊더니 왕은 깍지 낀 손에 힘을 꽉 주었다.

"그러니…… 나을 가망이 없다면 빨리 세라피나를 왕성에 데리고 오겠다고 결의했다."

"폐하의 마음은 이해합니다."

내가 그렇게 맞장구를 치자 왕은 고뇌하는 듯한 표정으로 말을 이었다.

"세라피나는 왕족으로서 살아야만 하지. 그렇다면 빨리 왕성에 적응해서 자신의 위치를 확립해야 해. 괴로운 길이지만 그 아이는 제 다리로 서야만 하니……."

왕은 거기서 고개를 들고는 몸을 앞으로 내밀어 내 두 손을 잡고 애원하듯 바라보았다.

"시리우스, 부탁이다! 한 아이의 아버지로서 하는 부탁을 부디 들어줘! 내 조카이자 왕국 최고의 대귀족 유리시즈 공작이자 각수 기사단 부총장인 네가 세라피나를 데리러 가줘!!"

그것은 딸을 염려하는 아버지로서 합리적인 요청이었다.

왜냐하면 왕도에서 떨어져 사는 왕녀를 누가 데리러 가는지에 따라 사람들은 왕녀의 가치를 가늠할 테니까.

왕이 손수 데리러 갈 수는 없기에 대리를 세울 필요가 있는데, 그렇다면 그 대리를 누가 하는지 따져보았을 때, ──냉정하게 생각해서 나보다 더 적합한 자는 없을 것이다.

나브 왕국에서 국왕 다음으로 중요한 역할을 맡았고 차기 기사단 총장이 확실시되고 있는 데다, ──국민의 인기도 탄탄하기 때문이다. 기사로서 매일 많은 마물을 쓰러트리기 때문에 국민에게 안전을 제공하는 자로서.

"세라피나는 제 사촌 동생이니 데리러 가는 건 이상한 일이 아닐 테죠. 알겠습니다, 받아들이겠습니다."

나는 주저 없이 왕에게 대답했다.

그러자 국왕은 환하게 빛나는 얼굴로 말을 추가했다.

"고맙다, 시리우스! 그 김에 세라피나의 가치를 올려줘!!"

"네?"

"그 아이의 머리카락은 붉은색이니까 뛰어난 성녀가 될 수 있을 거다. 하지만 성인이 되기 전이니 정령과 계약할 수 없고, 대단한 힘을 사용하지 못하니 그 아이가 직접 힘을 보여줄 수는 없지. 그러니 네가 오는 길에 세라피나의 성녀다운 이야기를 날조해서 '우와, 세라피나는 대단해!!'하고 큰 소리로 떠벌리며 돌아오는 거야. 너는 굉장한 미형이라 여성들에게서 막대한 인기를 누리잖아. 그리고 최강의 기사로서 남성들에게도 인기가 많지. 즉 네가 말하는 건 모든 국민이 믿으니 이걸 이용하지 않을 수는 없어!!"

"…………."

그라. 국왕은 이런 사람이었지.

나는 욱신거리기 시작한 머리를 짚으며 적절한 타이밍이라고 보고 퇴실 허락을 받았다.

왕은 싱글벙글 웃으며 '시리우스, 부탁한다. 세라피나는 대단한 성녀임을 국민들이 바로 이해할 수 있도록 선전해줘'라며 무모한 요구를 해댔다.

복도로 나온 나는 절절한 한숨을 쉬었다.

그 후 멀리 떨어진 곳에 사는 사촌 동생을 상상했다.

……세라피나가 사는 렌트 숲에는 왕가의 별궁이 있지만 아주 낡은 곳으로 기억한다.

더불어 왕도에서 먼 벽지에 있기 때문에 찾아오는 사람도 한정적일 것이다.

그렇게 화려함과는 거리가 먼 장소에서 몇 없는 시녀와 시종, 기사들과 함께 사는 것이다── 태어났을 때부터 계속. 눈이 보이지 않는 채로.

그건 어린 왕녀에게 무척 외로운 생활이겠지.

따라서 그때의 나는 왕녀를 몹시 동정했던 것 같다.

그 아이는 앞으로 눈이 보이지 않아 속상한 일을 겪을지도 모른다.

그렇다면 하다못해 그녀의 뒷배가 되어 지켜주자.

그렇게 오늘도 내일도 그다음 날도 스케줄이 꽉꽉 들어찬 것을 알면서도 왕도에서 멀리 떨어진 동쪽 땅을 찾아갈 계획을 짜기 시작했다.

——훗날 실제로 왕녀를 만난 나는 동정 같은 건 완전히 잘못 짚었음을 깨닫게 되지만.

그러한 미래를 내다보는 힘이 없는 나는 어이없게도 어린 왕녀를 보호할 생각이나 하고 있었다.

후기

읽어주셔서 감사합니다!
덕분에 이 시리즈도 8권이 나왔습니다.
대단하네요. 함께 해주셔서 감사합니다.

드디어 피아가 필두 성녀 후보와 만나고, (사이비) 성녀로 데뷔
하는 등…… 성녀로 가득해졌습니다!
하지만 이 부분은 '나브 왕가편'이라고 정해두었던지라, 성녀
이야기를 종종 하면서도 왕가 일원에 초점을 맞추고 싶습니다.

이번에도 chibi님이 멋진 일러스트로 장식해주셨습니다!
7권에서 그려주신 광대들이 너무 좋아서 이번에는 꼭 표지에
등장시키고 싶다고 강력하게 희망한 결과 이뤄주셨습니다.
보기만 해도 신이 나는 멋진 일러스트라서 정말, 하아아아아…….
이런 세 사람이 광장에 있다면 저는 바로 구경하러 갈 겁니다.
chibi님, 항상 멋진 일러스트를 그려주셔서 감사합니다!

이번에는 처음으로 동시 간행에 도전했습니다.
「전생한 대성녀는 성녀임을 숨긴다 ZERO」 2권에 맞춰서 두 권

을 같은 날에 발간하기로 했습니다.

기념으로 이번 8권의 마지막에는 ZERO의 시작 부분을 실었습니다.

조금이라도 관심이 생긴 분이 계시다면 부디 ZERO도 읽어주시면 좋겠습니다.

ZERO는 과거편이긴 하지만 독자적인 스토리색이 강해졌으니, 별개의 작품으로서도 즐길 수 있지 않을까요? 잘 부탁드립니다.

그리고 두 권 동시 간행을 기념해 제2회 캐릭터 인기투표를 진행하고 있습니다.

이번에도 1위를 한 캐릭터의 숏 스토리를 출판사 홈페이지에서 무료로 공개 예정이니 부디 좋아하는 캐릭터에 투표해주세요.

참고로 지난번 1위는 시릴 제1기사단장(726표)였습니다.

투표 페이지의 주소 및 QR 코드는 아래에 있으니 그쪽을 봐 주세요.

레이와 5년(2023년) 2월 말까지 실시하며, 투표&지정 트윗을 RT해주신 분 중에서 추첨으로 오리지널 캔디통을 선물할 예정이니 참고 부탁드립니다.

http://www.es-novel.jp/special/daiseijo/

그리고 공지용 트위터를 시작했습니다.

본 작품과 관련된 소식을 조금씩 올릴 예정이니 괜찮다면 살펴봐 주세요.

http://twitter.com/touya_stars

※‘토야’, ‘트위터’로 검색하면 나올 겁니다. 유저명은 @touya_stars입니다.

마지막으로 여기까지 읽어주셔서 감사합니다.

이 작품이 책으로 나올 때까지 힘써주신 여러분, 읽어주신 여러분, 정말로 감사합니다.

이번에는 동시 간행이라 일정이 겹쳐서 고통받았지만, 그래도 즐겁게 작업했습니다.

재미있게 읽으셨다면 좋겠습니다.

전생한 대성녀는 성녀임을 숨긴다 8

2025년 11월 15일 1판 1쇄 발행

저　　자 토야
일러스트 chibi
옮 긴 이 현노을
발 행 인 유재옥
담당편집 정영길

이　　　사 조병권
편　집　팀 정영길 조찬희 박치우 이소의 정지원
디자인랩팀 김보라 전세연
디지털사업팀 김지연 윤희진 장혜원
라이츠사업팀 김정미 이지현 유아현
영업마케팅팀 최원석 윤아림
물　류　팀 백철기
경영지원팀 최정연
인쇄제작처 ㈜코리아피엔피
발　행　처 ㈜소미미디어
등　　　록 제2015-000008호
주　　　소 서울시 마포구 토정로222, 502호 (신수동, 한국출판콘텐츠센터)
판매 및 마케팅 (070) 8822-2301

ISBN 979-11-384-4167-4 04830
ISBN 979-11-384-0200-2 (세트)